ullstein

Das Buch

Für Kommissar Max Kramer beginnt die Fastenzeit nicht nur mit einem Kater, der sich gewaschen hat, sondern auch mit einer Leiche. Rainer Schutt-Novotny, der Verwalter des ›Tilly-Benefiziums‹, wird mit einem Messer im Bauch tot in seinem Büro in der Altöttinger Kapelladministration aufgefunden. Hat der Mord etwa damit zu tun, dass die vor 379 Jahren von Graf Tilly hinterlassene Stiftung aufgelöst werden soll und die Kirche somit ihren ›heiligen Eid‹ bricht? Die Altöttinger Gemeinde jedenfalls ist mächtig empört über die Auflösung, allen voran die Tilly-Verehrer, die sich unter dem Namen ›Tillys Erben‹ zusammengetan haben.

Während Max Kramer sich dieser Spur und nebenbei noch seiner Liebschaft mit der attraktiven Staatsanwältin Tina Rasske widmet, deckt seine Jugendliebe, die Novizin Maria Evita, ganz andere Hintergründe auf. Im bayerisch-katholischen Landidyll geht es manchmal eben doch nicht so christlich zu, wie man meint ...

Der Autor

Anton Leiss-Huber ist ein waschechter Bayer. Geboren 1980 und aufgewachsen in Altötting, lebt er heute in München. Er ist gelernter Theaterschauspieler und Sänger mit Engagements u. a. am Bayerischen Staatsschauspiel und arbeitet als Sprecher für den Bayerischen Rundfunk. *Fastenopfer* ist nach *Gnadenort* sein zweiter Kriminalroman.

Anton Leiss-Huber

Fastenopfer

Kriminalroman

Ullstein

Besuchen Sie uns im Internet:
www.ullstein-taschenbuch.de

Zitate aus dem Evangelium nach Lukas: http://www.bibelserver.
com/text/EU/Lukas4.

Zitat aus P. Jakob Balde S. J.: Magnus Tillius Redivivus (S. 13):
http://tilly-altoetting.de/gebet.html.

Copyright Nachweise verwendeter Lied-Zitate:
 – The Toy Dolls: *My Wife's a Psychopath* (S. 46, S. 227), aus dem
   Album Absurd Ditties, Receiver Records, 1993.
 – The Toy Dolls: *Bold Housewife* (S. 180), aus dem Album
   One More Megabyte, Receiver Records, 1997.

Originalausgabe im Ullstein Taschenbuch
1. Auflage Januar 2017
2. Auflage 2017
© Ullstein Buchverlage GmbH, Berlin 2017
Umschlaggestaltung: zero-media.net, München
Titelabbildung: © plainpicture / Anja Weber-Decker
Satz: LVD GmbH, Berlin
Gesetzt aus der Legacy
Druck und Bindearbeiten: CPI books GmbH, Leck
ISBN 978-3-548-28831-4

Fastenopfer

... ein Krimi aus dem Herzen Bayerns

*Jede Ähnlichkeit mit tatsächlichen Begebenheiten
aus meinem Lebenslauf und mit tatsächlich leben-
den Menschen, Geschehnissen und Institutionen
um mich herum sind rein zufällig!*

*»Man lobt und preist den Fastenbrauch
am häufigsten mit vollem Bauch.«*

Sprichwort

Für Mama und Franz

»Uti sol in terris manes«

>Uti sol in terris manes.«
(So wie die Sonne wirst du auf Erden bleiben.)

Anagramm über der Altöttinger Gruft von Johann t'Serclaes
von Tilly – Feldherr im Dreißigjährigen Krieg

Tropfen für Tropfen füllte sich die Schale. Es war sein Lebenssaft, den Graf Johann t'Serclaes von Tilly durch einen Bader abzapfen ließ. Er vermied es bewusst, den Blick auf die rote Lache zu senken, und konzentrierte sich stattdessen auf das Gebet, das der Probst von Wartenberg in einer Ecke des Raumes für ihn sprach. Zu viel Blut hatte er bereits gesehen und vergossen. Zu viele Lichter im Namen des Glaubens ausgelöscht. Doch Tilly war über die Jahre nicht etwa abgestumpft. Es ekelte ihn mehr, als er bereit war einzugestehen.

»Gib, wenn für mich einst kommt die schwarze Stunde des Scheidens, dass auf bayrischer Erde die letzte Sonne mir leuchte! So will ich mich dir, der allerhöchsten Jungfrau, zu eigen machen und bis in alle Ewigkeit meine Seele weihen. Amen.«

Auf dem Tisch neben dem Blutopfer lag eine große Urkunde zur Unterschrift bereit. Durch seinen Namen würde er gleich den heiligen Pakt mit der Mutter Gottes auf Erden besiegeln. Glanzvoll und rein wollte Graf Tilly mit Hilfe dieses Benefiziums ins Jenseits eingehen. Und die tägliche Messe, die ihm durch die Kirche für die gestifteten 6300 Gulden versprochen wurde, würde seine Zeit im Fegefeuer verkürzen.

»Hier!« Der Bader drückte ihm einen Federkiel in die Hand. Graf Tillys Finger fassten die Spitze. Langsam führte er seine rechte Hand zu der Schale mit seinem Blut und von dort mit andächtiger Ruhe zum Papier. Diesen Vorgang wiederholte er, bis der prächtige Namenszug vollständig unter dem Vertrag stand. Es war vollbracht.

Von Wartenberg trat hinter Graf Tilly und sah über dessen Schulter auf die Urkunde. »Dies Benefizium wird Eure Seele schützen, bis das Jüngste Gericht auf uns alle niederkomme.« Er bekreuzigte sich und legte seine Handflächen auf Tillys Oberarme.

Graf Tilly versank in seiner Andacht zur Dreifaltigkeit. »Vater unser, der du bist im Himmel ...«

In ihm stieg die Ahnung auf, dass er bereits in naher Zukunft auf dem Schlachtfeld sein Leben lassen würde. Nichts würde von ihm bleiben außer Knochen, Erinnerung, dieses Benefizium und Gemälde, welche die Nachwelt an vielen Stellen Altöttings an seinen Ablasshandel mahnen würden. Asche zu Asche, Staub zu Staub. Was war schon wirklich ewig?

*

Rainer wandte sich von seinem späten Besucher ab. Diese ganze Geschichte drohte außer Kontrolle zu geraten. Die starren, mit Sorgfalt gepinselten Augen Graf Tillys sahen nun auf ihn herab. Wirklich schön hatte Rainer das Bild nie gefunden, aber es hing bereits an der Wand, als er diesen Raum vor zehn Jahren bezogen hatte. Außerdem war der Graf faktisch sein Arbeitgeber. Sich nun dieser hässlichen Kopie zuzuwenden, war ihm im Moment jedenfalls lieber, als noch länger in die überquellenden Augen seines Besuchers blicken zu müssen.

Er spielte verschiedene Lösungswege durch. Vielleicht ließ sich alles doch noch irgendwie regeln.

»Du Sau!«, donnerte die Stimme hinter ihm.

Rainer hielt die Luft an und drehte sich wieder um. Auf plötzliche Hilfe brauchte er während dieser Abendstunden nicht zu hoffen.

»Schau, wir können uns ...« Rainer konnte seinen Satz nicht vollenden. Von einer Sekunde zur nächsten verlor er plötzlich das Gleichgewicht, als hätte ihm jemand den Teppich unter den Schuhen weggezogen. Er klappte zusammen wie ein Sack. Der Knall, den er beim Aufprall vernahm, kam von seiner Schläfe, die ungebremst auf dem Boden aufgeschlagen war.

Auf einmal fühlte er unbändigen Schmerz. Der späte Besucher hatte ihm ohne Vorwarnung ein Messer in seinen Bauch gerammt. Fassungslos sah er an sich herab. Die Wunde wurde zum Zentrum, auf das sich alle Sinne konzentrierten. Sein Kopf dröhnte vom Sturz, doch der Schmerz, der von seiner Mitte heraufpochte, überdeckte alles. Aus diesem Loch seitlich seines Bauchnabels, wo die Klinge steckte, floss ein roter Schwall, der im Teppichboden versickerte. Seine beiden Hände umklammerten den Knauf, als wolle er verhindern, dass noch mehr Blut seinen Körper verließ – vergeblich. Rainer konnte nicht sagen, ob er weinte oder schrie. Jegliches Gefühl außerhalb des Schmerzzentrums war weg, sein Körper nur mehr eine Hülle.

Vor ihm schritten die Besucherfüße auf und ab. Rastlos von einer Ecke zur anderen.

Rainer kniff krampfhaft seine Augen zu, dann öffnete er sie wieder und blinzelte zur Deckenlampe. Der Besucher war verschwunden. Auch das Vibrieren der Schritte, das die alten Dielen unter dem Teppichboden an sein Ohr weiterleiteten, war verstummt. Dafür trommelte sein Herzschlag mit rasender Geschwindigkeit und erfüllte jede Ader. Er drehte sein Gesicht in die andere Richtung, und dort standen sie, wie aus dem Nichts: die Füße in den grünen Schuhen.

Der Besucher beugte sich über ihn und drückte ihm etwas auf Mund und Nase.

Rainers Lunge zuckte und schrie stumm nach Luft. Mit der letzten Kraftreserve öffnete er den Mund, was sein Kiefergelenk fast zum Bersten brachte. Seine Zähne fühlten Fleisch, und der Handschweiß des Angreifers lag ihm auf den Lippen. Er schmeckte Blut.

In diesem Moment traten die grünen Schuhe auf den Messerknauf in seinem Unterleib, woraufhin die Klinge sich komplett durch seinen Körper bohrte und am Teppichboden unter ihm entlangkratzte.

39 Sekunden später hörte Rainers Herz auf zu schlagen.

Feldherr Tilly blickte weiter erhaben aus seinem Gemälde herunter, als wäre nichts geschehen. Bloß am Rand seiner Rüstung war ein kleiner Blutspritzer gelandet, der aber ein paar Stunden später bereits eingetrocknet sein würde, so dass er sich nicht mehr von der Pinselführung abhob.

*

Sie verfolgten ihn. Nepomuk nahm auf seinem nächtlichen Weg zwischen dem dominierenden Gebäude der Altöttinger Kapelladministration und Graf Tillys Reiterstandbild immer wieder schattenhafte Bewegungen im Augenwinkel wahr. Möglich, dass das Unterbewusstsein mit ihm ein böses Spiel trieb. Die Gnadenkapelle ließ er links liegen. Vom Turm der Stiftskirche her schlug es halb zwölf. Er hörte weit entferntes Gelächter, das entweder vom Bichlerschen Gasthof oder dem Hotel zur Post über den kirchlichen Platz klang. Die Menschen feierten den sogenannten »Kehraus«. Niemand würde ihm in der nächsten halben Stunde begegnen. Die Altöttinger waren im Bett oder damit beschäftigt, sich am letzten Tag des Faschings ins Koma zu saufen. Trotzdem wurde Nepomuk das Gefühl nicht los, dass ihm jemand auf den Fersen war.

Sein Haaransatz war unangenehm kalt. An dieser Stelle spürte er den Angstschweiß, der aus seinen Poren strömte, am heftigsten. Er wischte sich mit seinem Unterarm über die Stirn, bevor die Schweißtropfen in seine Augen gerieten.

Als er um die Ecke bog, versperrte ihm plötzlich eine Gestalt den Weg. Wie aus dem Nichts war eine Frau in das fahle Licht der Gassenbeleuchtung getreten. Nepomuk brauchte gar nicht hinzusehen, um zu wissen, wer es war.

»Und?«, kam es heiser aus ihrer Kehle.

»Zwei Tage, ich schwör's, dann hab ich's.« Nepomuk wich zurück und spürte, wie sich ein harter Gegenstand in sein Kreuz bohrte. Zwei Männer waren von hinten an ihn herangetreten. Sie hatten ihn eingeholt.

»Ob ich die Jungs noch so lange zurückhalten kann …«

In seinem Rücken vernahm Nepomuk ein leises Lachen.

»Bitte! Nur noch zwei verdammte Tage.«

»Hoffen wir mal, dass bis dahin deinen Kindern auf dem Schulweg nichts zustößt.«

»Du verdammte Schlampe!« Panisch drehte sich Nepomuk um.

»In deiner Lage würde ich mir Beleidigungen sparen!«

Die Männer trugen dunkle Lederhandschuhe und hielten Baseballschläger umklammert. Nepomuks Adrenalinspiegel schnellte noch weiter in die Höhe, und sein Herz donnerte gegen das Brustbein.

»Schau mich mal an.«

Nur mit Mühe behielt Nepomuk die Fassung, als er direkt in die Augen der Frau sah. Ihr fettig glänzendes Gesicht wurde von ein paar Lichtstrahlen der Straßenlaterne an der Ecke erhellt. Pinker Lippenstift, der sich zu einem falschen Lächeln verzog. Ihre blondierten Haare hatten einen dunklen Ansatz. Sie nickte ihren Begleitern aufmunternd zu.

Die Schläge trafen ihn an Schulter und Armen, im Kreuz. Durch die Wucht gab sein Körper nach und sank auf den Kies. Er rollte sich zusammen und hielt schützend seine Arme über den Kopf. Die beiden Männer prügelten und traten auf ihn ein, ohne mehr als ein angestrengtes Keuchen von sich zu geben.

Ein Kläffen durchbrach die Stille. Unvermittelt ließen die Männer von Nepomuk ab und verschwanden mit der Frau in der Dunkelheit.

Sein Körper schmerzte an jeder erdenklichen Stelle. Als er wieder einen klaren Gedanken fassen konnte, bemerkte Nepomuk an seiner Seite einen Dackel, der an seiner Jacke schnupperte. Dessen Besitzer ging kurz darauf neben ihm auf die Knie.

»Hallo!« Eine Hand berührte sein Schlüsselbein, was ihn dazu veranlasste, ein unkontrolliertes Stöhnen von sich zu geben. »Geht's Ihnen gut? Um Himmels willen! Sie san grad überfallen worden, gell?«

Nepomuk versuchte zu antworten, doch es gelang ihm nicht sofort, denn sein Atem hatte sich noch immer nicht beruhigt. »Passt schon«, presste er hervor.

»Nepo! Oh mein Gott. Jetzt erkenn ich dich erst. Du blutest ja. Ich ruf die Polizei und einen Krankenwagen.«

»Nein, bloß nicht!«

»Nepo, vielleicht hast du auch innere Verletzungen.«

»Es geht mir gut!« Trotz des Schleiers, der seine Augen umgab, hatte Nepomuk seinen Retter inzwischen identifiziert. Es war Ludwig Sporer. Eine ganze Weile sagte dieser nichts und blickte ihn nur verständnislos aus seinen stumpfen Pupillen an.

Mühsam kam Nepomuk ins Sitzen. Seine Beine waren eiskalt, sein Rücken tat weh. »Keine Polizei! Keinen Arzt!«, mahnte er Sporer. »Besser, wir haben uns nicht gesehen.«

Seufzend stand Sporer auf und wandte sich tatsächlich zum Gehen. Doch dann hielt er inne. »Brauchst du wirklich keine Hilfe? Ich denke ...«

»Ludwig, ich kann dir nicht viel sagen. Nur so viel: Denk an den Tilly! Keine Polizei!«, flüsterte Nepomuk nachdrücklich.

Als der Name des Feldherrn fiel, begann Sporer zu begreifen. Seine Augen weiteten sich. »Verstehe.« Nun hatte er Angst.

»Soluti terris inmanes.«
(Die von der Erde Erlösten sind groß.)
Umstellung des Tilly-Anagramms

I. Der Mensch lebt nicht nur von Brot
(Lukas 4,4)

Der Artikel im Alt-Neuöttinger Anzeiger verursachte Stirnrunzeln. Fräulein Schosi war bei ihrer täglichen Morgenlektüre über ein paar Zeilen gestolpert, die ihr nicht passten.

»Das schmeckt mir ganz und gar ned!«, sagte sie immer wieder, und dabei meinte sie nicht ihr Frühstück aus sechs Spiegeleiern mit Räucherlachs. Am Aschermittwoch kam in ihrem Haushalt kein Fleisch auf den Tisch!

Monsignore Joseph Hirlinger saß neben ihr und würgte bereits an seinem vierten. Der Eiweißstapel machte ihm Angst. Vor allem, da er wusste, dass er erst nach dem letzten Bissen die Chance bekam, aufzustehen. Seine Haushälterin achtete peinlich genau darauf, dass ihr Monsignore die vor fünf Tagen begonnene Low-Carb-Diät auch einhielt. Mit äußerst deutlichen Worten hatte sie ihn davon in Kenntnis gesetzt, dass sie in den nächsten Wochen auf alle Teigwaren verzichten würden. Kein Brot, kein Kuchen und ganz bestimmt keine Nudeln. Ebenso hatte sie Kartoffeln, Reis und Obst vom Speiseplan gestrichen. Ihrer Meinung nach war dies das beste

Mittel, um dem drohenden Alterszucker, vor dem sein Hausarzt ständig warnte, entgegenzutreten.

Monsignore Hirlinger wollte ihr schon beipflichten, als ihm klarwurde, dass ihr Kommentar nicht auf die neue Ernährungsform abzielte.

Fräulein Schosi hielt ihm die Zeitung vors Gesicht. »So eine Sauerei!«

Hirlinger ließ seine Gabel sinken und wagte einen Blick auf die aufgeschlagene Seite. »Mir wird gleich übel.«

Fräulein Schosi nickte aufgeregt. »Ja, mir auch.«

Dass er damit eigentlich nun das kohlenhydratfreie Frühstück gemeint hatte, lag außerhalb ihrer Vorstellungskraft.

Hirlinger spürte ein ungewohntes Kribbeln auf seinen Wangen. Die gedruckten Wörter verschwammen vor seinen Augen. Mit einem Mal rückte er seinen Stuhl zurück, stand auf und rannte ins Bad.

»Monsignore, wo wollen S' denn hin?«

Hirlinger war zu keiner Antwort mehr fähig. Sein Körper wehrte sich vehement gegen jedes Gramm Eiweiß, das er in der letzten Viertelstunde tapfer verschlungen hatte. Keine Sekunde zu spät erreichte er die weiße Kloschüssel, und wie eine riesige Welle schossen ihm halbverdaute Spiegeleier mit rosafarbenen Lachsstücken durch den Rachen heraus.

»Monsignore, jetzt regen sie sich halt ned so auf! Als ehemaliger Stadtpfarrer können S' doch was dagegen machen, oder?«

Hirlinger verstand kein Wort. Gegen was sollte er was machen?

In der nächsten Sekunde klatschte bereits der nächste Schwall in die Kloschüssel, und ihm war vollkommen egal, was seine Haushälterin in der Küche gerade von sich gab. Hirlinger atmete schwer und wischte sich über die Nase.

Fräulein Schosi rührte derweil in ihrem Kaffee und besah sich erneut den Artikel. »Ewigkeit hält 379 Jahre«, stand in großen, fettgedruckten Buchstaben auf der ersten Seite des Regionalteils.

»Dass selbst der Kirche gar nix mehr heilig is«, sagte sie empört. »Der arme Graf Tilly verdient seine tägliche Messe!«

Sie nahm einen Schluck Kaffee, den sie vorher mit ordentlich Rahm verdünnt hatte, und drehte sich zur Tür. »Eine Sauerei, einfach eine Sauerei! Oder was meinen Sie, Monsignore?«

Das charakteristische Geräusch der Klospülung drang in die Küche, und Hirlinger wankte herein. Seine Wangen waren blass. Langsam sank er zurück auf seinen Stuhl und schob den Teller mit den verbliebenen Spiegeleiern weit von sich. »Es war ausgezeichnet, aber ich kann nicht mehr!« In seinem Innern wünschte er sich nichts sehnlicher als einen Schnaps.

»Gell, bei dem Louu-Kaab-Essen bleiben irgendwann die Heißhungerattacken aus!?«

»Schmarrn!«, raunte Hirlinger in sich hinein.

»Ich find auch, dass man des denen ned so einfach durchgehen lassen kann.«

»Wie bitte?« Hirlingers Gedanken kreisten um Magenbitter oder Rennie-Tabletten. Er konnte Fräulein Schosis Ausführungen nicht folgen.

»Ja, des mit dem Tilly-Benefizium! Des geht doch so ned!«

Hirlinger griff nach der aufgeschlagenen Zeitung und überflog die Zeilen. »Ich dachte mir schon, dass der Pemmerl das irgendwann abschafft. Die Kirche muss jetzt auch sparen! Wissen Sie, das Stiftungsgeld ist bereits in den zwanziger Jahren des letzten Jahrhunderts komplett flöten gegangen. Damals hatte die Verwaltung das Tilly-Geld in Anleihen investiert, die später bei der Hyperinflation im Jahr 23 vollkommen wertlos wurden. Dass die das so lange noch durchgezogen haben, war mir immer schon schleierhaft.«

»Sie meinen, der Bischof steckt dahinter?«

»Ich meine nicht, sondern habe es eben hier gelesen!« Genervt legte er den Artikel vor Fräulein Schosi auf den Küchentisch und deutete mit seinem Zeigefinger auf den letzten Absatz. »Hier steht es: ›Bischof Aloisius Pemmerl war zu keinerlei Stellungnahme bereit. Seine Entscheidung, das Tilly-Benefizium nicht mehr weiterzuführen, sei unumstößlich, so das bischöfliche Ordinariat Passau.‹ Haben Sie vielleicht einen Schnaps für mich?«

Fräulein Schosi zog bei dieser Frage ihren rechten Mundwinkel nach oben, wie sie das immer tat, wenn ihr etwas nicht gefiel oder sie nervös wurde. Doch plötzlich entspannten sich ihre Gesichtszüge wieder. »Monsignore, Sie haben recht! Auf diesen Schock hin brauch ich auch einen. Klosterlikör von den hiesigen Schwestern, Klosterfrau Melissengeist oder einen Pfefferminzlikör?«

Himmel! Vielleicht hätte er doch lieber nach Magentabletten fragen sollen. Bereits der Gedanke an die ihm angebotene Auswahl verursachte weitere Beschwerden. »Grappa haben Sie keinen?«, erkundigte sich Hirlinger.

»Nein! Tut's vielleicht auch ein Pfefferminzlikör?!« In Windeseile standen auf dem Frühstückstisch zwei mit grüner Flüssigkeit gefüllte Schnapsgläser. »Auf dass die droben noch eins auf den Deckel kriegen mit ihrer Abschaffung!«

Fräulein Schosi hob ihr Glas und prostete dem Monsignore zu. Das grüne Etwas sah aus wie Mundwasser und roch auch danach. Was seine Haushälterin an diesem scheußlichen Gebräu fand, war Hirlinger schleierhaft. Allerdings war es vielleicht in dieser Situation genau das Richtige. Hirlinger leerte das Glas in einem Zug. Der üble Nachgeschmack im Mund musste unter allen Umständen betäubt werden, sonst sah er sich in den nächsten Minuten wieder zur Toilette laufen.

Fräulein Schosi sah ihn erwartungsvoll an. »Ham S' scho eine Idee?«

Wovon sprach seine Haushälterin schon wieder? Hirlingers Augen wanderten hilfesuchend durch die Küche. »Haben Sie denn eine?«

Fräulein Schosi stemmte ihren Ellenbogen auf den Tisch und legte ihren Kopf in die Handfläche. In dieser Haltung fixierte sie ihren Monsignore und überlegte. Plötzlich prallte ihre Faust auf die Tischplatte, dass die Teller in die Höhe sprangen. Unweigerlich zuckte er zusammen.

»Demonstrieren! Ich ruf jetzt gleich den Frauenbund an, und dann marschieren wir auf den Kapellplatz!«

Hirlinger bekam beim Gedanken an eine Horde katholischer Suffragetten Kopfschmerzen. »Wofür denn?«

»Nicht wofür! Wogegen! Die Frage is, wogegen. Na, gegen die Abschaffung des Tilly-Benefiziums natürlich!«

»Das ist vierhundert Jahre alt!«

»379!«, verbesserte ihn Fräulein Schosi.

»Trotzdem ist es ein alter Hut! Das wurde doch bloß noch aus fragwürdigen Traditionsgründen aufrechterhalten!« Sein Geduldsfaden war kurz davor, mit einem Knall zu reißen.

»Wehret den Anfängen! Mehr sag i ned!«

Fräulein Schosis Entschlossenheit ließ Hirlinger nichts Gutes ahnen. Er schloss seine Augen und zählte innerlich bis zehn. Erst dann hatte sich sein Gemüt so weit beruhigt, dass er wieder zu ein paar wohlüberlegten Sätzen fähig war. Er hasste es, wütend zu sein.

»Fräulein Schosi, ich denke, wir sollten nicht auf den fahrenden Zug der Medien aufspringen und von Grund auf gegen Entscheidungen des Bischofs opponieren, sondern ruhig aus der Distanz heraus die Geschehnisse beobachten.«

Seine Haushälterin hatte sich bereits bei dem Wort »Medien« ausgeklinkt. Was der Monsignore manchmal für Ausdrücke kannte ... Dieser Mann würde wohl auf ewig ein Rätsel für sie bleiben.

Im Kopf legte sie sich bereits einen Plan für den Aufmarsch vor die Kirchenverwaltung zurecht. Sie stand auf, ohne den Monsignore weiter zu beachten. Ihre Beine schlurften zum Telefon im Wohnungsgang.

»Was machen Sie denn jetzt?«, rief ihr Hirlinger hinterher, doch sie reagierte nicht.

Fräulein Schosi hob den Hörer ab und wählte die Nummer der Frauenbundvorsitzenden Baronin Novotny. »Servus, hier spricht die Petronilla. Novotny, hast du des mit dem Tilly-Benefizium gelesen?«

Der Monsignore knirschte mit den Zähnen. Seine Haushälterin konnte manchmal so stur sein, dass es ihn in Rage versetzte.

»Ja, eine Sauerei!«, hörte er Fräulein Schosi in den Hörer kreischen. Er beschloss, wieder bis zehn zu zählen. Als er bei fünf angekommen war, sprach Fräulein Schosi von der geplanten Demonstration.

»Heilige Maria, Mutter Gottes ... sechs, sieben ...«

»Telefonkette!«, war das nächste Schlagwort, das an Hirlingers Ohr drang.

»... neun, zehn!« Er rang nach Luft. »Fräulein Schosi, halten Sie das Ganze nicht für ein wenig übertrieben?«

Auf dem Flur herrschte Stille. Nun stand Hirlinger auf und schritt selbst in Richtung Telefon. Seine Haushälterin blätterte schweigend in ihrem kleinen Adressbuch. »Fräulein Schosi ...«

»Unterprammer Devotionalien«, hörte er seine Haushälterin abwesend murmeln. »Hier Petronilla, servus Traudl! Wir marschieren auf den Kapellplatz.«

Hirlinger schüttelte fassungslos den Kopf und bat seinen Herrgott um Verzeihung, dass er Fräulein Schosi in diesem Moment einen qualvollen Tod wünschte. Um seinen Puls wieder in normale Bahnen zu lenken, hätte er mindestens bis hundert zählen müssen. Grußlos ging er an seiner Haushälterin vorbei und öffnete die Wohnungstür. Er brauchte Frischluft und einen Spaziergang.

»Wie, du hast keine Zeit? Wir müssen uns wehren!«
Das waren die letzten Worte, die er von Fräulein Schosis
walkürenhafter Stimme mitbekam. Dann verließ Hirlinger das Haus.

*

Aschermittwoch war schon immer scheiße! Oberkommissar Max Kramers persönliche Fastenzeit begann
meist mit einem riesigen Kater. Als er an diesem Morgen
aufwachte, entdeckte Max als Erstes, dass sich sein lin-
ker Fuß außerhalb des Bettes befand: ein untrügliches
Zeichen für den Versuch, in der Nacht noch das Kotzen
zu verhindern. Ein erprobtes Rezept aus der Pubertät:
Man musste eine der unteren Extremitäten auf dem
Boden platzieren und sich auf den Rücken legen. Dann
hieß es einfach nur hoffen, dass der Schlaf vor dem
Würgen einsetzte. Auch diesmal hatte es einwandfrei
funktioniert.

Langsam erhob er sich und versuchte seinen Gleichgewichtssinn zu aktivieren, um in die Küche zu gelangen. Zehn Schritte, perfekt! Zielgerichtet öffnete Max
die rechte Schublade neben dem Müllfach und zog ein
Päckchen Paracetamol hervor. Er drückte zwei Pillen
aus der Verpackung, schob sie sich in den Mund und
bewegte diesen zum Wasserhahn. Glas brauchte er jetzt
keines. War eh nicht abgespült.

Bis die Wirkung einsetzte, begann er nach einer be-
nutzbaren Tasse Ausschau zu halten, um sich einen
doppelten Espresso aus dem neuen Vollautomaten zu
zapfen. Eine hervorragende Investition, die sich vor allem an verkaterten Vormittagen unglaublich lohnte.

Kurz spielte er mit dem Gedanken, sich eine Putzfrau zuzulegen. Die Geschirrstapel zwischen Herd und Essecke waren in den letzten Wochen auf ein bedenkliches Maß herangewachsen. Sogar die Weihnachtspost wartetet immer noch darauf, im Altpapier zu verschwinden. Obenauf lag eine Karte, deren Vorderseite ein Gruppenfoto der Altöttinger Nonnen zierte. Milde lächelnd blickten die greisen Pinguine Max entgegen. Nur ein faltenfreies Gesicht war darunter und wirkte wie ein Fremdkörper. Es versetzte ihm einen Stich. Seine Exfreundin, die jetzige Novizin Maria Evita. Sie hatte auch die Zeilen auf der Rückseite verfasst: »Lieber Maxl! Ein gesegnetes Weihnachtsfest für Dich und Deine Eltern. Möge Dir im kommenden Jahr alles erdenklich Gute widerfahren. Von ganzem Herzen, Deine Maria Evita. P. S. Wir seh'n uns ;)«

Über den Zwinkersmiley am Ende musste er immer wieder aufs Neue schmunzeln. Na ja, vorbei war vorbei.

Mit dem Kaffee in der Hand, schlich Max zurück zu seinem Bett. »Zefix!« Er traute seinen Augen nicht. So dicht war er doch gestern Abend auch wieder nicht gewesen, oder? Jetzt hätte er sich am liebsten in Luft aufgelöst. Innerlich schimpfte er weiter: »Zefix! Zefix! Und noch mal zefix!«

Max ging auf die Zehenspitzen, was für den eben wiedergefundenen Gleichgewichtssinn eine enorme Herausforderung darstellte, und balancierte zehn Schritte zurück. Auf dem Küchentisch lag sein Handy, daneben sein Indianerkostüm. Das T-Shirt bestand nur noch aus Fetzen, Überreste der »Blaulicht-Party« vom gestrigen

Faschingsdienstag. Seine Hand griff nach dem Mobiltelefon und drückte die Nummer seines Kollegen Fritz Fäustl.

Fäustl meldete sich umgehend: »Du lebst noch?! Hast es ja echt krachen lassen.« Das Grinsen in seiner Stimme war nicht zu überhören.

»Fritz ...«

»Die Idee, als YMCA zu gehen, war phantastisch! Mei Lederkluft is bei der Mieze aus der Verwaltung sauguad angekommen. Wennst verstehst, was ich mein.« Fäustl war nicht nur gutgelaunt, sondern klang geradezu euphorisch.

»Ich hab Scheiße gebaut!«, grätschte Max ein.

»Kann man so sagen. Du hättest einfach die Cocktails irgendwann stehen lassen sollen!«

»Viel größere Scheiße!«

Fäustl lachte am anderen Ende der Leitung. »Willst dich also krankmelden?«

»Immens große Scheiße!«, schnaubte Max.

»Wie oft willst du dieses Wort noch benutzen? Was is los?«

Max schielte zur Schlafzimmertür und sprach dann betont vorsichtig in sein Telefon: »Die Rasske liegt in meinem Bett.«

»Du bist auf einmal so leise. Wer?«

»Die Rasske liegt in meinem Bett. Nackt! Und sie ist tätowiert!«

»Wer?«

»Die Staatsanwältin!«, kam es mit Nachdruck aus Max hervor.

Das Atemgeräusch seines Kollegen verstummte in

der Leitung. Max' Blick wanderte wieder nervös zur Tür. »Fritz, wie konnte des nur passieren?«

»Ich persönlich hätt einfach vom Spusi-Toni keinen selbsterfundenen Cocktail angenommen, den er ›Amnesia‹ getauft hat.«

Max atmete laut ein. »Ich bin grad echt nicht zum Scherzen aufgelegt!«

»Tut mir wirklich leid, Kramer.« Fäustl lachte. »Aber das muss ich den Kollegen erzählen. Die haut diese Info garantiert auf die Fresse!«

»Du hältst bitte deinen Rand!« Max lehnte sich an die Küchenzeile. »Was soll ich jetzt bloß machen?«

»Sei ned immer glei so garstig! Biet ihr halt an Kaffee an. So eine körperliche Verbindung zur Staatsanwaltschaft kann nur von Vorteil sein.«

»Vielleicht hast recht. Flucht nach vorn. Allerdings kann ich mich nicht mal mehr an ihren Vornamen erinnern ... Bis jetzt hab ich sie immer nur Dr. Rasske genannt.«

»Verdammter Amnesia, kann ich da nur sagen. Ihr habt gestern übrigens Brüderschaft getrunken. Mehrmals sogar. Die heißt, wart kurz ...«

»Des war irgendwas ganz Normales, Fritz.«

»Ich hab's gleich ...«

Max kam ihm mit dem Geistesblitz zuvor: »Die heißt Dani! Daniela Rasske!«

»Tina.« Die Staatsanwältin stand in seinem Türrahmen, bekleidet mit einem Fünfziger-Jahre-Tupfenkleid. Ihre blonden Haare hatte sie zu einem Pferdeschwanz zusammengebunden.

Max betete, dass sich vor ihm der Boden auftun möge

und ihn verschlänge. »Fritz, ich ... ich ruf dich später noch mal an!« Seine Arme sanken nach unten.

»Hast du für mich auch so einen?« Der Zeigefinger der Staatsanwältin deutete auf den Kaffee.

Schweigend drehte Max sich zur Spüle und griff nach einer benutzten Tasse. Warum schwitzte er auf einmal so?

Tina Rasske ließ ihre Augen durch die Küche streifen. »Deine Wohnung hat einen ganz eigenen Stil. Nett!«

Gut, dann also Small Talk zur Entspannung. Auf diese Vorlage sollte er nun schleunigst eingehen. »Ja ...«, er räusperte sich, »ein bisschen größer als meine vorherige Bude in München.« Jetzt vielleicht noch ein Lächeln dranhängen?

Ihre Augen hatten die Pillenschachtel auf der Ablage entdeckt. »Schmerzmittel?«

Er zuckte entschuldigend mit den Schultern. »Paracetamol. Ich hätte gestern nicht so viel trinken dürfen.«

»Gibt es in diesem Haushalt auch was Stärkeres?« Die Brauen der Staatsanwältin hoben sich erwartungsvoll.

Max schüttelte den Kopf. »Die Ibuprofen 800 hab ich leider nach dem letzten Betriebsausflug aufgebraucht.«

Die Tasse in seinen Händen war nun endlich sauber, und er setzte den Vollautomaten in Gang. Mit einem lauten Ächzen spuckte der einen weiteren Espresso aus. Als Max danach greifen wollte, war Tina Rasske schneller.

»Danke! Ich brauche weder Zucker noch Milch.« Sie nippte. »Übrigens ist das nicht so schlimm, dass du dir meinen Vornamen nicht merken konntest. Auch wenn wir heute Nacht miteinander geschlafen haben, bleib ich im Job Frau Dr. Rasske für Sie, Oberkommissar Kramer!«

Oh Mann! Eine Ohrfeige hätte Max nicht schlimmer treffen können. Er fühlte sich klein, und das kam nicht nur daher, dass ihn Tina Rasske um einen ganzen Kopf überragte.

»Was aber nicht ausschließt, dass wir uns privat mal wieder bei dir treffen könnten«, setzte sie hinzu. »Wenn du aufgeräumt hast.«

Hatte er das richtig verstanden? War das jetzt ein Vorschlag oder der Befehl einer Vorgesetzten gewesen? Beides klang aus dem Mund der Staatsanwältin komischerweise nicht erregend. Warum wollte ihm gerade kein belangloses »Ja, klar!« über die Lippen kommen?

Tina Rasske schritt an Max vorbei zum Küchentisch und zog einen Stuhl hervor. Langsam nahm sie darauf Platz. Ihre langen Beine schlug sie damenhaft übereinander.

Okay, das war jetzt dann doch sexy. Max wurde schlagartig klar, warum er mit ihr am Abend zuvor mehrmals Brüderschaft getrunken hatte. Eigentlich waren diese Beine und diese Hüfte ein Hauptgewinn! Auf seinem Herd zeigte die Digitaluhr Viertel nach acht an. Auch inklusive einer flotten zweiten Runde könnte er noch um halb zehn in seinem Büro in Mühldorf aufschlagen. Diese Option wäre zu überlegen.

Aus der Schublade, aus der er vorher die Tabletten gezogen hatte, kramte er eine Packung Kaugummi hervor. Knutschen ohne Zähneputzen, und dann noch einen Kaffee auf nüchternen Magen: schlechte Idee. Die Staatsanwältin nippte weiter an ihrem Espresso.

»Kaugummi?« Max lächelte auffordernd.

Tina Rasske schüttelte den Kopf. »Nö!«

Jetzt war er irritiert. Hatte sie nicht verstanden, dass die Frage nur eine Chiffre für Sex war? Er konnte jedoch nicht lange über dieses schroffe »Nö« nachdenken, denn sein Handy auf der Ablage begann zu vibrieren. Die elektronische Version des »Bayerischen Defiliermarsches« erfüllte den Raum.

»Interessanter Klingelton«, kommentierte die Staatsanwältin, während Max den Annahmeknopf betätigte.

»Kramer, schmeiß die Rasske raus! Wir haben einen übel zugerichteten Toten!«

»Guten Morgen, Kriminalhauptmeister Fäustl.« Die Staatsanwältin hatte die Stimme aus dem Lautsprecher identifiziert. Max konnte fühlen, dass er rot wurde. Vielleicht wollte ihm das Universum mitteilen, dass weiterer Matratzensport für diesen Tag keine gute Idee war.

»Hat die des jetzt g'hört?«

»Nein, natürlich nicht! Manchmal hast du echt die Auffassungsgabe einer Leitplanke …« Nun hatte er endgültig genug von dem miesen Start in den Tag.

*

Max ließ den morgendlichen Verkehr auf der A 94 hinter sich und bog Richtung Pleiskirchen ab. Ein Bauerndorf, welches durch eine Wirtshausküche, die mit einem Michelin-Stern geadelt worden war, und billigen Baugrund in den letzten Jahren einen enormen Aufschwung genommen hatte. Das war die Route, der sonst immer die Golfspieler aus Altötting folgten. Aber er wollte ja gar nicht zum Club, nur bis zum auf halber Strecke liegenden Gasthof Engfurt, wo gestern die Blaulicht-Party stattgefunden hatte. Dieser Abstecher, um Tina bei ihrem Auto rauszulassen, kostete ihn fünfzehn Minuten.

Das abgelegene Engfurt war von der Spurensicherung, die die gestrige Feier organisiert hatte, bewusst gewählt worden, denn die Menschen, die im »Blaulicht« arbeiteten, blieben bei ihren Exzessen gerne unter sich, vor allem die Kriminaler aus Mühldorf. Dass sogar Tina aus dem fernen Traunstein angerauscht war, hatte er seinem Chef zu verdanken. Möglicherweise eine »secret affair«, wie man sich in den Zigarettenpausen erzählte. Wenn er da mal nicht mit einem Bein in der Scheiße stand. Ja, das könnte noch ein Mordsproblem geben. Alle möglichen Konsequenzen schossen ihm durch den Kopf. Nachdenklich biss Max auf seine Unterlippe, dann packte er die unbequemen Gedanken entschlossen in eine andere Ecke seines Kopfes und ging stattdessen die Punkte des Tagesplans durch. Außerdem sollte er jetzt mal aufs Gas drücken, denn schließlich hatten sie einen Toten.

Fritz war sicher schon am Fundort der Leiche. »Übel zugerichtet«, hallte Fäustls Beschreibung des Korpus nach. Was immer das bedeuten mochte.

Links an der Straßenseite tauchte schon das Schild auf: »Landgasthof Engfurt« stand dort in geschwungener Schrift. Er hielt auf dem Parkplatz. Nur ein Auto mit Traunsteiner Kennzeichen stand vor dem alten Lokal, dicht am Zaun einer Minigolfanlage, die schon bessere Zeiten gesehen hatte. Die rasante Entwicklung dieser Gegend war hier noch nicht angekommen.

Tina saß neben ihm auf dem Beifahrersitz und telefonierte anscheinend mit ihrem Büro in Traunstein. »Es verzögert sich heute etwas.«

»Etwas« war gut, schließlich hatte sie noch über fünfzig Kilometer bis zu ihrem Schreibtisch vor sich. Ob sie sich vorher noch umziehen würde? Max wäre zu gern dabei gewesen, wenn Tina ihr Team im Fünfziger-Jahre-Rockabilly-Outfit überraschte.

»Bei einer Bekannten, also mach mal einen Punkt!« Sie wurde unvermittelt lauter. »Glaub mir, ich konnte mich gestern beim besten Willen nicht mehr hinters Steuer setzen!« Ihr Zeigefinger drückte auf das rote Feld.

Max drehte sich zum Beifahrersitz. Wie verabschiedete man sich nach so einer Nacht? Kuss oder Hand? Noch bevor er eine Entscheidung treffen konnte, fühlte er Tina Rasskes Hand in seinem Nacken. Mit einer unerwarteten Stärke zog sie seinen Kopf auf die Beifahrerseite und presste ihre Lippen auf die seinen. Irgendwie schmeckte ihr Mund nach Zeitungspapier.

Plötzlich ließ sie ab und fiel zurück in ihren Sitz. »Sie machen mich fertig, Kommissar!«, kam dabei kichernd aus ihr heraus. »Ich mag keine Heimlichtuereien«, fuhr sie ernster fort, ohne Max anzusehen. »Das eben war mein Mann.«

Sie öffnete die Beifahrertüre und stieg aus. »Wir telefonieren. Und wegen der Leiche: Ich erwarte einen genauen Bericht, auch wenn die Ermittlungen heute Abend schon abgeschlossen sein sollten!«

Max nickte. Allerdings nicht, um durch diese Geste der Staatsanwältin zu antworten, sondern weil er sich selbst gerade eine Antwort gab. Affäre oder nicht? Definitiv NEIN! Er musste diese Frau schnellstmöglich aus seinem Privatleben verbannen.

II. All die Macht und Herrlichkeit
(Lukas 4,6)

Fräulein Schosi bog auf den Kapellplatz ein. Sie stellte zufrieden fest, dass ihr Aufruf seine Wirkung nicht verfehlt hatte. Bereits fünf ältere Damen standen vor der barocken Fassade der Kapelladministration, mit der Absicht, eine lautstarke Schlacht für die Erhaltung des Tilly-Benefiziums zu schlagen. Fräulein Schosis Kampfgeist wuchs beim Anblick der kleinen Truppe von Sekunde zu Sekunde. In dieser Angelegenheit würden sie siegreich vom Platz schreiten. Das war gewiss.

»Petronillchen!«, hallte es ihr quer über den Platz entgegen. Eingehüllt von einer Wolke blauen Dunsts winkte Baronin Novotny, die Frauenbundvorsitzende, Fräulein Schosi zu sich heran. Von weitem sah sie aus wie eine angegraute Kopie von Uschi Glas. Rauchschwaden malten bei ihrer Bewegung etwas in die Luft, denn Novotnys Finger hielten eine brennende Zigarette.

»Petroni...« Ein plötzlicher Hustenanfall unterbrach ihre unverkennbare Alt-Stimme. Sie keuchte zweimal kurz und hustete in ein Stofftaschentuch. Ihr inzwischen fast sechzig Jahre andauernder Zigarettenkonsum hatte sie im Altöttinger Kapellchor vom ersten Sopran zum zweiten Alt absteigen lassen. Von dem ständigen Raucherhusten, der so manche Altöttinger Messe störte, gar nicht zu sprechen.

Fräulein Schosi hatte sich inzwischen zu den Wartenden gesellt.

Ihre Vorsitzende verstaute das benutzte Tuch wieder in der Manteltasche. »Nach meiner Rechnung werden wir gut zwanzig Leute, und die Leidl-Berggump Annamirl will sogar ein Transparent mitbringen!« Sie grinste zufrieden.

Kaum hatte Baronin Novotny diesen Namen ins Spiel gebracht, tauchte auch schon aus dem Aufgang der nahen Tiefgarage unter dem Altöttinger Rathaus eine Frau im gelben Lodenkostüm auf. Sie hatte ein längliches Ding aus Stoff und Holz geschultert. Das Gewicht bereitete ihr sichtlich Probleme.

»Annamirlchen! Hierher!« Baronin Novotnys Stimme brach sich an den Wänden der umstehenden Häuser.

Unsicher näherte sich die zierliche Frau in Gelb. Ihre Beine steckten barfuß in hohen orangenen Schuhen mit Pfennigabsätzen, mit denen sie nicht gerade sicher über den Kies schritt.

»Wie hast du denn so schnell ein Transparent aufgetrieben?«, fragte Fräulein Schosi.

»So was liegt bei uns im Keller rum.«

Die Frauenbundlerinnen blickten erstaunt auf das große Transparent, das eben von Novotnys und Leidl-Berggumps Händen ausgerollt wurde. Die Worte »Ewig ist ewig« waren mit roter Farbe daraufgemalt worden.

»Voilà!« Die Urheberin lächelte zufrieden, und ihre katholischen Mitstreiterinnen spendeten Applaus.

»Was du dir für Arbeit gemacht hast, Annamirlchen!« Baronin Novotny zog wieder an ihrem Glimmstängel und nickte dabei anerkennend.

»Ach, halb so wild. Das Transparent hat mein Sohn vor Jahren bei einer Demo gegen die studentische Wohnungsnot in München angefertigt. Ich hab es einfach umgedreht und neu beschriftet.«

Fräulein Schosi griff nach einem der Stöcke an den Seiten, um es aufzurichten. »Dann woll'ma mal!«

Langsam reckte sich die Stoffbahn in die Höhe. Die eine Seite hielt Fräulein Schosi, während auf der anderen Annamirl Leidl-Berggump mit dem Gewicht in ihren Händen kämpfte. Der Fetzen hing in der Mitte durch, und die Schlagworte waren kaum zu lesen.

»Spannen!«, befahl Fräulein Schosi.

Umgehend eilten zwei weitere Frauenbundmitglieder Annamirl zu Hilfe, und endlich erstrahlte der Satz »Ewig ist ewig« in roter Pracht auf dem Kapellplatz.

Baronin Novotny warf ihre rauchende Kippe in den Kies. »Meine Damen, Aufstellung!«

Die katholische Kampftruppe rottete sich zusammen. Die Blicke aller richteten sich auf die Kapelladministration. Oben im ersten Stock lag das Büro der Verwaltung, welche sich um die Einhaltung des »heiligen Eides« kümmern sollte, der vor Jahrhunderten vom Gnadenort Altötting gegenüber dem Heerführer Graf Tilly geleistet worden war.

»Vielleicht sollten wir irgendetwas rufen?!«, warf Annamirl Leidl-Berggump ein, denn bislang hatte niemand Notiz von ihrer Kampfbereitschaft genommen.

Von der rechten Flanke kam als Antwort auf diesen Vorschlag eine Mischung aus Husten und Räuspern. »Bei einer Demonstration nennt man das skandieren, Annamirlchen!« Baronin Novotny setzte eine fachmännische Miene auf. »Ja, vielleicht sollten wir das. Vorschlag?«

Schweigend grübelte die Frauengruppe vor sich hin. Einige Parolen, die mehr oder minder mit Ewigkeit zu tun hatten, wurden zaghaft ins Spiel gebracht, aber keine fand Gnade unter den strengen Augen Novotnys. Alle wurden durch eine kurze abschätzige Handbewegung der Vorsitzenden wieder verworfen.

Plötzlich blickte sie in die Runde: »Ewig ist ewig!«

Keine wagte zu widersprechen. Annamirl Leidl-Berggump wollte schon darauf aufmerksam machen, dass dies ja eigentlich ihre Idee gewesen sei, besann sich dann aber eines Besseren und hielt den Mund. Keine Diskussion jetzt. Es sollte nun nur noch um die Sache gehen.

Als der erste Kollektivschrei erklang, liefen zwei weitere Unterstützerinnen auf die weibliche Mannschaft zu und reihten sich ein. Als Gruppe schrie es sich phantastisch! Und all diejenigen, die zu Hause sonst nie den Mund aufbekamen, brüllten am lautesten.

Hinter den Fenstern der Kapelladministration rührte sich weiter nichts. Also wurde das Grüppchen noch lauter.

Die Baronin wurde ungeduldig. »Der Bursche muss doch da sein!«

Beim Bichlerschen Gasthof, der ebenfalls am Kapellplatz lag, öffnete sich die Haustüre, und die Zwillinge Korbinian und Franz lugten heraus.

Franz hatte die Vorbereitungen in der Küche ruhen lassen, und sein Bruder, der gerade mit der Abrechnung des Vortags beschäftigt gewesen war, hatte den Kugelschreiber aus der Hand gelegt. Sie stutzen beide kurz, als ihre Augen das Transparent überflogen. Mit diesem Auftritt des Frauenbunds konnten sie nichts anfangen. Korbinian lehnte sich zu seinem Bruder hinüber. »So fortschrittlich hätte ich die Altöttinger Weiber jetzt gar nicht eingeschätzt.«

Er bedeutete Franz, ihm zu folgen. Die Frauenbundlerinnen nahmen von ihnen keine Notiz. Also gingen beide um die brüllende Gruppe herum und postierten sich direkt vor ihr. Korbinians Hände hoben sich, und er begann zu applaudieren.

Der Sprechgesang verstummte. Baronin Novotny nahm die Bichler-Brüder ins Visier. »Wir müssen uns wehren!«

»Sehr richtig!«, pflichtete ihr Korbinian bei. »Man muss seine Meinung auch kundtun. Aber gestatten Sie mir eine Frage, Baronin: Warum denn?«

»Haben Sie die Zeitung nicht gelesen?«

»Doch, aber ...« Korbinian kratzte sich nachdenklich am Kopf.

»Eben!«, gab Novotny als Antwort zurück und steckte sich wieder eine Zigarette an.

Franz und Korbinian Bichler wechselten einen verständnislosen Blick. Ihnen war immer noch nicht klar, wofür der Altöttinger Frauenbund da demonstrierte. Franz zog seinen Bruder am Ärmel beiseite und flüsterte ihm etwas ins Ohr. Korbinian nickte grinsend, als ob Franz einen guten Witz gemacht hätte.

»Uns ist es in der Sache todernst!«, reagierte Fräulein Schosi trocken, der die kurze Unterredung der Bichler-Brüder nicht entgangen war.

Umgehend neutralisierte sich Korbinians Gesicht. »Dürfen wir Ihr Engagement für die gute Sache durch eine kleine Getränkelieferung unterstützen?«

Ein Raunen, das wohl Zustimmung signalisieren sollte, ging quer durch die Frauengruppe. Baronin Novotny kaute an ihrem Zigarettenfilter. »Das ist eine ausgezeichnete Idee! Ein Klarer wäre gut. Ist ja nicht gerade warm heute.«

»Kommt sofort, die Damen!« Franz und Korbinian machten kehrt. Auf der Schwelle zur Gasthofterrasse wandte Franz seinen Blick, um das Transparent erneut in Augenschein zu nehmen. Ein lautes Lachen folgte, dann ging er zu seinem Bruder ins Innere.

»Sollen wir, bis der Schnaps eintrifft, nicht wieder irgendwas rufen?«, durchbrach Annamirl Leidl-Berggumps Stimme die plötzlich entstandene Stille.

Baronin Novotny drehte sich zu ihr und Fräulein Schosi. »Bis jetzt hat das Skandieren ja nicht viel gebracht. Vielleicht wäre ein Lied noch eine Möglichkeit?«

Singen außerhalb ihrer Badewanne? Besonders begeistert sah Fräulein Schosi nicht aus. Annamirl Leidl-Berggump setzte allerdings sofort an. »Segne du, Maria, segne mich, dein Kind ...« Die übrigen Stimmen formierten sich zu einem Chor. Auf eine Reaktion hinter der Fassade der Kapelladministration wartete man weiterhin vergeblich.

Unvermittelt durchdrang eine laute Polizeisirene den Gesang. Ein grüner Dienstwagen der Altöttinger Polizei raste auf den verkehrsberuhigten Platz.

»Zusammenrücken!«, brüllte Baronin Novotny. »Jetzt kommen sie! Lauter singen!«

Die Reihen schlossen sich.

»Ich kenn das noch von meinem Studium in München. Achtundsechzig war ich in vorderster Front. Aufpassen, gleich holen sie die Wasserwerfer!«

Nun bekam es Fräulein Schosi mit der Angst zu tun. Vielleicht war diese Demonstration doch keine so gute Idee. Was, wenn noch eine der Frauen verletzt würde? Oder am Ende gar verhaftet? Wie sollte man das zu Hause erklären? Sie sah sich um. In den meisten Gesichtern spiegelte sich Panik.

Das Polizeiauto hielt vor der Kapelladministration, und vier Beamte stiegen aus.

»Segne all mein Denken! Segne all mein Tun«, plärrte es aus allen Mündern in Richtung Polizei. Aber auch von dieser Seite kam keinerlei Aufmerksamkeit. Die Tür der Kapelladministration öffnete sich, und die Uniformierten gingen hinein.

»Lass in deinem Segen Tag und Nacht mich ruh'n.« Die Lautstärke sank.

»Schnapserl?« Korbinian und Franz Bichler näherten sich mit einem gefüllten Tablett.

*

Dieser Moment nach der Andacht und vor dem Frühstück gehörte nur ihr. Tief sog Maria Evita die frische, klare Luft in ihre Lungen. Bei ihren täglichen Runden durch den morgendlichen Klostergarten fühlte sie sich lebendig. Ein leichter Nebel lag über Altötting, und die Sonne machte keinerlei Anstalten, die graue Decke durchbrechen zu wollen. Es roch nach feuchter Erde: leider keine Ankündigung des Frühlings, sondern ein Zeichen für einen zu milden Winter.

Sie steigerte das Tempo und bog am seitlichen schmiedeeisernen Tor zur zweiten Runde ab. Dies war der einzige Punkt auf ihrer Bahn, wo jemand von außerhalb des Klosters sie hätte entdecken können. Eine hohe Mauer aus Beton umspannte das gesamte Areal, und niemand von der Welt da draußen konnte einen Blick auf ihre Gemeinschaft erhaschen.

Wieder mit dem Laufen zu beginnen, war die richtige Entscheidung gewesen. Sie hatte bei der ehrwürdigen Mutter Oberin um Erlaubnis gebeten und tauschte nun täglich für eine halbe Stunde den schwarzen Habit gegen einen dunkelblauen Jogginganzug. Den iPod in ihrer Hosentasche verschwieg sie lieber. Ein heimliches Geschenk ihrer Tante, die in der Nachbarschaft wohnte. Dort bekam sie auch den musikalischen Nachschub her. Eigentlich war so ein Ding kein Problem, aber aus den Ohrstöpseln tönte nicht etwa die Johannes-Passion von Bach, sondern britischer Punkrock. Sowohl die Musik, als auch der Sport waren Überbleibsel ihres früheren Lebens. Weit entfernt in ihrer Erinnerung, aber zu wertvoll, um sie gänzlich zu verbannen. Ihre Verzichtsversuche waren kläglich gescheitert. Es tat ihr eben gut.

Maria Evita ließ sich vom hämmernden Rhythmus des Drummers in ihrem Ohr anstacheln und legte weiter an Geschwindigkeit zu. »She got mean, she caused a scene, I said ›You're not my type‹ ...« In dem Lied, das an ihrem Trommelfell wummerte, ging es um eine psychisch kranke Frau, die ihren Mann verprügelte. Aschermittwoch war ein strenger Fast- und Abstinenztag, der vollkommenen Einkehr und Andacht vorbehalten. Der Text über eine Gewalttätige war nicht gerade meditativ, aber für Maria Evita hatte er einen reinigenden Effekt. Und wenn sie später allein auf ihrer Zelle war, würde sie zu ihrem Rosenkranz greifen und wirklich konzentriert in einem Gebet versinken können. Ihr schwirrte sonst zu viel im Kopf herum.

Sie hatte noch gute dreißig Meter, bevor sie wieder am seitlichen Tor ankommen würde. Unvermittelt blieb sie stehen und fasste auf ihren Kopf. Die Haut juckte unangenehm. Reste des morgendlich auferlegten Aschenkreuzes hatten sich mit ihrem Schweiß vermischt. In ihrer Hand befand sich eine graue Schmiere. Asche zu Asche, Staub zu Staub, Staub zu Schweiß.

Während sie so über die Vergänglichkeit in ihrer Handfläche sinnierte, trat ein dunkel gekleideter Mann von außen an das Gatter. »Ssssst«, zischte er mehrmals und winkte Maria Evita zu sich heran.

Sie zog die Ohrstöpsel heraus und sah hinüber. Kurz war sie irritiert, erkannte dann aber das Gesicht. Es war Monsignore Hirlinger, ihr größter Vertrauter in Altötting.

»Nach deinem Frühsport kann man die Uhr stellen.«

»Was machen Sie denn hier? Benutzen S' doch den Haupteingang.«

»Ich brauche frische Luft! Muss mich beruhigen.« Hirlinger griff mit beiden Händen nach den Metallstreben, um sich abzustützen. Er wirkte wütend, was Maria Evita Sorgen machte, denn der Monsignore war als die Gleichmut in Person bekannt.

»Joseph, was ist denn los?«

»Fräulein Schosi demonstriert mit dem Frauenbund auf dem Kapellplatz. Ich konnte sie nicht abhalten.« Er stierte zu Boden und ergab sich seiner Fassungslosigkeit.

»Wofür denn bitte?«

»Gegen die Abschaffung des Tilly-Benefiziums. Vollkommen unüberlegt, kurzfristig und nicht genehmigt. Bitte komm mit und hilf mir, das Schlimmste zu verhindern. Du kennst doch die Weibsbilder vom Frauenbund.« Hirlingers Worte klangen wie das eindringliche Flehen zur Mutter Gottes.

»Zehn Minuten! Ich dusche und zieh mich an.«

*

Viel Blut konnte im Körper der Leiche nicht mehr übrig sein. Das meiste stand als geronnene Pfütze auf dem grauen Teppichboden. Weit aufgerissen starrten die toten Augen des Mannes zur Decke hinauf. Aus dem Bauch ragte der Knauf eines Messers. Über dem Toten hing ein prächtiges Gemälde Graf Tillys an der Wand. Was für ein Ort, um zu sterben!

Fußabdrücke führten von der Leiche weg Richtung Ausgang. Anscheinend war der Täter nach seiner Tat in das Blut des Opfers getreten, und der Teppichboden hatte den Weg nach draußen gespeichert.

Um die Leiche herum herrschte geordnetes Chaos. Grüne Kollegen aus Altötting, Spurensicherung und ein Notarzt samt Sanitäter traten sich in dem etwa dreißig Quadratmeter großen Büro gegenseitig auf die Füße.

Als Max den Raum betrat, lehnte Fritz Fäustl lässig an einer Fensterbank. Seit Weihnachten hatte er wieder gute fünf Kilo zugenommen, aber offenbar noch keine Zeit gefunden, eine Hose in Größe 56 zu kaufen.

»Deine Gesichtsfarbe ...«, begrüßte Fäustl seinen Kollegen.

»Wurscht!«, entgegnete Max.

Fäustl deutete mit seinem Zeigefinger auf die Fußabdrücke. »Gefälschte Spur, oder, was ich ja eher vermute, der Täter is ein richtiger Depp. Von der Putzfrau, die ihn gefunden hat, können's nicht sein, die hat Minifüße, und des sind doch ziemliche Treter.«

Der Notarzt löste sich aus der Chaosgruppe und kam mit einem Blatt in der Hand auf Max und Fäustl zu. Er lächelte breit. Max identifizierte den Mann in Weiß als Stephan Drengelmann, und seine Miene fror ein.

»Todesbescheinigung. Nicht natürlich.« Der Arzt wedelte mit dem Papier. »Ich brauche hier nichts mehr anzurühren. Die Rechtsmedizin aus München wird ja bereits auf dem Weg sein, stimmt's?«

Max griff nach dem Schriftstück, während Drengelmann unerwartet nach seinem Handgelenk schnappte, um den Puls zu fühlen. »Na ja, Ihr Kreislauf ist ja schon wieder stabil.« Das Arztgrinsen wurde intensiver. »Ich hoffe, Sie hatten noch eine angenehme Nacht mit Ihrem

Aufriss. Wobei, bei Ihrem Zustand ...« Drengelmann lachte dreckig.

Energisch zog Max seinen Arm zurück. Was sollte denn diese Bemerkung? »Waren Sie gestern etwa auch auf der Blaulicht-Party, Dr. Drengelmann?«, seufzte Max.

»Selbstverständlich! Sie hatten wohl ein paar Amnesia zu viel. Aber glauben Sie mir: Allein Ihr Auftritt als YMCA war es wert.« Stephan Drengelmann machte kehrt und pfiff die zwei Sanitäter zu sich. »Jungs, wir fahren!«

Fäustl sah zu Boden. Seine Finger bohrten sich verlegen in den Oberschenkel.

Für einen kurzen Moment schloss Max seine Augen und atmete tief durch. »Gibt es irgendjemanden, der nicht mitbekommen hat, dass die Rasske und ich gestern gemeinsam die Party verlassen haben?«

»Ich hab's zum Beispiel ned gemerkt«, sagte Fäustl, ohne seinen Blick zu heben.

Von hinten hörte Max plötzlich raschelnde Schritte. Toni Staudt, der Leiter der Spurensicherung, näherte sich in einem weißen Ganzkörperanzug. Intern wurde er nur Spusi-Toni gerufen.

»Wir hams gleich. Tathergang ist sicher bis Mittag rekonstruiert. Einbruchsspuren am Haus gibt es keine. Das Opfer hat seinem Täter anscheinend selbst die Tür aufg'macht.«

Max drehte sich zu seinem Kollegen. »Toni, was war eigentlich in deinem Amnesia alles drin?«

»Mei, des is so a Long-Island-Eistee. Bloß ohne Cola. Geile Mischung, gell?!«

»Ich hätt mich gestern Nacht beinahe noch übergeben.«

»Vier sind halt einfach zu viel, Kramer!«

Oh mein Gott! Max wurde klar, dass er am gestrigen Abend nur knapp einer Alkoholvergiftung entkommen war. Wobei es vermutlich besser gewesen wäre, im Krankenhaus aufzuwachen, als mit der Rasske sonst was anzustellen.

»Also, zur Identität des Toten«, unterbrach Fäustl Max' geistiges Bild der gestrigen Nacht. »Laut der Putzfrau handelt es sich um Rainer Schutt-Novotny. Ein paar Kollegen scheinen ihn auch zu kennen. Anschrift hab ich in deiner Abwesenheit bereits besorgt. Hinterlässt eine Frau. Er ist der Verwalter des Tilly-Benefiziums, dem auch dieses Büro gehört.«

»Was ist das?« Max kannte nicht einmal das Wort, geschweige denn wusste er, was dahintersteckte.

»Irgend so a uralte katholische Stiftung«, antwortete Fäustl.

Der Spusi-Toni verdrehte die Augen. »Kramer, des kennt doch ein jeder, der hier aufgewachsen ist!«

»Kirchengeschichte ist jetzt nicht grad mein Spezialgebiet. Und in Religion hatte ich am Gymnasium einen Vierer«, konterte Max.

»Graf Tilly hat der Altöttinger Kirche an Haufen Geld vermacht«, erklärte der Spusi-Toni. »Dafür müssen sie ihm bis in alle Ewigkeit täglich eine Messe lesen.«

Wieder so eine Geschichte, die zwar typisch für den Wallfahrtsort war, aber sonst auf der Welt nur verständnisloses Kopfschütteln hervorrief. Max lehnte sich zu Fäustl ans Fenster. »Fritz, wir schau'n, dass wir die

Witwe finden. Die Grünen und die übrigen Kollegen teil ich auf, damit die das weitere Umfeld abklappern. Hat schon irgendwer in der Rechtsmedizin angerufen?«

»Die is von Mühldorf aus verständigt worden. Sie kommen mit dem Auto aus München und ...« Fäustl sah auf seine Uhr. »... sind in ungefähr dreißig Minuten da.«

Vor dem Fenster hatten Max' Augen eine kleine Frauengruppe eingefangen, die ein Transparent in die Höhe reckte. Mit roter Farbe stand dort etwas Unkenntliches geschrieben. Vor ein paar Minuten war er achtlos an ihnen vorbeigespurtet.

»Was machen eigentlich die Frauen da unten vorm Gebäude? Schau, die Schosi und die Baronin stehen in erster Reihe.« Sein Finger deutete an die Glasscheibe.

Fäustl riskierte ebenfalls einen längeren Blick aus dem Fenster. Kurzentschlossen drehte er den Griff und öffnete es. Ein lautes kollektives »Buh!«, gefolgt von einem plärrenden Sprechchor, der die Worte »Ewig ist ewig!« formte, hallte ihm entgegen.

Max wollte Fräulein Schosi zurufen, was sie denn alle auf dem Platz täten. Er hob seine Hand, da er hoffte, die Damen würden dann verstummen, aber das Gekreische wurde durch seine Geste nur noch mehr angestachelt.

»Sinnlos!«, kommentierte Max und drückte das Fenster wieder zu. »Komm, wir gehen mal runter. Das interessiert mich jetzt fei scho.«

*

Draußen begrüßte ein bedeckter Himmel die beiden. Je mehr sie sich den Frauen näherten, um so enger schienen sie aneinanderzurücken. An der Spitze stand Baronin Novotny, zog an einer Zigarette und musterte abschätzig Max und seinen Kollegen.

»Wir werden nicht weichen!«, hustete die alte Dame den beiden Kriminalern entgegen und schnippte dabei ihren Zigarettenstummel in die Luft.

»Das müssen sie auch gar nicht, Baronin.« Max lächelte. »Mich täte nur interessieren, was Sie hier eigentlich alle machen.«

»Kommissar Kramer, wir demonstrieren!«, rief Fräulein Schosi.

Fritz Fäustl war inzwischen einmal um den kleinen Demonstrationstrupp herumgeschritten. Als er wieder bei Max angekommen war, legte Fäustl ihm seine Hände auf die Schulter und schob ihn hinter die Demonstrantinnen.

Die Blicke der Frauenbundlerinnen folgten ihnen skeptisch.

Fäustl war die Rückseite des Transparents aufgefallen. Mit einem Kopfnicken bedeutete er Max, ebenfalls seinen Blick zu heben. Dessen Mund öffnete sich langsam, und seine Augen wurden größer. »Ja leck mi doch am Arsch!«

Beide wechselten einen amüsierten Blick und schlenderten vor die Gruppe zurück. Max hustete einmal beiläufig in seine Hand. Sollte er oder Fäustl die entscheidende Frage stellen?

»Warum demonstrieren Sie denn hier?«, kam ihm sein Kollege zuvor.

»Man kann das Tilly-Benefizium nicht einfach so abschaffen«, keifte Fräulein Schosi.

»Und weil ewig wirklich ewig ist!«, mischte sich von der Flanke Annamirl Leidl-Berggump ein.

»Aha.« Max versuchte nicht lauthals loszulachen. »Und warum fordern Sie dann die Freigabe von Marihuana?«

Nach einer kurzen Pause des Unverständnisses platzte es ungehalten aus Baronin Novotny heraus: »Bitte? Sie sind doch nicht ganz bei Trost!«

»Auf Ihrem Transparent ist hinten ein Hanfblatt aufgemalt und die Worte ›Legalize it‹ – das steht eindeutig für die Freigabe von Marihuana.«

Baronin Novotny drehte sich um und schob ihren Körper durch die Reihen, bis sie bei Annamirl Leidl-Berggumps Transparent angekommen war. Tatsächlich! Die Baronin taumelte kurz. Sie schwankte sichtlich zwischen Fassungslosigkeit und Verzweiflung.

»Das ist gegen die studentische Wohnungsnot in München!« Leidl-Berggump griff empört nach dem am Boden liegenden Stoff.

»Glauben Sie mir, das hat mit Wohnungsnot extrem wenig zu tun!« Aus dem Hintergrund vernahm Max eine belustigte weibliche Stimme, die ihm sofort bekannt vorkam. Dort stand eine junge Novizin im schwarzen Habit, begleitet von Monsignore Hirlinger. Das dumpfe Licht des späten Vormittags, das Hirlinger in diesem Moment wie einen Greis wirken ließ, schadete ihrem Aussehen überhaupt nicht. Es war Maria Evita Unterprammer, eben nicht nur irgendeine Bekannte aus dem ansässigen Nonnenkloster, sondern auch zufälligerweise seine Ex.

Die Beziehung war schon gute zehn Jahre vorüber, doch trotz ihrer Schwesterntracht fühlte er sich von ihr immer noch angezogen, und das lag zweifelsohne an ihren Augen. Diese Wimpern und darunter diese tiefblaue Iris waren ein besonderes Geschenk Gottes. So dachte zumindest Max. Eine Verschwendung, dass sie sich einem Leben als Gottes Dienerin verschrieben hatte.

Er nickte ihr vertrauensvoll zu. Sie erwiderte dies mit einem heimlichen Augenzwinkern.

»Servus, Maxl!«, begrüßte sie ihn. »Bist du etwa dabei, die Damen hier zu verhaften?« Da schwang eindeutig ein ironischer Unterton mit.

»Unsere Zellen sind Gott sei Dank nicht für mehr als zwei Leute gemacht, Vevi.« Max musste herzlich auflachen, als er sich bildlich vorstellte, wie der gesamte Altöttinger Frauenbund eng zusammengepfercht hinter Gittern bei der örtlichen Schutzpolizei aussehen würde.

Ohne sich zu verabschieden, traten nun einige Frauenbundlerinnen verstohlen den Rückzug an. Anscheinend wollten sie kein weiteres Aufsehen erregen und am Ende doch noch im Gefängnis landen. Der Demonstrationstrupp schmolz bis auf einen kärglichen Rest zusammen. Übrig blieben nur Baronin Novotny, Fräulein Schosi und Annamirl Leidl-Berggump, deren Finger das missglückte Transparent weiter krampfhaft umklammert hielten.

Hirlinger, der seine Arme verschränkt und bisher kein Wort von sich gegeben hatte, blickte auffordernd in das Gesicht seiner Haushälterin. Züge eines schlechten Gewissens deuteten sich bei Fräulein Schosi an.

Dann durchbrach er das Schweigen: »Vielleicht sollten Sie sich ebenfalls zurückziehen, Fräulein Schosi?«

Ohne ein Widerwort zu geben, machte sie umgehend kehrt und schritt Richtung Rathaus davon. Hirlinger folgte ihr. Über seiner Schulter formte er eine Geste, die für Maria Evita bestimmt war und bedeuten sollte, dass sie später telefonieren oder sich treffen würden. Beide waren eng befreundet, das wusste Max. Diese Frauenbundgeschichte bedurfte wohl noch ihrer Aufarbeitung.

Maria Evita nickte und zeigte als Antwort zuerst auf Fräulein Schosis Rücken und dann mehrmals auf ihren eigenen Kopf, als ob sie sagen wollte: »Die Gute hat echt einen Vogel!«

Währenddessen hatte Baronin Novotny Annamirl Leidl-Berggump das Transparent entwunden und es wütend zusammengerollt. In ihrer gebückten Haltung zischte sie mehrere unverständliche Schimpfwörter.

»Am besten, du verbrennst es zu Hause, Annamirl!«, kam es deutlich aus Novotnys Mund, als sie sich wieder aufrappelte.

Leidl-Berggump hatte Tränen in den Augen. Sie schulterte die Stoffbahn und verließ den Schauplatz, ohne einen der Anwesenden nochmals anzublicken.

Die Baronin zitterte am ganzen Leib, wie der Deckel auf einem gerade überkochenden Topf. »Kreuz, Birnbaum und Hollerstaud'n!« Aus ihrer Manteltasche fingerte sie ein Päckchen Zigaretten. Nach den ersten tiefen Zügen entspannte sich Novotnys Körper.

Max ließ sie links liegen und ging auf Maria Evita zu. Umarmung oder Hand?

Einer Entscheidung kamen drei grüne Altöttinger

Kollegen, die mit ernstem Gesichtsausdruck in der Tür der Kapelladministration erschienen waren, allerdings zuvor. Sie überquerten zielgerichtet den Kies und blieben vor der Baronin stehen. Der Älteste, den er als Seppi Meyerling erkannte, zog seine Dienstmütze und fasste mit festem Griff nach Novotnys Schulter. »Mei' aufrichtiges Beileid!« Die anderen zwei taten es ihm gleich.

Novotny, die nach wie vor an ihrem Glimmstängel zog, paffte den drei Polizisten ins Gesicht. »Sie müssen sich über unser Missgeschick jetzt nicht auch noch lustig machen!«

Irritiert rückte Meyerling seine Kopfbedeckung wieder zurecht. »Baronin, ich wollt Sie in Ihrem Schmerz keinesfalls kränken.«

»Was heißt denn da kränken, Sie Rindvieh?«

»Mäßigen Sie sich bitte«, griff Max ein.

»Passt scho! Des is nie leicht für die Familie«, entgegnete Meyerling.

»Was hat denn jetzt auch noch meine Familie mit diesem Schmarren hier zu tun?« Nervös ließ Novotny ihre Kippe fallen und vergrub die Hände in den Manteltaschen.

»Hast du etwa der Baronin noch gar nix g'sagt?«, wandte sich Meyerling an Max.

»Was soll ich ihr denn bitte g'sagt haben?«

Seppi Meyerling fasste nach Max' Ärmel und zog ihn fünf Meter vom Geschehen weg. Fäustl folgte den beiden interessiert. Nun entglitt Meyerling ein tiefer Seufzer, als wäre er unvermittelt mit seinen Nerven am Ende. »Also, Kramer ...«, flüsterte er leise, aber bestimmt. »Da oben liegt der Schwiegersohn von der Novotny im eigenen Saft, und du hast es noch nicht für nötig erachtet, ihr auch nur des Geringste darüber mitzuteilen? Sag amal, geht's noch?«

Zefix! Max klatsche sich seine Hand auf die Stirn. Langsam glitt sie nach unten und vergrub dabei Augen und Nase. Schutt-Novotny! Fäustl hatte vorher deutlich den Namen des Opfers genannt, aber die Parallele hatte er einfach nicht gezogen. Gut, er war lange von seiner Heimatstadt weg gewesen, aber Baronin Novotny war ihm seit seiner Kindheit ein Begriff, und schemenhaft konnte er sich auch daran erinnern, dass sie einen Schwiegersohn hatte, der bei der katholischen Kirche arbeitete. Warum war er manchmal bloß so unaufmerksam?

»Sorry, Meyerling, ich hab echt nicht verstanden, dass die beiden familiär verbandelt sind. Vergiss einfach mein blödes Verhalten. Ich kümmer mich jetzt um die Baronin und fahr anschließend mit dem Fritz zu ihrer Tochter. Befragt ihr bitte den Arbeitgeber, sprich die Kirchenverwaltung, und schaut euch den Umkreis hier genauer an? Wir treffen uns dann um zwei bei euch zur weiteren Besprechung.«

Seppi Meyerling bestätigte den Auftrag durch ein kurzes Nicken und verschwand mit den anderen Altöttinger Kollegen links hinter der barocken Kapelladministration, wo ihr Dienstwagen geparkt war.

Etwas abseits stand Maria Evita und hob ihre Hand. Sie wollte wohl aus der Entfernung auf Wiedersehen sagen. Max hielt inne, dann winkte er sie kurz entschlossen zu sich und Fäustl heran. »Vevi, ich brauch jetzt deinen geistlichen Beistand.«

Skeptisch verzog Maria Evita ihr Gesicht. »Bitte?«

»Nicht für mich! Wir müssen der Novotny mitteilen, dass ihr Schwiegersohn dort ...«, er deutete auf den oberen Stock der Kapelladministration, »erstochen worden ist.«

Die Skepsis, die sich eben noch in Maria Evitas Mundwinkeln breitgemacht hatte, wich einer schockierten Bewegungslosigkeit. Blutleer und taub waren schlagartig ihre Lippen. Sie hatte Rainer Schutt-Novotny von früher gekannt. Zwar mehr aus dem Kirchenalltag als privat, aber die Vorstellung, dass jemand aus dem kirchlichen Kreis ein Messer im Leib stecken hatte, rief ein Grausen in ihrem Innersten hervor.

Ihr Blick wechselte zwischen Max und seinem Kollegen Fäustl hin und her. Beide wirkten gefasst, aber nicht sonderlich darauf erpicht, zum Überbringer der Todesnachricht zu werden. Für ihren Geschmack erschienen sie sogar zu teilnahmslos. Aber vielleicht entwickelte man so eine Art Selbstschutz, wenn man für die Mordkommission arbeitete. »Soll ich vielleicht erst mal allein mit der Novotny sprechen?«

Nach ihrer Frage sah Maria Evita eine große Erleichterung in Max' Gesicht.

*

Donau und Inn hüllten Passau während der Wintermonate ständig in einen Schleier, der viele Menschen depressiv werden ließ. Wenn auch noch der Wind ungünstig stand, kamen die malzigen Ausdünstungen der Brauerei Hacklberg dazu. Alles in allem eine Mischung, auf die Benedikt Haniger gut verzichten konnte. Hier drinnen roch es Gott sei Dank nach Espresso. Das graue Licht, das durch die Fenster hereinbrach, ließ alles zeitlos erscheinen. Nur das geschäftige Kaffeehaustreiben erinnerte ihn daran, dass die Minuten verstrichen. Studenten mischten sich hier mit anderen Besuchern, die vormittags nichts Besseres zu tun hatten. So ganz passte er nicht unter dieses Publikum an den anderen Tischen.

Termine in Passau häuften sich für den Architekten Haniger gerade, da ein neues Projekt anlief. Eigentlich lag sein Büro in Altötting, aber der Auftraggeber bestand darauf, dass die Besprechungen ausschließlich in Passau stattfanden. Heute war es mit dem Auto zum ersten Mal zügig gegangen. Er war zu früh. Der strikte Terminkalender seines Auftraggebers zwang ihn allerdings, hier zu warten: Vor der benannten Uhrzeit konnte er nicht erscheinen.

Benedikt Haniger blickte auf sein Handgelenk. Noch eine halbe Stunde. Auf dem kleinen Tischchen, das er mit einer Zeitung und einer Mappe mit verschiedenen Din-A4-Ausdrucken in Beschlag genommen hatte, stand eine weiße Tasse aus dickem Porzellan, in der laktosefreier Milchschaum vor sich hin trocknete. Er deutete auf die leere Tasse und bat damit den Kellner, ihm einen weiteren Cappuccino zu bringen.

Es dauerte nicht lange und der junge Mann, der ihm vorher den Platz zugewiesen hatte, brachte den Kaffee. »Wollen Sie vielleicht einen Toast oder eine Breze dazu?«, nuschelte er.

Haniger verneinte. Er war zwar schon seit ein paar Stunden unterwegs, aber sein Kreislauf war immer noch nicht so weit auf Touren gekommen, dass er Hunger empfunden hätte. Frühstück reizte ihn nie. Bei Stress verzichtete er meist auch auf das Mittagessen. Der Auftrag aus Passau ließ ihn seit Wochen eh kaum mehr schlafen. Sein Büro brauchte das Geld dringend, und da war dieser Anruf wie ein rettender Gruß des Himmels erschienen. Dass der Auftraggeber so kompliziert sein würde, permanent Extrawünsche äußerte und sich immer nur schleppend zu einer definitiven Antwort hinreißen ließ, konnte ja keiner ahnen. Dimensionen taten sich auf, die das Projekt in einem mysteriösen Licht erschienen ließen.

Eigentlich hatte zu Beginn alles so einfach ausgesehen: Pläne zeichnen, Baugenehmigungen einholen, mit dem Denkmalschutz diskutieren, loslegen. Aber alles musste in höchster Diskretion ablaufen. »Wer zahlt, schafft an!« Mehr dachten sich er und seine Kollegin nicht dabei. Jeder von ihnen beiden wusste, wie viel auf dem Spiel stand, und sie waren bereit, alles für den Erfolg zu opfern. Inzwischen sogar, den Denkmalschutz zu umgehen.

Haniger war kaum vierzig und für sein Alter ein angesehener Architekt, auf den seine Heimatstadt stolz war. Doch in den letzten Wochen hatte sich in seinem Gesicht eine Veränderung vollzogen, so dass man ihn nun gut und gerne zehn Jahre älter schätzte. Früher, als er noch Türsteher war, um sich sein Studium zu finanzieren, hatte er alles locker weggesteckt, aber dieses Projekt raubte ihm den letzten Nerv. Augenringe und Stirnfalten wirkten wie von einem gespitzten Bleistift gezogen. Haniger musste schmerzlich anerkennen, eben doch nicht mehr Mitte zwanzig zu sein.

In den Milchschaum hatte der Barista die Umrisse eines lächelnden Gesichts gemalt. Haniger störte dieser Umstand mehr, als dass es ihn selbst zum Lächeln animierte. Ein Kaffee blieb für ihn ein Kaffee und kein Kunstwerk. Basta!

Mit dem ersten Schluck vernichtete er das Grinsen in der Tasse. Als er sie zurück auf die Untertasse setzte, fiel sein Blick auf die Kopfzeile eines seiner Ausdrucke, der aus der Mappe ragte. Dort stand: »Kapelladministration 2. Stock/Umbau zu Wohnung«. Haniger zog alle Papiere heraus. Auf den anderen tatsächlich das Gleiche. Er sank in seinen Stuhl zurück. Der Termin heute drehte sich um die Details des ersten Stocks. In den dunklen Morgenstunden hatte er aus Versehen zur falschen Mappe gegriffen. Das war aber auch zu dumm! Vielleicht konnte ihm seine Kollegin noch schnell eine E-Mail mit Anhang auf sein Handy senden?

Mit der linken Hand nahm er hastig das Telefon aus der Innentasche seines Jacketts. Gerade als er im Altöttinger Büro anrufen wollte, erschien eine SMS von einer ihm unbekannten Nummer auf dem Display: »Kein Wort zu niemandem! Projekt liegt bis auf weiteres auf Eis. Mein Sekretär meldet sich nächste Woche. A. Pemmerl«.

Haniger war wie gelähmt. Sein Atem stockte beim Anblick der Nachricht. Bisher war der Auftraggeber darauf bedacht gewesen, seine Handynummer nicht preiszugeben. Und hier schickte der Bischof persönlich aus dem Nichts heraus diese miese Absage! In Zeitlupe ließ Haniger seinen Blick zum Fenster wandern, durch das immer noch das gedämpfte Licht hereinbrach. Lunge und Hals waren wie eingeschnürt. Was bildete sich dieser Depp eigentlich ein? Jede einzelne Sekunde, die er und seine Kollegin bisher investiert hatten, würde er ihm in Rechnung stellen. Und dann konnte er zur Hölle fahren.

Seit gestern Abend wusste er, dass er sich dafür nicht selbst die Finger schmutzig machen musste. Gerade eben noch hatte Haniger den Bischof bei ihrem anstehenden Termin warnen wollen, dass es da eine tickende Zeitbombe in Altötting gab. Doch in dieser neuen Situation: Scheiß der Hund drauf!

*

Kurz vor Mittag kehrte Benedikt Haniger wieder nach Altötting zurück. Energisch drückte er die Aluminiumklinke zum Architekturbüro nach unten. Groß, weiß und geräumig empfing ihn der loftähnliche Arbeitsplatz. Dieser lichtdurchflutete Raum bot genügend Platz für drei Tische und einen Tresen. Neonröhren hingen von der Decke und unterstützten das fahle Tageslicht des späten Winters, das von allen Seiten hereindrang.

Hanigers Pupillen konnten nicht mehr wirklich fokussieren. Die Rückfahrt war duster gewesen. Entlang des Inns, der die Grenze zu Österreich darstellte, bildete sich in diesen Tagen ein dicker Nebelfilm, der die Geduld und Konzentration der Autofahrer auf die Probe stellte. Er war müde, wütend und ausgelaugt, und hier war es ihm in diesem Augenblick zu aufdringlich hell.

Als Erstes nahm Haniger die Umrisse seiner Teamassistentin Chrissy Ertl wahr, danach den farbigen Schatten seiner Kollegin Judith Fuchs. Ihre roten Haare waren dabei für seinen trägen Geist der zentrale Punkt. Beide Frauen wirkten nervös, sie fragten sich wohl, welche Änderungswünsche er mitbringen würde.

Gruß los warf er seine Tasche auf einen Stuhl am Besprechungstisch, setzte sich auf die Kante und schwieg.

»Alles noch mal von vorn?«, wandte sich Judith Fuchs vorsichtig an Haniger.

Er sagte kein Wort. Trotz seiner Müdigkeit wuchs plötzlich eine unbändige Kraft in seiner Brust, die sich durch einen gellenden Urschrei entlud.

Erschrocken wich Judith zurück, zupfte an ihrem knielangen grünen Angorapulli und presste ihren Rücken an den Tresen.

Chrissy Ertl sah voller Besorgnis zu ihren Chefs hinüber. »Kaffee oder Alkohol?«

Haniger nickte zaghaft.

»Was denn jetzt?«

»Kaffee mit Alkohol.«

Chrissy machte sich sofort hinter dem Tresen zu schaffen.

»Er hat alles auf Eis gelegt. Per SMS.«

Chrissy fror in ihrer Bewegung ein. »Heißt das ... ihr müsst mich jetzt entlassen?«

Durch ein kurzes Kopfschütteln verneinte Haniger. »Ich rechne nicht mit dem Äußersten. Aber die Situation ist keinesfalls auf die leichte Schulter zu nehmen.«

Am vorderen Schreibtisch, der dem Eingang am nächsten stand, klingelte das Telefon. Gerade begann die Kaffeemaschine zu surren, und Chrissy spurtete, um den Hörer abzuheben. »H&F Architekten, Ertl mein Name. Was kann ich für Sie tun?«

Judith Fuchs starrte ohne jegliche Regung in die Luft. Haniger schritt zu einem der Fenster und blickte auf das trübe Wetter dieses beschissenen Aschermittwochs. Draußen ging ein Regenschauer nieder.

Chrissy wechselte nicht eine Silbe mit dem Anrufer. Nur kurz bevor sie auflegte, stammelte sie ein fassungsloses: »Okay.«

Wie in Zeitlupe schlich sie zurück zum Tresen. Dann konnte sie nicht mehr an sich halten: »Lenka kommt heute nicht zum Putzen. Sie hat in der Früh den toten Schutt-Novotny gefunden ...«, sie stockte, »... mit einem Messer im Bauch.«

Im Zeitraffer drehte sich Haniger um. »Jetzt ist die Kacke völlig am Dampfen! Packt alles von dem Projekt in eine Kiste. Ich lass das erst mal verschwinden. Früher oder später haben wir hier Besuch.«

*

Sie kam gerade vom Friseur zurück, und fast hätte ihr der kalte Regen, der einsetzte, als sie zu ihrer Haustüre schritt, die eben erst gelegte Dauerwelle zerstört. Marina Dreesen sah ihren Mann vom Flur aus am Küchentisch sitzen. Gekrümmt, die rechte Hand unter der Achsel des linken Armes, als hätte er Schmerzen. Gestern war er erst in den Morgenstunden nach Hause gekommen und in der Früh nicht aufgestanden.

Gewundert hatte Marina dieser Umstand nicht. Ihr Mann arbeitete selbständig von zu Hause aus, und Geschäftstermine gab es auch am Abend. Doch mit Nepomuk stimmte etwas nicht. Schon seit dem letzten Wochenende wirkte er über längere Zeit hinweg vollkommen desinteressiert. Wechselte mit ihr kaum ein Wort. Vielleicht war ihm wieder ein Geschäft geplatzt. Sein Gesicht war in den letzten vierundzwanzig Stunden um Jahre gealtert.

Noch bevor sie ihren Mantel ablegen konnte, begann er wie ein Wasserfall zu reden. Dass er und die ganze Familie bedroht würden, und von einer Sache, die ihm über den Kopf zu wachsen drohe. Von den Kindern und ihrem Schulweg. Die Worte klangen bitter, verzweifelt, aber alle gemischt mit Selbstmitleid. Marina Dreesen hörte schweigend zu, halb ungläubig und halb voller Verachtung aufgrund der Feigheit ihres Mannes.

»Keine Polizei.« Diesen Ausspruch flocht er in regelmäßigen Abständen in seine wirre Erzählung ein. »Ich habe in meiner Vergangenheit Fehler gemacht, und die muss ich nun ausbügeln. Das ist meine Sache! Ich muss ...«

»Nepo, wenn es unsere Kinder und mich betrifft, dann ist es auch meine!«, schnitt Marina ihm das Wort ab.

Nepomuk legte eine Pause ein. Dann sah er sie an und fragte: »Wo sind die drei eigentlich?«

»Bist du noch ganz bei Sinnen? Schon seit Montag bei der Oma in Rosenheim. Die haben Ferien.« Nepomuks Zustand machte Marina fassungslos. Diesen Mann kannte sie nicht.

Er beugte sich nach vorne und vergrub sein Gesicht in den Händen. Als er wieder aufsah und sich ihre Blicke kreuzten, begann er zu schluchzen. »Fahr auch zu deiner Mutter. Pack deine Sachen. Hau ab bis zum Ende der Woche! Dann ist hoffentlich alles geregelt.«

*

Den Beifahrersitz belegte Fäustl. Hinten teilten sich Baronin Novotny und Maria Evita die Bank, während Max den Wagen nach Altötting-Süd lenkte, wo sich das Reihenendhaus von Schutt-Novotny befand. Die Todesnachricht schien die Baronin nicht explizit aufzuregen, und Max nutzte die kurze Fahrt, um ein paar Details aus dem Novotnyschen Familienleben zu erfragen.

Von der Rückbank drang ein Geräusch an sein Ohr, als ob jemand eine Packung Zigaretten schüttelte.

»Darf man hier rauchen?« Dieser Frage schloss sich ein Hustenanfall der Baronin an.

Mit der Hand drehte Max den Rückspiegel so, dass er den hinteren Bereich seines Wagens genau im Auge behalten konnte. »Nein!«

Wie zum Trotz öffnete die Baronin daraufhin das Fenster. »Ich brauche frische Luft.« Beleidigt ließ sie sich in den Rücksitz fallen.

»Sie hatten also nicht das beste Verhältnis zu Ihrem Schwiegersohn?«

»Wir hatten gar kein Verhältnis, Kommissar!«

»Und wie stehen Sie zu Ihrer Tochter?«

»Besser, aber seit ihrer Heirat gab es keinen intensiven Kontakt mehr. Da vorne müssen Sie rechts abbiegen.«

Reihenhäuser mit kleinen Vorgärten säumten die

Straße, mehr gutbürgerlich als Oberschicht. Sie parkten nach Anweisung der Baronin vor der Garage der Nummer zehn und stiegen aus. Straße und Einfahrt waren regenfeucht. An diesem Spätvormittag strahlte die Nachbarschaft eine große Ruhe aus. Die Männer waren seit dem Frühstück bei der Arbeit und die Frauen am Staubsauger, beim Einkaufen oder vor dem Fernseher. Niemand schien unterwegs zu sein.

Max betätigte die Klingel, während sich die Baronin im kleinen Sichtfenster der hellblauen Haustüre postierte. Nachdem dreißig Sekunden lang nichts geschah, schob die Baronin ihn zur Seite und drückte ungeduldig zweimal hintereinander auf die Taste mit dem Glockenzeichen. »Die muss doch zu Hause sein.«

Es rührte sich nichts.

Mit vier großen Schritten stand Novotny plötzlich am Eck des Hauses und öffnete ein kleines hölzernes Gatter, das nach hinten zum Garten führte. »Jetzt kommen Sie schon, meine Tochter ist sicher am Kompost oder so.« Durch eine energische Kopfbewegung signalisierte sie ihren drei Begleitern, ihr doch zu folgen.

Max nickte Fäustl und Maria Evita zu, was so viel heißen sollte wie: Gut, dann probieren wir es eben auf der anderen Seite.

Dort breitete sich ein vom Winter erschöpfter Rasen neben einer Holzterrasse aus und bedeckte die gesamte Gartenfläche bis zur nachbarschaftlichen Begrenzung durch einen grünen Maschendrahtzaun. Häuserrückseiten säumten die Parzellen ein. Der Nachbar gegenüber hatte eine Vorliebe für weiße Vorhänge mit überdimensionierten Rüschen. Max konnte nicht genau sagen warum, aber ihm war, als würde eine Person hinter den Stoffbahnen stehen und den Garten beobachten.

»Ja Scheiße!« Fäustl griff unerwartet nach seiner Dienstwaffe, was bei Max reflexartig die gleiche Bewegung auslöste.

»Fritz?«

Unsanft packte sein Kollege die Baronin an der Schulter und sprang an ihr vorbei zur Terrassentür, dicht gefolgt von Max, der nun den Grund des Ganzen erkannte. Glassplitter übersäten die Holzplanken und verliehen jedem ihrer Schritte ein unangenehmes Knirschen. Irgendjemand hatte anscheinend die Scheibe eingeschlagen und die Tür offen stehen lassen.

»Ihr bewegts euch nicht vom Fleck!«, befahl Max den beiden Frauen in seinem Rücken.

Mit dem Lauf seiner Dienstwaffe drückte er die angelehnte Terrassentüre auf und trat ein, während Fäustl von hinten sicherte. Was sich ihnen bot, war der Anblick eines furchtbaren Chaos. Der Einbrecher hatte ganze Arbeit geleistet. Schubladen waren aus ihren Fächern gerissen, Bücher und Bilderrahmen mit Fotos aus dem Regal achtlos auf den Boden geworfen worden.

Vorsichtig kontrollierten sie Raum für Raum, aber das Einzige, was sie in den Zimmern entdecken konnten, war heilloses Durcheinander, sonst nichts. Weder den oder die Einbrecher noch Frau Schutt-Novotny. Fäustl informierte von seinem Handy aus den Spusi-Toni in der Kapelladministration, der umgehend alle abkömmlichen Kollegen der Spurensicherung zu ihnen nach Altötting-Süd schicken wollte.

Unterdessen ging Max zurück in den Garten. Maria Evita sah ihm gespannt entgegen.

Baronin Novotny neben ihr verlagerte hektisch ihr Gewicht von einem Bein auf das andere. Entweder sie fröstelte, oder sie war nervös wegen dem, was er ihr nun zu sagen hatte.

»Es ist niemand im Haus.«

Novotny nickte erleichtert und tat einen tiefen Atemzug, was zwangsläufig in einer Hustenattacke mündete. Max stachen die nachbarschaftlichen Vorhänge erneut ins Auge. Dahinter stand doch jemand! Er musste nachher dort hinüber. Vielleicht hatten die Nachbarn etwas mitbekommen. Im Moment war allerdings wichtiger, zu klären, wo sich Rainer Schutt-Novotnys Frau aufhielt.

»Würden Sie bitte versuchen, Ihre Tochter schnellstmöglich zu erreichen?«

Hüstelnd griff Novotny mit ihrer Rechten in die Manteltasche und zog ein Mobiltelefon hervor. Kurz drückte sie darauf herum und reichte es schließlich unvermutet an Max weiter.

»Ich kann nicht. Jetzt kann ich einfach nicht!« Ihre Hände zitterten.

Max nahm das Handy und hielt es an sein Ohr. Ihm war nicht entgangen, dass Baronin Novotny ihre Tochter nicht mit dem richtigen Namen eingespeichert hatte. Nur das Wort »Miststück« war für einen kurzen Moment auf dem erleuchteten Display zu lesen gewesen.

Am anderen Ende der Leitung klinkte sich die automatische Ansage ein, dass der Teilnehmer zurzeit nicht zu erreichen sei. Eine Nachricht konnte er nicht hinterlassen. Resigniert gab Max das Telefon an die Baronin zurück. »Haben Sie eine Ahnung, wo sie stecken könnte?«

Der Baronin war keine Antwort zu entlocken.

»Wann haben Sie sie denn zum letzten Mal gesehen?«

Wieder keine Antwort.

»Baronin ...«

Maria Evita legte vorsichtig ihren Arm um Novotnys Schulter, und plötzlich kam Bewegung in das Gesicht der alten Frau.

»Fahren Sie mich bitte ins Kreisklinikum, Kommissar?«

»Geht es Ihnen nicht gut?«

Maria Evitas Griff wurde fester. »Max, die kippt um!«

Kaum, dass dieser Satz gefallen war, glitt Novotny auf das feuchte Gras.

»Baronin, hören Sie mich?« Max schob in Windeseile ein breites goldenes Armband Richtung Ellbogen und fühlte den Puls der alten Frau. Schwach, aber wahrnehmbar pochte das Blut unter seinen Fingern.

»Zucker«, stöhnte sie leise und blickte ihn aus glasigen Augen an.

»Diabetes?«

Sie nickte.

»Ab ins Krankenhaus! Ich wart allein auf die Spusi«, hallte Fäustls Stimme hinter ihnen von der Terrasse.

*

Espresso Coretto bestand für Benedikt Haniger aus zwei Teilen Apricot Brandy und einem Teil Kaffee. Chrissys Mischung war wieder nahe an der Perfektion. Trotzdem verzog er das Gesicht, denn das einseitige Getränkesortiment, das er bis jetzt um ein Uhr Mittag konsumiert hatte, hinterließ in seinem Magen die ersten schmerzhaften Spuren.

Judith Fuchs kaute an der Ecke ihres Daumennagels. »Wenn du es nicht tust, tu ich es.« Der Ton, den seine Kollegin anschlug, duldete keinen Widerspruch.

»Ich kann damit nicht zur Polizei!«

Gegenstand der Diskussion war ein Umzugskarton aus brauner Wellpappe. Ordner und lose Papiere mit der Aufschrift »Erster« beziehungsweise »Zweiter Stock Kapelladministration« stapelten sich darin ohne System. Sie hatten alles, was das Projekt betraf, zusammengesucht.

Chrissy Ertl war, nachdem sie Haniger die Tasse gereicht hatte, in die Mittagspause aufgebrochen. Das kam ihm sehr gelegen. Sie wusste eh schon zu viel. So saßen die zwei Architekten alleine an ihrem Besprechungstisch.

»Bene, ich meine es ernst.«

»Das ist mir schon klar, aber bist du dir auch der Konsequenzen bewusst?«

»Dann wird man halt kurz zum Thema in der Stadt.«

»Thema? Judith, ist dir klar, was du da sagst? Wir sind sicher in einen Skandal erster Güte verwickelt. Wir wussten, dass mit dem Denkmalschutz etwas krummläuft. Und auch, dass Rainers Tage in seiner Position gezählt sind, aber wir haben geschwiegen. Wenn das alles auf den Tisch kommt, garantiere ich dir, dass wir nicht mehr so schnell einen Auftrag ergattern werden. Von negativer überregionaler Presse ganz zu schweigen. Wir müssen jetzt dem Pemmerl gegenüber loyal sein. Vielleicht geht der Auftrag ja weiter, wenn sich die Wogen geglättet haben.«

Judith stand mit einem Ruck auf und schob die Kiste auf die andere Seite des Tisches.

»Erstens: Der Auftrag ist meiner Meinung nach futsch, so oder so! Da bin ich mir sicher. Sprich, wir haben gerade nichts zu tun. Also scheiß ich auf die vereinbarte Schweigepflicht mit dem Bischof. Zweitens: Du sitzt auf Informationen, die im Fall von unserem ermordeten Schulfreund Rainer für die Polizei wichtig sein könnten! Wenn wir schweigen, machen wir uns mitschuldig.«

»Nein, nein, das hat sicher nichts miteinander zu tun.«

»Bene, in welcher Welt lebst du eigentlich? Dein erster Gedanke war doch auch, dass das mit Rainer und dem Büro kein Zufall ist.«

»Ja, aber jetzt ...« Haniger hielt es nicht mehr auf dem Stuhl.

»Jetzt hast du deine Meinung also geändert. Bist du wahnsinnig?«, brüllte ihm Judith entgegen. »Wenn du mit mir nicht augenblicklich zur Polizei fährst, ist unser gemeinsames Büro mit sofortiger Wirkung Geschichte!«

III. Wenn du dich vor mir niederwirfst
(Lukas 4,7)

Obwohl Fräulein Schosi gerade nicht in der Nähe war, hatte Hirlinger Angst, hier im »Hotel zur Post« etwas zu bestellen, das Kohlenhydrate enthielt. Das plötzliche Auftauchen seiner Haushälterin folgte Murphys Gesetz, das besagte: Wenn etwas in einer Katastrophe enden konnte, dann tat es das auch. Fräulein Schosi war faktisch der personifizierte Murphy in Hirlingers Leben.

Er saß zusammengesunken neben der Postwirtin in einer Ecke des Stüberls. Beruhigend tätschelte sie seine Hände. Sowohl die linke als auch die rechte hatte er zu einer Faust geballt. Hirlingers Erinnerungen wurden wieder von dem furchtbaren Aschermittwochsfrühstück heimgesucht.

Durch freundlich klingende Worte versuchte ihn Frau Kramer behutsam zur Nahrungsaufnahme zu bewegen. »Jetzt essen wir gemeinsam mindestens drei Brezen, und dazu bekommen Sie einen Pfefferminztee für Ihren Magen ...«

Der Geschmack von Fräulein Schosis Likör war auf

einmal wieder in seinem Mund präsent. »Alles, aber nichts mit Minze, bitte!«

»Meinetwegen einen Fencheltee, wenn es denn sein muss«, seufzte Frau Kramer. »Und wenn sich Ihr Magen beruhigt hat, überlegen wir bei einer Halben Bockser vom Müllerbräu zusammen, wie wir die verfahrene Situation lösen können.«

Trotz des gutgemeinten Vorschlags hellte sich Hirlingers Stimmung nicht ansatzweise auf. »Starkbier vertrag ich heute keines. Außerdem sollte ich fasten!«

Dass er ein Bier ablehnte, war in all den Jahren seiner Freundschaft zur Postwirtin noch nie vorgekommen. Sie setzte eine strenge Miene auf. »In Ihrem Haus können Sie tun, was Fräulein Schosi sagt! Aber unter meinem Dach machen Sie, was ich sag! Und übrigens: Flüssiges bricht das Fasten nicht.«

An dem Ton des letzten Satzes merkte Hirlinger, dass die Getränkeauswahl der Postwirtin an diesem Tag nicht zur Diskussion stand. Er sah aus dem Fenster. Grauer Himmel oben, grauer Kies unten. Und grau fühlte es sich im Moment auch in seinem Kopf an. Es war ein milder Februar, aber ohne Sonne. Eigentlich trostlos.

»Monsignore, ich wiederhole mich ja nur ungern, aber Sie müssen ihr jetzt endlich einmal sagen, wer der Herr im Haus ist.« Frau Kramers Hände zogen die lockere Schleife ihrer Dirndlschürze nach.

»Sie wissen so gut wie ich, dass dabei nur Stunk herauskommen würde.« Hirlinger vermied es, seiner Nachbarin in die Augen zu sehen. Natürlich hatte sie recht. In fast allen Schosi-Belangen blieb er ein Feigling. Stolz war er auf dieses Verhalten ganz und gar nicht.

»Und was kommt dabei heraus, wenn Sie sich weiterhin diese Eiweiß-Diät aufzwingen lassen?«

Das Wort »Eiweiß« löste bei Hirlinger automatisch einen Schluckreflex aus. Langsam schloss er seine Augen und dachte nach. Gerade als sein Rachengrund mit einem erneuten Würgen drohte, wurde die Tür zum Stüberl vom Kapellplatz her mit einem lauten Quietschen aufgestoßen. Maria Evita trat hastig herein. Zwischen den gedeckten Tischen hielt sie kurz inne und blickte sich suchend um. Als sie Hirlinger neben der Postwirtin entdeckte, begann sie unvermittelt mit einem Sprint.

Der Monsignore achtete nicht darauf. Er griff sich mit beiden Händen an den Bauch. In ihm rumorte es wieder schmerzhaft. Sowohl Körper als auch Geist waren deutlich angegriffen. Er kämpfte mit seiner Wut und dem immer wiederkehrenden Würgereiz.

»Ich dachte mir schon, dass ich Sie hier finden würde«, sagte Maria Evita atemlos.

Als das Wort an ihn gerichtet wurde, versuchte sich Hirlinger von seiner Übelkeit abzulenken und innerlich bis hundert zu zählen. Nur war ihm leider bei der Ziffer Dreizehn erneut seine Haushälterin erschienen. Das ganze beruhigende Zahlenwirrwarr war unerwartet einem einzigen Gedanken gewichen: Petronilla Schosi übermenschliche Schmerzen zuzufügen. Nach außen zeigte er jedoch nicht die geringste Regung und bat den Herrgott um Verzeihung für seine sadistischen Überlegungen.

Maria Evitas Worte wurden lauter. »Stellen Sie sich vor: Max und ich haben gerade die Baronin ins Krankenhaus verfrachtet. Akuter Unterzucker. Das war alles einfach zu viel.« Sie ließ sich auf einen freien Stuhl fallen und rang nach Luft.

Frau Kramer hob ihren Kopf. »Dass die aber auch gleich demonstrieren müssen.«

»Nein, da ging's gar nicht um den Schmarren auf dem Kapellplatz. Dahinter steckt eine riesige Tragödie. Ihr Schwiegersohn ist letzte Nacht im Büro der Kapelladministration von einem Unbekannten erstochen worden. Bei ihm zu Hause wurde eingebrochen, und seine Frau scheint unauffindbar. Ihr Handy ist aus. Bisher hat die Polizei keinen Hinweis, wo sie sich aufhalten könnte.«

Die Gesichtsfarbe der Postwirtin glich sich dem blutleeren Grau auf Hirlingers Wangen an. »Was? Die Schutt-Novotnys? Oh mein Gott! Bad Wörishofen.«

»Bitte?« Maria Evita hatte keinen blassen Schimmer, was Frau Kramer mit der Nennung dieses Ortes bezwecken wollte.

Nun endlich löste sich auch Hirlinger aus seiner Bewegungslosigkeit. Er vergrub sein Gesicht in den Händen. Ohne aufzusehen, begann er zwischen seinen Fingern zu nuscheln. »Der Herr sei seiner Seele gnädig. Ausgerechnet jetzt wird das Tilly-Benefizium beendet, und gleichzeitig geht dessen Verwalter über den Jordan. Mors ultima linea rerum est.«

»Ja, der Tod steht am Ende aller Dinge. Aber der Rainer Schutt-Novotny war doch noch keine fünfzig«, warf die Postwirtin ein. »Schwester, seine Frau ist auf einem mehrtägigen Ausflug mit ihrer Abnehmgruppe. Die treffen sich sonst immer zweimal in der Woche bei uns im Seminarraum. Nur eben diese Woche nicht, weil sie unterwegs sind. Da bin ich mir ganz sicher.«

»Dann müssen Sie das Ihrem Sohn erzählen. Sie wissen also, wo sie sich aufhalten könnte?«

»In Bad Wörishofen bei einem Kneipp-Seminar.«

Frau Kramer erhob sich leicht und griff unter ihre Dirndlschürze. Aus der versteckten Tasche zwischen den Falten ihres Rocks zog sie ein Handy hervor. Ihre Finger berührten zwei Tasten, danach drückte sie sich das kleine Ding an ihre Ohrmuschel. »Max, hör zu ...«

*

»Irgendeiner vom Büro soll bitte die Hotels in Bad Wörishofen nach einer Altöttinger Damengruppe ab-telefonieren, die sich ›Die Kalorien-Kämpfer‹ nennt. Meine Mutter schwört Stein und Bein, dass die Witwe dabei ist.«

Umgehend sprang ein grüner Kollege von seinem Stuhl auf und eilte nach draußen, um Max' Anweisungen Folge zu leisten.

Es war kurz nach 14 Uhr. Die erste Teambesprechung im Fall Schutt-Novotny stand an.

Max legte sein Mobiltelefon eben wieder aus der Hand, als Toni Staudt triumphierend den Raum betrat.

»Schauts mal, was die Mülltonnen so alles hergeben.« Begleitet von einem dumpfen Geräusch warf der Spusi-Toni lächelnd einen Beutel auf die Tischplatte der Altöttinger Polizeiinspektion.

In Max' Gesicht kam Bewegung, als er sich musternd darüberbeugte. »Die sind nagelneu! Und ich geb dir die Hand drauf, dass das trockene Blut da im Profil vom

Schutt-Novotny stammt. Macht ihr bitte schnellstens einen Abgleich mit der Blutspur im Büro?«

Er blickte auf eine durchsichtige Plastiktüte, welche ein Paar grüne, blutverschmierte Sportschuhe der Größe 46 enthielt.

Fäustl, der lässig an der Wand lehnte, trat zu ihm. »Ich sag's ja, der Täter ist ein Amateurdepp!«

Max griff nach dem Beweisstück. »Null! Eben nicht. Mein Instinkt sagt mir, der spielt mit uns. Wer hat das gefunden?«

»Der Seppi Meyerling in der Mülltonne vom Rathaus. Gleich neben der Kapelladministration«, sagte der Spusi-Toni.

»Sonst is nix aufgetaucht?«

»Bisher kein Fitzel. Und die Turnschuh da kriegst in jedem Sportladen.«

Vom Gang vor dem Besprechungszimmer vernahmen die Anwesenden eine weibliche Stimme, die sich nach Max erkundigte. Ihm kamen die Töne sofort bekannt vor.

»Hier herein, bitte.« Ein Altöttinger Schutzpolizist öffnete die Türe mit einem Grinsen und bedeutete einer hübschen, zierlichen Dame, einzutreten. Die Männer um den Tisch verstummten. Vom Aussehen her hätte die Frau einem Magazin entsprungen sein können, das die Herren der Schöpfung »nur wegen der interessanten Interviews« durchblätterten. Max erkannte sie sofort: Dr. Maria Rupprecht von der Münchner Rechtsmedizin. Sie gab zügig allen die Hand und stellte sich vor. Bei Max angekommen, verlangsamten sich ihre Bewegungen und sie strich einmal mit der Hand durch ihre schimmernden tiefbraunen Haare. Ihre grünen Augen hatten etwas Magisches. »Kommissar Kramer. Ich freue mich, Sie wiederzusehen.«

Er lächelte verlegen und quetschte nach einer gefühlten Ewigkeit ein für seine Stimmlage ungewöhnlich hohes »Hallo« heraus. Mannomann. Jedes Mal, wenn er Dr. Rupprecht begegnete, fiel es Max in den ersten Sekunden schwer, die passenden Worte zu finden.

Fäustl rollte mit den Augen und schenkte dem Spusi-Toni ein fremdschämendes Kopfschütteln.

Frau Dr. Rupprecht wandte sich unbeeindruckt an die versammelten Männer. »Dass der männliche Tote erstochen worden ist, haben Sie ja alle bereits leibhaftig gesehen, nehme ich an. Aber ich habe noch eine nicht gleich ersichtliche Entdeckung gemacht.«

Die Herren spitzten die Ohren.

»Mit den Lippen der Leiche ist etwas nicht in Ordnung. Sieht danach aus, als hätte der Täter seine Hand mit Gewalt darauf gepresst und wäre dabei gebissen worden. Blut und Hautpartikel im vorderen Bereich des Mundes stammen auf den ersten Blick nicht von der Leiche selbst. Die Schleimhäute scheinen intakt. Das Material werde ich ins Labor senden.«

»Vielleicht haben wir dann einen Treffer in unserer Datenbank.« Fäustl sah Max an, der gedankenversunken nickte. Seine Augen blickten auf die Hüften der Ärztin.

Dr. Rupprecht bemerkte, dass Max ihr auf den Hintern glotzte. Anscheinend störte sie der Umstand nicht. Sie drehte sich zu ihm und sagte freundlich: »Ja, ich laufe Marathon, Herr Kommissar.«

Max schoss eine Riesenmenge Blut in den Kopf, aber die Ärztin ging nicht weiter darauf ein. »Herr Staudt?«

»Japp!«

»Haben Sie eigentlich die kleine eingetrocknete Blutspur auf dem überdimensionalen Schinken an der Wand entdeckt?«

Der Spusi-Toni schüttelte überrascht den Kopf. »Muss ich jetzt ehrlich zugeben: nein!«

»Ist mir auch nur zufällig aufgefallen, das muss ich jetzt ehrlich zugeben. Meine Herren, wir telefonieren, sobald ich die Leiche bei mir in München auf dem Tisch habe.«

*

»Joseph, ich bitte Sie. Jetzt essen S' doch irgendwas, und danach lassen Sie Ihrem Groll einfach mal freien Lauf!« Maria Evitas Worte klangen bewusst aufmunternd. Frau Kramer hatte sie auf ihre Seite gezogen.

Hirlinger hörte nicht zu, schwieg weiter und starrte auf die gegenüberliegende Wand des Hotelrestaurants.

Unerwartet stark bemerkte er plötzlich Frau Kramers festen Händedruck. »Ich schau mir das nicht länger an, Monsignore!«

Hirlinger blickte ratlos in das Gesicht der Postwirtin, die weiter auf ihn einredete.

»Sie sehen abgespannt und krank aus.«

Hirlinger musste kurz schlucken. Nein, krank war er nicht wirklich, »elend« beschrieb seinen Zustand besser. »Ich habe mich heute Morgen mehrmals übergeben müssen von dem ganzen Eiweiß.«

»Ich greife jetzt ein! Diese Diät bringt Sie noch um.«

Die Hand der Postwirtin schnellte nach oben, und sie schnippte mehrmals hintereinander in die Luft. »Fabio!«

Wie aus dem Nichts stand Sekunden später ein junger italienischer Kellner neben dem Tisch und zückte seinen Notizblock. »Prego, Signora!«

»Drei Brezn, Butter, Weißwürschte und ...« Sie drehte sich zu Hirlinger. »Ein helles Mooser oder eine Weiße vom Müllerbräu?«

Bloß kein Fleisch! Erstens war Aschermittwoch, und zweitens ließ ihn der Gedanke an noch mehr geballtes Protein erneut speiübel werden.

»Bitte nicht!«, nuschelte er. »Kann ich vielleicht Käsespätzle haben? Und heute eher kein Weißbier. Mir ist mehr nach einem Hellen, das ist ein bissal bitterer!«

»Also Käsespätzle und ein Bräu im Moos«, fasste Frau Kramer zusammen.

Die kleine Seite des Notizblocks war vollgeschrieben, und Fabio eilte davon. Langsam senkte sich der Blick des Monsignore auf die Tischplatte. Verlegen glättete er mit seinem Zeigefinger eine kleine Falte in der Stoffserviette vor sich. Was sollte nun geschehen? Irgendwann musste er die heile Welt hier verlassen und zu Hause auf Konfrontation mit Fräulein Schosi gehen. Allerdings nur, wenn er nachher noch genügend Kraft hatte. Hirlinger bemerkte, dass Maria Evita neben ihm immer ungeduldiger wurde.

»Halten Sie mich bitte ned für verrückt«, sagte sie schließlich, »aber ich hab da so eine Idee.«

Bei dem Wort »Idee« wurde Hirlinger aufmerksam.

»Joseph, man muss den Feind mit seinen eigenen

Waffen schlagen. Fräulein Schosi wird Sie weiterhin mit diesen merkwürdigen Ernährungsphilosophien traktieren, so lange, bis Sie ihr erklären, dass Ihr Hausarzt Ihnen etwas völlig anderes verordnet hat.«

»Das ist schon möglich ...«

»Und deshalb werden Sie dieser Kalorien-Kämpfer-Truppe beitreten.«

»Maria, bevor ich mich dazu hinreißen lasse, bleibe ich doch lieber bei Fräulein Schosis wirren Essenskonzepten.«

»Joseph, lassen Sie mich bitte ausreden. Sie erzählen zu Hause, dass Sie auf Ihre Kalorienzufuhr achten müssen. Ärztlich verordnet! Sie gehen zweimal in der Woche zu diesen Treffen hier im Hotel, und danach bleibt noch genügend Zeit, etwas Ordentliches aus der Karte zu bestellen.«

»Und was mache ich an den anderen fünf Tagen?«

»Glauben Sie mir, es ist besser, wenn Fräulein Schosi Ihnen zu Hause eine ärztlich verordnete kalorienreduzierte Vollwertkost vorsetzt, als weiterhin diesen einseitigen kohlenhydratfreien Scheißdreck!«

Das letzte Wort, welches Maria Evitas Mund verlassen hatte, ließ Hirlingers Augen groß werden. Er wirkte pikiert. »Ich kann meine Haushälterin doch nicht einfach anlügen!«

Nun ergriff die Postwirtin das Wort. »Also ich halt des Ganze für einen ausgezeichneten Plan.«

»Es ist und bleibt eine Lüge!« Um seinen Worten Nachdruck zu verleihen, versah Hirlinger jedes einzelne mit einer scharfen Betonung.

Maria Evita wurde ernster. »Joseph, das ist schwindeln. Hier in Bayern machen wir einen großen Unterschied zwischen lügen und schwindeln. Das ist keine Sünde. Aus, Äpfel, Amen!«

»Dein Wort in Gottes Gehörgang«, murmelte Hirlinger.

»Und an den anderen Tagen ...«, sagte Frau Kramer, »... könnten ja theoretisch Zusatztreffen stattfinden. Oder Sie müssen hier irgendwelches Informationsmaterial abholen. Und wenn ich mit den Damen der Gruppe spreche, decken die Sie alle. Mein Gott, jeder in Altötting weiß doch, was Sie Armer mit der Schosi durchmachen müssen.«

Auf Hirlingers Gesicht deutete sich ein mattes Lächeln an. Einen Augenblick lang schöpfte er neuen Mut. »Wann treffen die sich hier, und wen muss ich anrufen?«

»Immer mittwochs und freitags um 18 Uhr 30«, antwortete Frau Kramer. »Ich werde mit der Leiterin, Frau Oberländer, sprechen, sobald sie aus Bad Wörishofen zurück ist.«

Hirlinger zögerte wieder. Dann sah er Maria Evita entschlossen an. »Würdest du mich zu diesen Gruppensitzungen begleiten?«

»Wenn Sie mit der ehrwürdigen Mutter reden, dann dürfte das kein Problem sein.«

IV. Ihm allein dienen
(Lukas 4,8)

Während Fäustl auf seine verspätete Mittagspause bestand, kehrte Max alleine nach Altötting-Süd zurück. Die vermeintliche Gestalt hinter den Vorhängen ging ihm nicht aus dem Kopf. Er parkte in der Parallelstraße von Schutt-Novotnys Haus. Jedes Grundstück sah hier ähnlich aus: ein Vorgarten, Haustür, Gartenzaun. Alles hatte in seiner Geburtsstadt eine gewisse Ordnung.

Das Haus, dessen Hinterseite an Schutt-Novotnys Garten grenzte, hatte auch vorne im Fenster neben der Haustüre die charakteristischen Rüschenvorhänge. »Augenkrebs«, fiel Max als passende Beschreibung ein, und er grinste. Vielleicht waren sie vor zwanzig Jahren mal schön gewesen. Nun wirkten sie einfach aus der Zeit gefallen. In seiner eigenen Wohnung hatte so etwas keinen Platz. Ihm waren klare Linien lieber. Mit diesen verspielten Accessoires hatte er noch nie etwas anfangen können. Menschen, die auf Sand, Muscheln und Schleifen in ihrem Wohnbereich Wert legten, waren ihm suspekt. Diese Inszenierung einer heilen Welt in den eigenen vier

Wänden deutete meist darauf hin, dass im Leben außerhalb irgendwas nicht stimmte.

»Sporer« war auf dem Briefkasten zu lesen. Max betätigte die Klingel. Kaum dass er seinen Finger von der Taste genommen hatte, öffnete ein untersetzter Mann von ungefähr sechzig Jahren in Strickjacke die Tür spaltbreit. Innen verhinderte eine Kette, dass sie komplett aufging.

»Keine Werbung und keine Vertreter!«

»Kramer, Kripo Mühldorf. Darf ich kurz reinkommen?«

Der Mann sah ihn ungläubig an, woraufhin Max seinen Dienstausweis zückte. Der ältere Herr musterte Max' Bild. »Da war'n Sie aber auch noch jünger, Herr Kommissar. Bitte, kommen S' rein.« Die Tür fiel wieder ins Schloss, und Max konnte hören, dass drinnen die Sicherheitskette entfernt wurde.

»Sie sind Herr Sporer?«

»Ja. Ludwig Sporer.«

Max trat in einen kleinen, engen Flur. An den seitlichen Wänden hingen Fotos, die Menschen in historischen Landsknechtuniformen zeigten.

»Gehen Sie bitte nach hinten durch. Da is mei Wohnzimmer.«

Auf einem der Bilder erkannte Max Sporers Gesicht. Er kniete in der ersten Reihe einer Gruppe, die sich mit hölzernen Krügen zuprostete.

Von der Wohnzimmertür aus blickte er dann durch die Fenster auf Schutt-Novotnys Garten gegenüber. Ein paar Männer von der Spusi bevölkerten die Terrasse.

»Woll'n Sie an Kaffee oder a Wasser?«, fragte Sporer.

»Nein danke. Vielleicht setzen wir uns?«

Sporers Hand wies auf eine abgewetzte altrosa Couch aus den sechziger Jahren. »Bitte.«

Sie nahmen Platz. Es roch nach Hund. Kurz schweiften Max' Augen durch das Zimmer. Bierkrüge mit Zinndeckeln standen auf den Regalen, und in einer Ecke lehnte eine altertümlich aussehende Lanze.

»Sind Sie ein Geschichts-Fan, Herr Sporer?«

»Sie meinen wegen der Hellebarde?« Sporer war Max' Blick nicht entgangen.

»Sieht man ja nicht so oft.«

»Ich bin im Vorstand von den Tilly-Erben.«

Und schon wieder dieser Name. Erst das Benefizium und nun dessen »Erben«. Max erinnerte sich. Da gab es diesen Historienverein, der an Sommertagen und bei Stadtfesten trommelnd durch Altötting zog. Eine Ansammlung von Sonderlingen, die gerne den Dreißigjährigen Krieg nachspielten. Eine romantische Tümelei, für ihn nicht wirklich ernst zu nehmen. Bisher hatte Max diesen Altöttinger Historienfasching erfolgreich zu verdrängen gewusst. Aber anscheinend sollte das heute sein Tilly-Tag werden.

»Die ist stumpf. Sagen Sie jetzt nicht, Herr Kommissar, dass ich damit gegen irgendein Waffengesetz verstoße.«

»Nein, nein. Keine Sorge, deshalb bin ich nicht gekommen. Helfen Sie mir mal meine Wissenslücken zu füllen: Was fasziniert die Menschen heute immer noch an diesem Tilly?«

»Graf Tilly war oberster Heerführer der katholischen Liga im Dreißigjährigen Krieg. Ohne den wären wir jetzt alle Lutherische!« Sporers Antwort klang abfällig. Max' Unwissenheit schien ihn fast zu beleidigen.

»Aha«, entfuhr es Max, wobei er diese religiöse Erklärung seines Gegenübers eher schräg denn wirklich interessant fand.

»Ja, Herr Kommissar, er war unser Retter«, setzte Sporer von neuem an. »Nicht umsonst gedenken wir seiner durch ein Standbild auf dem Kapellplatz oder in München bei der Feldherrnhalle am Odeonsplatz.«

Aus den Tiefen seines Gedächtnisses tauchte unvermittelt ein sonderbarer Gedankenfetzen auf. Max erinnerte sich, dass dem Altöttinger Tillystandbild kurz vor dessen Einweihung vor einigen Jahren von Unbekannten die metallischen Hände mit roter Farbe bepinselt worden waren. Nicht überall war man mit der Auslegung als Retter und Held einverstanden. Manche Menschen betrachteten Tilly auch als historischen Kriegsverbrecher. »Ich bin mir nicht sicher, ob man Kriegshelden überhaupt verehren sollte. Gewalt in jeglicher Form lehne ich ab, Herr Sporer.«

»Und das sagen Sie als Polizist.«

»Ist ja auch egal, oder?«, setzte Max einen Schlusspunkt unter die Diskussion, denn das Thema drohte abzugleiten.

»Worum geht's Ihnen dann?«

»Bei Ihren Nachbarn, den Schutt-Novotnys, ist eingebrochen worden. Haben Sie da irgendwas mitbekommen? Letzte Nacht oder heute in den frühen Morgenstunden?«

»Nein!«

Diese Antwort kam Max zu schnell. Sie hatte so zügig Sporers Mund verlassen, dass er sich sicher war, dass dieser die Unwahrheit sprach. Außerdem schien ihn die Einbruchsnachricht nicht sonderlich zu erstaunen.

»Sie wohnen so nah an dem Grundstück. Ist Ihnen vielleicht etwas anderes aufgefallen, das für uns wichtig sein könnte?«

»Seit vorhin stapft da eine Gruppe von weißen Männchen durch das Grundstück. Sieht aus wie im Fernsehen.«

»Das ist unsere Spurensicherung.«

Von der Haustür her erklang das Geräusch eines Schlüsselbundes, und jemand trat in den Flur.

»Ja brav, König Ludwig. Gleich griagst a Fressi.« Bei diesen Worten jappste ein Dackel ins Wohnzimmer, gefolgt von einer weißhaarigen Frau mit Kurzhaarschnitt. Sofort stimmten in Max' Kopf zwei Bilder überein: Er hatte diese Frau bei der Demonstration gesehen. Der Dackel sprang zielgerichtet zu Sporer auf die Couch und legte seinen Kopf auf dessen Knie. Von Max nahm er nicht die geringste Notiz.

»Herr Kommissar, des is meine Frau Herta. Und des is da König Ludwig.« Sporer tätschelte den Dackel, der sich daraufhin auf den Rücken rollte, um weitere Streicheleinheiten einzufordern.

»Ist was passiert?« Herta Sporer blieb abrupt stehen.

Max musterte die Ehefrau. »Ich habe Sie vorhin auf dem Kapellplatz gesehen, richtig? Setzen Sie sich doch bitte einen Augenblick zu uns.«

Zögerlich nahm Frau Sporer in einem Sessel Platz. Anscheinend hatte sie Angst, dass dem Protestmarsch nun ein Nachspiel folgen könnte.

»Der Herr Kommissar is da, weil bei de Schutt-Novotnys drüben eingebrochen wor'n is.« Ludwig Sporer begann den Bauch König Ludwigs zu kraulen.

Frau Sporer war die Erleichterung anzumerken. Sie wirkte im Gegensatz zu ihrem Gatten allerdings tatsächlich überrascht über den Einbruch. »Meine Güte. Ich sag's ja, bei dem Gesindel in Altötting is ma auch hier vor nix mehr sicher.«

»Ist Ihnen denn drüben was aufgefallen?«

»Mmmmmh ...« Herta Sporer überlegte kurz. »Naa, wirklich ned.«

Ihr glaubte Max die Unwissenheit. Er war gespannt, wie das Ehepaar auf die nächste Information reagieren würde.

»Ich muss Ihnen noch etwas mitteilen, und deshalb ist es so wichtig, dass Sie alles, sei es anscheinend auch noch so unbedeutend, auf den Tisch legen. Herr Schutt-Novotny wurde letzte Nacht in seinem Büro ermordet.«

Herta Sporers Hände schnellten vor ihren Mund. »Der Rainer ... Deswegen die ganze Polizei bei der Kapelladministration.« In ihren Augen sah Max Tränen aufblitzen.

Ludwig Sporer war plötzlich bewegungslos. Es herrschte für einen Moment fassungslose Stille. Nur König Ludwig gab ein Raunen von sich, da sein Herrchen keine Anstalten machte, ihm weitere Aufmerksamkeit zu schenken.

»Die Mimi, also die Frau Schutt-Novotny ...« Herta Sporer musste schlucken. »Also ... die ist gar nicht da. Die is in Bad Wörishofen, soweit ich weiß.«

Die Tränen liefen Frau Sporer übers Gesicht. Ihr

Mann wandte seinen Blick zum Fenster auf den nachbarschaftlichen Garten. »Der Arme. Wahnsinn!«

Beide starrten in unterschiedliche Richtungen. Ihre Gesichter teilnahmslos und doch voll Trauer. Hier würde Max heute nicht weiterkommen. Beide mussten erst einmal mit der Nachricht fertigwerden, dann könnte er sie befragen. Sporer wusste mehr, als er bereit war zuzugeben. Aber ihm diese Informationen zu entlocken, war im Beisein seiner Frau unmöglich. Er musste ihn wohl auf die Kriminalpolizeistation einbestellen.

Max griff zum Geldbeutel und legte seine Visitenkarte auf den Couchtisch. »Falls Ihnen noch etwas einfällt: Hier ist meine Telefonnummer. Kann sein, dass ich mich bei Ihnen in der nächsten Zeit nochmals melde.« Er stand auf. Das Ehepaar Sporer bewegte sich nicht. »Auf Wiederschaun.«

Nun erhob sich Ludwig Sporer doch. Seine Schritte und Gesten waren steif. »Ich bring Sie noch raus.«

An der Haustür reichte er ihm flüchtig die Hand und verabschiedete sich mit einem stillen Kopfnicken.

*

Als Sporer die Tür hinter Max wieder geschlossen hatte, wankte er zaghaft in den ersten Stock. Aus dem Erdgeschoss hörte er Herta leise schluchzen. Oben trat er langsam in sein Arbeitszimmer. Der ehrwürdige Blick Graf Tillys begrüßte ihn. Über Sporers antikem Schreibtisch hing ein großes gemaltes Portrait seines Idols.

Er öffnete eine Schublade des Sekretärs, zog sein Adressbuch hervor und blätterte, bis er gefunden hatte, wonach er suchte. Noch einmal sah er nach oben, und es war ihm, als würde der Graf ihm zunicken. Seine linke Hand griff zum Telefonhörer.

»Nepo? Hier ist Ludwig Sporer. Die Polizei war grade da wegen dem Rainer. Nein, ich hab natürlich nichts gesagt, aber ...«

*

»Weißt du, wie schwer es is, an einem Aschermittwoch in Altötting Leberkässemmeln aufzutreiben?« Fäustls Laune war im Keller. Vor ihm türmten sich ohne erkennbare Ordnung handschriftliche Notizen zum Fall Rainer Schutt-Novotny.

»Wärst halt zu meinen Eltern ins Hotel rübergegangen. Hier von der Schutzpolizei aus sind's doch bloß dreihundert Meter.« Max hängte seine Jacke über eine Stuhllehne und setzte sich.

Aufgebracht begann Fäustl zu gestikulieren. »Da war ich. Fischkarte. Und auf meine Nachfrage nach was Gescheitem und dem Hinweis, dass ich evangelisch bin, sind mir Weißwürschte angeboten worden. Des is eins der wenigen Dinge, die ich ned mag!«

»Wenige Dinge?« Max verzog skeptisch sein Gesicht. »Du isst keinen Fisch, du magst keine Innereien, keine Tomaten, keine Paprika ... Ehrlich gefragt: Ernährst du dich eigentlich von was anderem als Leberkäse?«

»Ja, Schnitzel zum Beispiel«, kam es prompt von Fäustl. »Und des mit den Innereien stimmt so aa wieder ned, weil panierte Milzwurscht mag ich ja!« Mit einem Ruck schob Fäustl einen Haufen Notizen beiseite. »Stell dir vor, sogar an der heißen Theke bei der Metzgerei bieten's heute eine ›köstlich leichte Kombination aus Backfisch mit Remouladensauce‹ an. Und, halt dich fest: Gnotschi mit Kirschtomaten an Gorgonzola.« Fäustls Nasenlöcher weiteten sich, und er schnaubte entrüstet.

Für Max bekam er einen Moment lang verblüffende Ähnlichkeit mit einem wütenden Hengst. Das Grimassenrepertoire seines Kollegen war unerschöpflich und erheiterte ihn immer wieder aufs Neue.

»Mei, dann hätt'st da halt bei meiner Mama an Kaiserschmarrn oder so was bestellt«, sagte er beschwichtigend.

»Kruzifix, wie oft soll ich dir des noch sagen: Bei süßen Hauptgerichten komm ich mir um das Fleisch beschissen vor. Des pappate Zeigl, geh ma weida. Des geht maximal als Nachspeise.« Anscheinend war Fritz Fäustl gerade auf Krawall gebürstet.

»Des kann ja jetzt lustig werden. Ein unterzuckerter Fritz bis Dienstschluss. Tu mir einen Gefallen und hol dir bittschön einen Traubenzucker aus der Tilly-Apotheke.«

»Unterzucker hatten wir heut schon.« Fäustl grinste plötzlich süffisant und zog einen Zettel aus dem Chaos hervor. »Und apropos Tilly. Die Witwe is aufgetaucht.«

»Echt? Die Tilly-Witwe?«

»Naa, du Depp! Ich red von der Schutt-Novotny. Hast du heute an Clown gefrühstückt?« Die Stimmung seines Kollegen war ein ständiges Auf und Ab.

»Ein Clown ist die wichtigste Mahlzeit des Tages«, konterte Max.

»Hätt ich was im Magen, würde ich das vielleicht sogar lustig finden, Kramer.«

»Hol dir sofort an Traubenzucker!« Jetzt war Max' Geduld am Ende.

»Wie heißt das Zauberwort mit Doppel-T?«

»Flott!« Max Stimme erfüllte den kompletten Raum.

»Bist heut scho wieder der Grax?«

»Was? Versteh ich nicht.«

»Der grantige Max. Jetzt sei halt ned immer glei so garstig.«

»So, der Gritz marschiert jetzt umgehend zur Apotheke!« Max ließ seinen Zeigefinger Richtung Ausgang schnellen. »Und wer hier bitte grantig oder garstig is, sei mal dahingestellt.«

»Gut, mach ich nachher, damit'st endlich a Ruh gibst. Also, noch mal wegen der Schutt-Novotny. Die is vorhin mit einer Freundin hier bei den Altöttinger Kollegen aufgetaucht, nachdem einer von den Grünen sie tatsächlich in einem Hotel in Wörishofen aufgestöbert hat.«

Max sah auf die Uhr. »Die müssen ja wie die Irren gerast sein. Für die Strecke brauchst mit dem Auto mindestens zwei Stunden. Den obligatorischen Stau bei München nicht eingerechnet.«

»Na ja, Mann tot, Mutter im Krankenhaus. Da drückst dann schon aufs Pedal.«

»Wegen ihrer Mutter hat sie, glaub ich, eher weniger aufs Gas getreten.« In seiner Erinnerung tauchte wieder das Wort »Miststück« auf dem Handydisplay der Baronin auf.

Fäustl legte ihm eine Adressnotiz vor. »Da ist sie jetzt zu erreichen. Ihre Freundin hat sie zu sich heimgenommen. Nach Hause hat's ja nicht können. Dort ist die Spusi noch am Rummachen. Schlüsseldienst und Feuerwehr haben die Grünen verständigt, wegen der kaputten Terrassentür.«

Eine Neuöttinger Adresse war auf dem Papier zu lesen. »Ist sie vernehmungsfähig?«

»Laut den Kollegen hier hat sie recht stabil gewirkt.«

»Dann fahren wir mal dorthin.« Max griff nach seiner Jacke.

»Kommen wir zufällig an ner Dönerbude vorbei?« Ein Leuchten stieg in Fäustls Augen.

»Nein! Aber bei der Tilly-Apotheke.«

Das erwartungsvolle Gesicht Fäustls verschwand. Gerade als sie aufstehen wollten, wurden eine rothaarige Frau und ein Mann zu ihnen in das Besprechungszimmer geführt. Zusammen hievten sie einen Umzugskarton aus Wellpappe herein.

Der Polizist, der die Tür geöffnet hatte, sagte: »Ich denke, Kommissar Kramer, dass Sie sich das mal anhören sollten.«

*

Sporer legte eine Rolle festes braunes Papier neben die Schere auf seinem Schreibtisch. Aus seiner Hosentasche zog er ein zusammengedrücktes Knäuel Paketschnur. Nun griff er nach dem Tilly. Vorsichtig löste er das Bild vom Nagel. Die Wand dahinter war heller als die Umgebung. Entweder, er weißelte sein Arbeitszimmer nachher noch, oder fand etwas ähnlich Großes auf dem Speicher, das er aufhängen konnte.

Sporer verspürte einen leichten Stich in seinem Herzen, als der Graf nun vor ihm lag und er ihn sorgsam in das Papier verabschiedete. Was sollte jetzt geschehen?

Sporer fühlte eine tiefe Traurigkeit, denn er trennte sich hier von einem guten Freund, der ihn lange begleitet hatte. Seine Hand strich noch einmal über die dunklen Farben, und seine Fingerkuppen fühlten die kleinen Risse und Erhebungen des Kunstwerks. Für ihn war es das schönste Gemälde der Welt.

Mit Schnur und Tesafilm befestigte er die Hülle. Wann würde er dem Grafen wieder ins Antlitz schauen können? Eine Frage, die vielleicht auch die schmerzliche Antwort »niemals« enthielt. Aber irgendwann, hoffentlich erst nach seinem Tod, würde wohl alles an das Licht der Wahrheit kommen.

*

»Jetzt musst links.«

Fäustl bog, wie befohlen, in die Eschlbacher Straße in Neuötting ein, wo sich Frau Schutt-Novotny aufhielt. Auf seiner Zunge ließ er einen Traubenzucker mit Kirschgeschmack zergehen. »Glaubst, dass die Passauer Kollegen heut noch eine Aussage vom Büro des Bischofs bekommen?«, fragte er.

»Ich würd ihn ja lieber selbst dazu befragen. Die ganzen Papiere und Korrespondenzen in dem Karton der Architekten waren auf den ersten Blick jetzt nicht gerade schlüssig. Und eine wirkliche Spur ist der Verdacht vom Haniger und dieser Fuchs für mich erst mal nicht.«

Während er sprach, verglich Max die Hausnummern, die an ihm vorüberzogen, mit der notierten Adresse. Er suchte die Nummer 36.

»Die Sache stinkt schon gewaltig, aber ich kann mir ned vorstellen, dass irgendwer irgendjemanden ermordet, nur um ein denkmalgeschütztes Büro in einen Altersruhesitz für den Passauer Bischof umwandeln zu können«, fuhr er fort.

»Du, möglich is alles.« Fäustl griff nach einem weiteren Traubenzucker auf der Ablage.

»Ja, schon, aber mein Instinkt sagt nein. Mit Geld regelst doch so eine Sache diskreter als mit einem Messer.«

»Von vornherein würd ich des ned so kategorisch ausschließen.«

Sie näherten sich einer Abzweigung, die rechts zu einem Neubaugebiet am Stadtrand führte.

»Fritz, glaub mir, da steckt was anderes dahinter. Wart ma mal ab, was die Witwe zu sagen hat.«

Aus dem Nichts tauchte plötzlich ein Fahrradfahrer vor ihrer Windschutzscheibe auf. Fäustl trat auf die Bremse und riss das Lenkrad herum. »Ja spinnt denn der Depp?«

Der Mann hatte sie offenbar übersehen und war einfach aus der Abzweigung auf die Vorfahrtsstraße herausgeschossen. Sichtlich geschockt stieg er von seinem Rennrad, warf es achtlos auf den Grünstreifen und sank in die Hocke.

Der Gurt hatte sich während des Manövers schmerzhaft um Max' Brustkorb geschnürt. Er löste ihn schnell, stieg aus und rannte um die Motorhaube herum.

»Sind Sie vollkommen wahnsinnig?« Aus der Hosentasche zog er seinen Ausweis. »Kramer, Kripo Mühldorf. Ihnen ist schon klar, was Sie hier gerade fast angerichtet hätten?«

Der Mann verharrte schweigend in der Hocke und

schüttelte zeitlupenartig den Kopf. »Es tut mir ehrlich leid«, kam es mit erstickter Stimme aus ihm heraus. »Ich bin heute nicht ganz bei mir. Verzeihung ... Verzeihung ...«

Inzwischen hatte Fäustl das Auto am Straßenrand geparkt. Wie er so den Mann am Boden betrachtete, stutzte er plötzlich. »Herr Dreesen?«

Nun sah der Radfahrer auf.

»Herr Dreesen, ist Ihnen was passiert?«

»Mir fehlt nichts. Danke.« Dreesen machte Anstalten, aufstehen zu wollen. Fäustl griff unterstützend nach seinem Ellenbogen. »Ich war so in Gedanken, dass ich nicht aufgepasst habe. Entschuldigung.«

Aufmunternd klopfte Fäustl ihm auf die Schulter. »Jetzt schieben S' Ihr Rad mal a paar Meter, bis Sie sich wieder beruhigt haben.«

Da sein Kollege diesen Geisteskranken anscheinend kannte, verzichtete Max auf weitere mahnende Worte. Der Arme war durch den Schock eh schon genug belastet.

Vorsichtig richtete Dreesen sein Rennrad auf, nickte den beiden Kriminalern zaghaft zu und schob es dann Richtung Stadtplatz Neuötting davon.

Max und Fäustl gingen zurück zu ihrem Wagen. »Woher kennst du den? Der ist ja eine echte Gefährdung für den Straßenverkehr.«

»Nepomuk Dreesen. Meine Geschiedene ist mit seiner Frau befreundet. Der is eigentlich ganz in Ordnung. Hat heut sicher bloß an schlechten Tag.«

Fäustl drehte den Zündschlüssel, doch kurz nachdem er zwischen Kupplung und Gas gewechselt hatte, stieg er erneut auf die Bremse. Ein schwarzer Kastenwagen bog, wie vorher bereits Dreesen, dicht vor ihnen auf die Vorfahrtsstraße ein und kreuzte ihren Weg.

»Sag amal, sind heut nur Irre unterwegs?«, schimpfte Fäustl.

Auf der Seitenfront des Transporters klebten silberne Folienbuchstaben, auf mehrere unterschiedlich große Zeilen verteilt. »Ilonka Schörg. Umzüge und Entrümpelungen jeglicher Art« stand dort für alle potentiellen Kunden zu lesen.

Max versuchte ihn zu beschwichtigen. »Reg dich ned auf. Umzüge machen keinem Freude. Da bist mit den Gedanken schon mal woanders.«

*

In der Kriminalpolizeistation Mühldorf saß währenddessen der Chef, Veit Kunfter, telefonierend am Schreibtisch. Mehrmals kratzte er sich dabei nervös die Glatze. Seit gut einem Jahr besetzte er hier seinen ersten Posten als Leiter der Kriminalpolizeistation, und wirklich wohl fühlte er sich noch nicht. Jeder Tag war gespickt mit neuen Herausforderungen, auf die er trotz oder vielleicht auch wegen seines Studiums einfach nicht vorbereitet worden war. Hinter Kunfters hoher Stirn tat sich der klassische Graben zwischen Theorie und Praxis auf.

Außerdem plagte ihn an diesem Aschermittwoch unbändiges Kopfweh, welches grundsätzlich über ihn hereinbrach, sobald es Anzeichen für einen Wetterumschwung gab. Dann half nicht mal mehr Aspirin. Und als wäre das nicht genug, hatte er nun den aufgebrachten Passauer Bischof Aloisius Pemmerl persönlich am anderen Ende der Leitung. Die Sache würde seiner Karriere sicher einen Dämpfer verpassen, wenn er in dieser heiklen Angelegenheit nicht das nötige Fingerspitzengefühl an den Tag legte.

Als das Gespräch zu ihm durchgestellt worden war, hatte er krampfhaft überlegt, ob der Bischof in Bayern offiziell auch mit »Eure Heiligkeit« anzusprechen sei. Gott sei Dank hatte er den Gedanken schnell verworfen und sich für »Exzellenz« entschieden. Ihn mit dem Papst gleichzusetzen, wäre wohl ein Fettnäpfchen allererster Güte gewesen.

Er solle seinem Verlangen schnellstmöglich nachkommen, forderte der Bischof, doch Kunfter geriet immer wieder ins Zweifeln. Erstmal verstand er gar nicht, was der Anrufer überhaupt von ihm wollte. Über den Ermittlungsstand im Mordfall in Altötting war er zum jetzigen Zeitpunkt nicht genau im Bilde. Und dann war er sich nicht sicher, ob es wirklich notwendig war, der Öffentlichkeit gegenüber Stillschweigen zu vereinbaren.

»Wir stehen den Ermittlungen bei Gott nicht im Weg, aber auch zum Schutz der Familie des Opfers möchte ich, dass nichts darüber in der Presse steht. Und bei der antikatholischen Stimmung in weiten Teilen der Bevölkerung ...«

Kunfter verstand nur Bahnhof. »Finden Eure Exzellenz wirklich, dass es gerade eine Antistimmung gegen die Kirche gibt?«

»Zumindest wäre es ein gefundenes Fressen für die Journaille.«

»Ja, das kann ich nachvollziehen. Aber woher wissen Sie denn schon von dem Vorfall in Altötting?«

Der Bischof machte eine überraschte Pause. Nach ein paar Sekunden sagte er entschieden: »Das Ganze ist auf unserem Grund und Boden passiert und hat einen verdienten Mitarbeiter getroffen. Natürlich wird man da sofort informiert, und ... Wissen Sie, als mein Sekretär vorhin den Anruf der Passauer Polizei bekommen hat, da war ich schon, sagen wir mal gelinde: erstaunt.«

»Warum?«

»Sie können doch selbst hier anrufen, wenn Altötting schon in Ihrem Dienstbereich liegt. Da müssen Sie doch keine örtliche Exekutive vorschieben.«

»Nun, äh, warum haben unsere Kollegen aus Passau denn angerufen?«

»Wegen einer Aussage zu dem Todesfall. Wie kommen die dazu?«

»Da bin ich überfragt. Ich hatte heute Vormittag einen wichtigen Termin im Ministerium, als ich über die Vorgänge in Altötting informiert wurde. Die Ermittlungen laufen gerade erst an. Ich melde mich nachher wieder bei Ihnen, Exzellenz. Bis dahin geht sowieso nichts an die Öffentlichkeit. Nur muss ich Ihnen schon sagen, dass bei einem Mord im Stadtzentrum sicher bereits der Alt-Neuöttinger Anzeiger hellhörig geworden ist. Da kann ich dann nur noch darum bitten, gewisse Details vorerst nicht zu veröffentlichen. Verstehen Sie?«

»Gut. Aber bitte rufen Sie mich das nächste Mal persönlich auf meinem Handy an. Das wäre mir äußerst wichtig. Hier haben die Wände Ohren. Und lassen Sie gefälligst die Passauer Polizei aus dem Spiel.« Der Bischof diktierte Kunfter seine Nummer, dann legte er auf.

*

Auf dem Grundstück der Eschlbacher Straße 36 standen hinter einem braunen Holztor ein Haus und eine Garage, umgeben von einem riesigen Garten. Die Freundin, bei der sich die Witwe aufhielt, hieß Johanna Marek. Max verglich noch einmal zur Sicherheit die Notiz in seinen Händen mit dem Klingelschild, dann läutete er. Sofort vernahm er das Surren des Türöffners.

Fäustl folgte ihm zum Eingang. Drei Stufen führten hinauf. Eine Frau mit kurzen, brünetten Locken von ungefähr sechzig Jahren erwartete sie und streckte zur Begrüßung ihre Hand aus. »Marek. Sind Sie die Herren von der Polizei, die vorhin angerufen haben?«

Max drückte ihr die Hand. »Oberkommissar Kramer, angenehm. Das ist mein Kollege Kriminalhauptmeister Fäustl.«

Der kleine quadratische Flur war mit hellen Steinplatten ausgelegt. Er führte direkt in ein Esszimmer. Auf dem Tisch stand ein benutztes Teeservice und daneben eine angebrochene Flasche Cognac. An der Stirnseite saß Frau Schutt-Novotny. Ihre Augen blickten Max starr entgegen. In ihrem Gesichtsausdruck war absolut nichts zu lesen, weder Trauer noch Freude.

»Mimi? Die Herren von der Kriminalpolizei sind da.« Frau Marek rückte für Max und Fäustl zwei Stühle zurecht. »Soll ich Sie allein lassen?«

Max schüttelte den Kopf. »Wenn Frau Schutt-Novotny nichts dagegen hat, dürfen Sie gerne bleiben.«

»Mein aufrichtiges Beileid.« Fäustl setzte sich an den Tisch.

Frau Schutt-Novotny war Ende vierzig. Sie trug einen schwarzen Strickpulli, um den Hals eine Perlenkette. Ihre dunkelblonden, schulterlangen Haare waren äußerst gepflegt. Aufrecht saß sie vor ihrer Tasse Tee, gab keinerlei Regung von sich und wirkte wie eine Dame der besseren Gesellschaft. Die Ähnlichkeit mit ihrer Mutter, der Baronin, war unverkennbar. Dass sie in einem einfachen Reihenendhaus in Altötting-Süd wohnte, passte ganz und gar nicht zu ihrer noblen Erscheinung.

Nachdem Max sich der Beileidsbekundung seines Kollegen angeschlossen hatte, nahm auch er Platz.

»Darf ich den Herren einen Cognac anbieten?«, fragte Frau Marek.

»Wir sind im Dienst. Aber trotzdem danke.«

»Ich hätte gerne noch einen.« Das war der erste Satz, der Frau Schutt-Novotnys Lippen verließ. Umgehend füllte ihre Freundin das Schwenkglas neben ihrer Hand wieder auf.

»Frau Schutt-Novotny, wir würden uns gern einfach mal mit Ihnen unterhalten. Ihre Aussagen nehmen wir dann zu einem anderen Zeitpunkt in Mühldorf auf. In Ihr Haus können Sie, solange die Ermittlungen dort laufen, leider erst einmal nicht zurückkehren. Außerdem müssten Sie uns später bitte noch begleiten und uns darüber informieren, was der Einbrecher hat mitgehen lassen.«

Der sonore Ton in Max' Stimme wirkte auf Frau

Schutt-Novotny offenbar beruhigend. Langsam wiegte sie ihren Kopf hin und her, dann kreuzten ihre Augen Max' Blick, und sie nickte. »Natürlich.«

Nun schaltete sich Fäustl ein. »Hatte Ihr Mann irgendwelche Feinde oder Probleme, die seinen Tod erklären könnten?«

Unerwartet schnell griff Frau Schutt-Novotny nach Max' Hand. »Kann ich ihn sehen?«

Es hatte nicht den Anschein, als wäre Fäustls Frage wirklich zu ihr durchgedrungen. Fäustl musterte sie von der Seite und verzog unsicher die Lippe.

Max verstand, was sein Kollege gerade dachte. Auch er war überrascht. Im Inneren der Witwe herrschte wohl doch ein größeres Chaos, als es der erste Eindruck hatte vermuten lassen.

»Er ist auf dem Weg in die Rechtsmedizin der Ludwig-Maximilians-Universität in München. Sobald die Untersuchungen abgeschlossen sind, können Sie ihn vor der Beerdigung gerne noch einmal anschauen.«

Starr richtete Frau Schutt-Novotny ihren Blick auf den gefüllten Cognacschwenker, griff danach und schüttete die Flüssigkeit in einem Zug in sich hinein. »Wie sieht es denn in meinem Haus aus?«

»Ned grad ordentlich«, seufzte Fäustl.

»Ist viel weggekommen?« Auch diese Frage von Frau Schutt-Novotny hatte ein Tempo, das überhaupt nicht zur gedrückten Stimmung am Tisch passte.

Stumm und nur durch ein kleines Augenzwinkern verständigte Max sich mit seinem Kollegen. Hier kam man keinen Meter nach vorne. »Das müssten Sie uns sagen, wenn Sie dort waren.«

»Ach ja, stimmt. Dumm von mir. Tut mir leid, aber ich kann gerade keinen klaren Gedanken fassen.« Rhythmisch klopfte der kleine Finger der Witwe an ihr leeres Glas, und Frau Marek näherte sich aus dem Hintergrund, um es aufzufüllen. Erneut das gleiche Spiel. Ein Schluck, und der Cognac war verschwunden. »Ich kann Sie gern anrufen, falls mir etwas einfällt. Aber im Moment bin ich einfach leer, meine Herren.«

Max legte seine Visitenkarte auf den Tisch. »Wir melden uns am besten morgen wieder und fahren dann gemeinsam zu Ihnen nach Hause.« Er versuchte einen direkten Blickkontakt herzustellen, aber die Witwe wich ihm aus.

Fäustl rückte seinen Stuhl zurück, Max tat es ihm gleich. »Auf Wiedersehen.«

Frau Schutt-Novotnys Kopf sank auf die Tischplatte.

Beim Rausgehen nahm Max Frau Marek beiseite. »Ihre Freundin wirkt doch sehr mitgenommen. Ich denke, sie braucht Ihre ganze Unterstützung. Und lassen Sie sie bitte nicht allein. Man weiß nie, wie Menschen in solchen Momenten reagieren.«

»Ich bin zu hundert Prozent für meine Freundin da. Darauf können Sie sich verlassen, Herr Kommissar.«

Sie gaben sich die Hand, und Fäustl öffnete die Tür. Johanna Marek verharrte vor ihrem Haus, bis Max und Fäustl ihren Wagen erreicht hatten. Zum Schluss deutete sie ein Winken an, dann ging sie hinein und verriegelte die Haustür. Sie drehte sich zum Esszimmer und sah auf ihre Freundin, deren Kopf immer noch auf der Tischplatte ruhte. Langsam trat Johanna hinter sie, legte ihre Hände um ihre Schultern und umarmte sie. »Mimi, wenn mich wer fragt, warst du die ganze Zeit in Bad Wörishofen. Du hast unser gemeinsames Zimmer nur in meiner Begleitung verlassen. Das stehen wir jetzt gemeinsam durch. Ehrenwort.«

V. Stürz dich von hier hinab

(Lukas 4,9)

Ob er die Augen öffnete oder sie geschlossen hielt, machte keinen Unterschied. Die Dunkelheit umfing ihn komplett. Jeweils ein Kabelbinder um Hand- und Fußgelenk verhinderte jede größere Bewegung. Zuerst waren seine Finger kalt geworden, aber nun, nach zwei Stunden in diesem Zustand, waren sie vollkommen taub. Ein modriger Geruch ging von der Matratze aus. Sie war das Einzige, was seinen Körper von einem harten, kalten Betonboden trennte. Wie er so bewegungsunfähig dalag, lauschte Nepomuk seinem Atem. Gleichmäßig. Jede Ader war erfüllt von Angst, doch nach und nach hatte sich zumindest sein panisches Zittern gelegt.

Von der Kellertür, die der einzige Ausgang aus diesem Verließ war, vernahm er Schritte, die immer lauter wurden und dann von einem metallenen Geräusch abgelöst wurden. Mit einem leichten Quietschen öffnete sich der Eingang. Eine Gestalt erschien im künstlichen Licht. Es war die Frau, die ihn letzte Nacht bereits bedrängt hatte. Sie trat in den dunklen Raum und drückte auf den Lichtschalter neben der Türzarge. »Warum machst du uns eigentlich so einen Ärger?«

Nepomuk Dreesen kniff seine Lider zusammen. Die Frau stellte eine Mineralwasserflasche aus Plastik vor ihm ab. »Durst?«

Er nickte. Langsam gewöhnten sich seine Augen an die Helligkeit. Der Raum war gefüllt mit alten Möbeln, Schachteln und anderem Gerümpel, in heillosem Durcheinander gestapelt.

»Sag mir endlich, wo das Zeug ist! Dann kannst du gehen.« Die Worte der Frau klangen sanft.

»Ich hatte dich um zwei Tage gebeten.« Dreesen streckte ihr seine gefesselten Hände entgegen. Sie reagierte nicht. »Ich kann so schlecht trinken.«

Sie nickte. »Mach keine hektischen Bewegungen! Ich will dich ja nicht verletzen müssen.« Aus ihrer Hosentasche zog die Frau ein Teppichmesser. Als sie mit ihrem Daumen die Klinge ausfuhr, beschleunigte sich Nepomuks Herzschlag. »Halt jetzt still!« Sie nahm seine Handgelenke, und mit einem gezielten Schnitt durchtrennte sie den Kabelbinder.

Nepomuk griff zur Flasche. Er fühlte nichts beim Zupacken und musste beide Hände zusammenpressen, damit sie ihm nicht entglitt. Fast die Hälfte leerte er in einem Zug.

Die Frau folgte jeder seiner Bewegungen. »Du hast mich in solche Schwierigkeiten gebracht, das glaubst du gar nicht.«

»Gib mir die zwei Tage, dann kann ich jede einzelne Figur besorgen.«

»Halt mich nicht für naiv. Du willst doch nur abhauen. Verarsch mich einmal: Schande über dich. Verarsch mich ein zweites Mal: Schande über mich!«

Nepomuk Dreesen stellte die Flasche zurück auf den Boden. »Glaub mir halt endlich, dass ich sie nicht habe. Aber ich weiß, wo sie sein könnten.«

»Sein könnten? Hör endlich auf, mich anzulügen. Sobald du sagst, wo sie sind, fahren wir hin, und danach kannst du gehen, und deiner Familie passiert nichts.«

»Soll ich mit euch alle möglichen Orte abklappern, die mir einfallen?«

»Es reicht, Nepo.« Die Frau griff zur Flasche und kippte den Rest über seinem Kopf aus. »Sieh das als kleinen Denkanstoß. Ich komme morgen mit den Jungs zurück, und gnade dir Gott, wenn du mich weiter für dumm verkaufst.«

Sie stand auf und verschwand. Die Tür schloss sich mit einem lauten Krachen. Dann hörte Nepomuk, wie sich der Schlüssel im Schloss drehte.

*

Sobald Max und Fäustl die Kriminalpolizeistation in Mühldorf betreten hatten, schnellte auch schon der Kollege am Empfang nach oben. »Da seids ja! Ihr sollts sofort beim Chef vorbeischaun.«

Misstrauisch kniff Fäustl sein linkes Auge zu. »Worum gehts?«

»Keine Ahnung.« Der Empfangskollege zuckte mit den Schultern. »Gut drauf war er jedenfalls nicht, als er nach euch gefragt hat. Aber des issa ja nie.«

»Warum hat er denn nicht einfach auf dem Handy angerufen?« Skeptisch lehnte Max sich an den Tresen.

»Kramer, des weiß ich nicht. Musst ihn scho selber fragen.«

In diesem Augenblick unterbrach der »Bayerische Defiliermarsch« die Unterredung, und Max versenkte automatisch seine Hand in der Hosentasche.

Fäustl rollte mit den Augen. »Magst ned amal deinen Klingelton wechseln? Der nervt.«

»Wie wärs, wenn du noch an Traubenzucker einwirfst?!« Max erblickte eine Altöttinger Festnetznummer auf dem Display. Die Zahlenreihe kam ihm bekannt vor, und er drückte auf den Annahmeknopf.

»Sie hatten um einen Rückruf gebeten, Kommissar?«, meldete sich eine junge Frauenstimme.

Max kehrte seinen Kollegen augenblicklich den Rücken zu und sagte leise: »Tanke?«

»Ja, ungefähr elf«, kam als Antwort.

»Marzipan oder Nougat?«

»Mmmmh ... Letzteres.«

»Passt!«

»Sie können sich gerne wieder melden, falls Sie noch weitere Informationen brauchen. Einen gesegneten Feierabend.« Nach nicht einmal zehn Sätzen war das Blitzgespräch beendet.

Als Max sich wieder seinen Kollegen zuwandte, bemerkte er, dass Fäustl ihn argwöhnisch anblinzelte.

»Du, wenn man nicht mitbekommen soll, dass sich dein Verstand anscheinend vollkommen verabschiedet hat, dann würde ich an deiner Stelle den Lautsprecher a bissal leiser stellen.«

Max ließ das kleine Ding verschwinden. »Mach halt die Ohren zu. Des Kloster besitzt nun mal nur ein Gemeinschaftstelefon, und des is an der Pforte.«

»'tschuldigung, aber ich kapier's immer no ned.« Mit verschränkten Armen wartete Fäustl auf eine Erklärung.

»Geht dich zwar nix an, aber: Maria Evita kann ja schlecht offensichtlich Schmugglerware bei mir bestellen, wenn eine von ihren Mitschwestern danebensteht.«

Nun sah er bei seinem Kollegen sprichwörtlich ein Licht aufgehen. »Du bringst ihr also heut Abend umara elfe eine Nougatschoki ins Kloster?!«

»Erfasst.«

Fäustl stieß einen kleinen Pfiff aus und hatte auf einmal ein dreckiges Grinsen auf den Lippen. »Ihr Katholiken werdet für so ein Fastenbrechen am Aschermittwoch sicher in der Hölle schmoren! Des is dir hoffentlich bewusst.«

»Richtig, gleich neben dir. Weil du als Lutherischer sowieso der ewigen Verdammnis preisgegeben bist.«

Das Fäustlgrinsen wurde breiter. »Dann viel Spaß bei deinem sündhaften Date nachher.«

»Sündhaft ist es leider nur im Hinblick auf die Schokolade. Aber trotzdem danke.« Er klopfte Fäustl auf die Schulter und zog ihn vom Tresen weg. In gemächlichem Tempo verließen beide den Empfangsbereich und schritten Richtung Veit Kunfters Büro.

Der Gang erschien endlos. Einerseits war Max neugierig, was Kunfter von ihnen wollte. Aber auf der anderen Seite war er nicht gerade erpicht darauf, wieder Zeuge eines cholerischen Ausbruchs seines Chefs zu werden. Was nicht selten vorkam.

Fäustl blieb vor der geschlossenen Bürotür Kunfters stehen. »Hast du des grad g'hört?«

»Was bitte?«

»Da, hör doch.«

Mit seinem Ohr näherte sich Max der Tür, hinter der er tatsächlich zwei lachende Stimmen vernahm. Die eine ordnete er klar seinem Chef zu, doch die andere gehörte einer Frau. Oh mein Gott! Auch diesen Tonfall und das Kichern konnte er identifizieren. »Fritz, egal was jetzt da drin passiert ... Du machst bitte keine komischen Anspielungen und reißt dich zusammen.«

Ohne eine Antwort abzuwarten, öffnete Max das Büro. Drinnen saßen Veit Kunfter und ihm gegenüber die Staatsanwältin Tina Rasske. Das Tupfenkleid von heute morgen hatte sie inzwischen gegen einen nachtblauen Hosenanzug getauscht. Was machte die schon wieder hier?

Kunfter erhob sich. »Ah, da sind Sie ja, meine Herren. Verzeihen Sie bitte unsere überschwängliche Stimmung, aber wir lassen gerade den gestrigen Abend noch einmal Revue passieren.«

»Amnesia«, kicherte die Staatsanwältin und nippte an einem Mineralwasser, das vor ihr auf Kunfters Schreibtisch stand.

Fäustl ließ sich von der guten Laune anstecken. »Eine unglaubliche Weltneuheit von unserem Leiter der Spurensicherung, oder?«

Was geschah hier? Max war nicht klar, ob er gerade das Ziel eines Scherzes wurde. Wie viel wusste sein Chef über die gestrige Nacht?

Kunfter wies auf zwei Stühle an der Wand. Fritz

Fäustl rückte beide neben die Staatsanwältin, setzte sich auf den äußeren und bedeute Max mit etwas zu viel Höflichkeit in seiner Geste, direkt neben Tina Rasske Platz zu nehmen. Manchmal konnte der Fäustl ein richtiger Arsch sein!

»Guten Tag, Frau Dr. Rasske.« Hoffentlich hatte er das möglichst normal ausgesprochen. Während des Jobs wollte sie ja anweisungsgemäß nicht geduzt werden.

»Meine Herren.« Kunfter lümmelte sich in seinen Drehstuhl. »Es tut mir leid, dass ich heute für Sie nicht erreichbar gewesen bin, aber wie Sie vielleicht mitbekommen haben, hatte ich am Vormittag einen unaufschiebbaren Termin beim Innenminister.«

Geplänkel als Einleitung. Anscheinend wollte Kunfter vor der Staatsanwältin sympathisch wirken, und dass er das mit dem Ministerium erwähnt hatte, sollte ihn wohl wichtig erscheinen lassen. Dabei wusste doch ohnehin jeder über seinen guten Draht nach München Bescheid. Ungeduldig wippte Max mit seinem Fuß. Wann kam sein Chef zum Punkt?

»Nun ...« Kunfter rutschte etwas näher an seinen Schreibtisch heran und beugte sich vor. »Ich habe vorhin einen Anruf aus Passau erhalten, in dem mir der Bischof persönlich mitgeteilt hat, dass er unseren Ermittlungen nicht im Weg steht und gerne zur Zusammenarbeit bereit ist.«

Aha. Der Wind wehte also aus Passau.

»Allerdings«, fuhr Kunfter fort, »nicht über die Amtshilfe der Passauer Polizei. Und auch nur, wenn wir im Mordfall Altötting zunächst strengstes Stillschweigen gegenüber der Öffentlichkeit wahren. Bitte setzen

Sie mich mal ins Bild. Mir fehlten da anscheinend noch wichtige Informationen.«

Während Kunfters Monolog hatte die Staatsanwältin ihr Knie seitlich nach vorne geschoben und berührte damit Max' Oberschenkel. Es war kein zufälliges Aneinanderstoßen, davon war er überzeugt, denn Tina Rasske dachte nicht daran, es wieder zurückzuziehen. Schlimmer noch: Sie bewegte es um wenige Millimeter hin und her. Unbehagliche Hitze stieg in Max auf. Das war jetzt definitiv der falsche Zeitpunkt für einen Annäherungsversuch. Eine weitere männliche Affären-Trophäe der Staatsanwältin zu werden, kam überhaupt nicht in Frage. Ihre aufdringliche Art gab Max das Gefühl, gerade nicht Herr der Lage zu sein.

Kurz entschlossen schlug er seine Beine übereinander und beendete somit die zärtlichen Reibereien. Die Staatsanwältin ließ sich nichts anmerken. Sie nickte ihm aufmunternd zu, als wäre nichts vorgefallen. »Ja, bitte. Umreißen Sie doch kurz den Ermittlungsstand in dem Mordfall.«

Diese geheuchelte Freundlichkeit in ihren Worten machte ihn wütend. In nüchternem Profimodus ging Max alle Punkte durch, die sich bisher ergeben hatten, und Fäustl wurde zum Stichwortgeber. Turnschuhe, Einbruch, Witwe, Architekten und Bischof. Interessiert lauschten Kunfter und Rasske, ohne den minutenlangen Bericht auch nur einmal zu unterbrechen.

Als Max geendet hatte, traf ihn ein unerwartet bohrender Blick seines Chefs. Irgendetwas an der Geschichte stieß ihm sichtlich sauer auf. »Also wenn ich das kurz zusammenfassen darf, dann haben Sie nichts außer den

Turnschuhen? Das mit dem Bischof und der Angabe dieser Architekten, dass da ein Altersruhesitz in fraglicher Absprache mit dem Denkmalschutz für ihn entstehen soll, ist doch keine Spur. Das ist lachhaft! Der Einbruch im Haus des Mordopfers, das ist vermutlich der springende Punkt.«

Da war er wieder, der allseits bekannte vorwurfsvolle Kunfter. Von der anfänglichen Freundlichkeit war nichts übriggeblieben. Die Falte zwischen seinen Augen hatte sich vertieft, und ein glänzender Film auf seiner Glatze machte aus ihm eine jüngere, schlechtgelaunte Version von Kojak.

Max blieb äußerlich ruhig. »Ich warte noch auf die Spurensicherung sowie den Bericht aus der Rechtsmedizin. Und wie gesagt, die Witwe ist in einem Zustand, dass sie heute auf keinen Fall mehr verlässliche Aussagen machen kann.«

»Meine Güte, dann fahren Sie halt selbst noch mal zum Haus der Schutt-Novotnys. Irgendwas wird Ihnen dort doch auffallen.«

Kunfter blickte in die Runde. Schweigen war die Antwort. Also lehnte er sich zurück und hob die Augenbrauen.

»Muss man hier eigentlich jedem erklären, was genau seine Arbeit ist? Instinkt, meine Herren, Instinkt! Sie verlieren wertvolle Zeit.«

»Das ist gar keine schlechte Idee. Vielen Dank für den Ratschlag.« Max stand auf und ging zur Tür. Für ein nettes »Auf Wiedersehen« fehlte ihm die Lust. Zunächst zögerte Fäustl, eilte ihm dann aber schulterzuckend hinterher.

»Und, Kramer!« Kunfters donnernde Stimme drang an seine Rückseite. »Richten Sie allen Kollegen aus, dass sie darauf achten sollen, die Presse aus dem Fall rauszuhalten. Unterbinden Sie jede noch so kleine Spekulation. Wie Sie das machen, ist mir wurscht!«

*

Auf dem Parkplatz holte Fäustl Max endlich ein. Im Laufschritt hatte der die Polizeistation verlassen und sein Tempo erst gedrosselt, als er vor seinem Wagen stand.

»Ja, er ist ein Arsch«, keuchte Fäustl von hinten.

»Ein Arsch? Er ist ein riesiges ...« Nein, Max wollte jetzt nicht wütend sein und verkniff sich weitere Kraftausdrücke. Von Kunfter war er eh nichts anderes gewohnt. Wut kostete viel zu viel Energie. Und die war sein Chef eindeutig nicht wert.

»Was mach ma jetzt?«

»Na, zum Einbruch fahren, und du telefonierst solang mit dem Spusi-Toni, ob er schon weiter ist. Die sind sicher noch dort. Alles, was dem Chef halt jetzt wichtig erscheint.« Max öffnete die Fahrertür.

»Kommissar Kramer!« Die entfernte Stimme der Staatsanwältin hallte über den Parkplatz. »Warten Sie doch mal kurz.« Sie stand vor dem Eingang und winkte.

Genervt hob Max seinen Blick zum Himmel. Dann entglitt ihm ein Seufzer. »Herrschaftszeiten! Muss die jetzt auch noch auftauchen? Die gibt einfach nicht auf.« Er sah zu Fäustl, der ihm einen mitleidigen Blick schenkte, dann machte er sich mit entschiedenen Schritten auf zu Tina Rasske. »Was kann ich für Sie tun, Frau Staatsanwältin?«

Sie kicherte wie vorher im Büro. »Es besteht kein Grund, dass du jetzt noch so förmlich bist, Max.«

In diesem Augenblick störte ihn die Vertraulichkeit in ihren Worten. »Ja, äh, Dani, 'tschuldigung, Tina. Du hast es ja gehört, wir müssen zurück nach Altötting.«

»Ich wollte dich nur fragen, was du heute für deinen Feierabend planst. Wir könnten zusammen was essen oder so, wenn ich doch schon mal hier bin.«

»Keine Ahnung, wie du dir unseren Polizeialltag vorstellst, aber Feierabend ist heute sicher ein Fremdwort. Nein, diesmal wird das nix.«

»Ich kann auch gerne bei dir in der Wohnung warten, wenn du mir den Schlüssel gibst. Vielleicht ein bisschen aufräumen, bis du nach Hause kommst.«

Welchen Teil von Nein hatte Tina gerade nicht verstanden? Nun platzte Max der Kragen. »Warum bist du eigentlich schon wieder in Mühldorf? Stapelt sich bei dir nicht einiges auf deinem Schreibtisch in Traunstein? Und übrigens schmeckt es mir nicht, eine weitere Affäre von dir zu sein. Geschweige denn, mich da in irgendeine Sache zwischen dir und dem Kunfter reinzudrängen.«

Tina Rasskes Mundwinkel gingen schlagartig nach unten. »Glaubst du ernsthaft, ich hätte was mit dem Veit? Was habe ich denn bitte gemacht, dass du gleich so unfreundlich wirst?« Tränen deuteten sich in ihren Augenwinkeln an.

»Das mit dem Kunfter und dir macht hier schon länger die Runde.«

»Vollkommener Quatsch! Dass du an den Kantinentratsch glaubst ... Da hätte ich mehr von dir erwartet.« Ein kurzes Schniefen, dann hatte sich Tina Rasske von einer Sekunde zur nächsten wieder im Griff. »Er würde gern, aber für mich kommt Veit nicht in Frage. Mehr habe ich dazu nicht zu sagen.«

Ein mieses Gefühl setzte sich in seine Magengrube, und plötzlich war er auf Tina nicht mehr wütend, sondern sie tat ihm irgendwie leid. Mit weiblichen Emotionsausbrüchen konnte Max schlecht umgehen.

»Tina, die Zeit tickt. Ich ruf dich an, okay?«

»Im Büro aber bitte nur dienstlich.« Nun schien sie sich wieder erholt zu haben, und Max hasste sich für seinen letzten Satz. Er war vor ihren Tränen eingeknickt. Einfach zu feig, die Sache ein für alle Mal ad acta zu legen. Innerlich brannte in ihm nur ein deutliches: »Zefix!«

*

Bevor er mit Fäustl zum Haus der Schutt-Novotnys fuhr, hielten sie an der Tankstelle am Altöttinger Ortsrand. Nougatschokolade war hier zwar teurer als im Supermarkt, aber dieser lag nun mal nicht auf dem Weg. Max ließ Fäustl dösend auf dem Beifahrersitz zurück. Der Arme hatte heute kaum etwas gegessen und sich fast ausschließlich von Traubenzucker ernährt. Selbstverständlich brachte er ihm aus dem angeschlossenen Bistro eine Leberkässemmel mit.

Er öffnete die Seitentür, woraufhin Fäustl aus seinem kurzen Schlummer aufschreckte. »An der Tanke gibt's kein Fasten. Glück für dich!« Max reichte ihm eine orange Papiertüte, dann setzte er sich wieder ans Steuer und drehte den Zündschlüssel.

In Fäustls Augen trat ein Leuchten, wie Max es nur von Kindern an Weihnachten kannte. »Manchmal bist du ja a richtiges Schatzi!« Schnell riss er die Verpackung auf, und der Geruch der bayerischen Köstlichkeit erfüllte den Innenraum. Seine Müdigkeit schien wie weggeblasen.

Als sie drei Minuten später in Altötting-Süd eintrafen, hatte Fritz Fäustl seine Mahlzeit unter Schmatzen und mehreren Lauten des Wohlbehagens bereits verschlungen.

»Atmest du eigentlich zwischen dem Kauen?« Max bog zur Straße ab, in der sich das Reihenendhaus der Schutt-Novotnys befand.

»Des is vollkommen unnötig«, antwortete sein Kollege und begann ein paar unmelodische Töne zu pfeifen, die Max' Nerven auf die Probe stellten. Die kleine Brotzeit hatte Fäustls Stimmung hörbar nach oben katapultiert. Pfeifen war ein Anzeichen für eine überschwängliche Gefühlslage seinerseits. Was Fäustl für ein Lied wiederzugeben beabsichtigte, konnte Max jedoch beim besten Willen nicht erkennen. Zwischen »Lili Marleen« und dem Verdi-Requiem kam wirklich alles in Frage.

Max fuhr in die Einfahrt der Nummer zehn und stellte den Motor ab. Zwei Männer von der örtlichen Feuerwehr standen rauchend am geöffneten Hauseingang.

»Wir wollten grad Schluss machen mit der Amtshilfe, Maxl«, rief der Größere der beiden.

»Der Toni is hinten, wennst den brauchst«, fügte der

Kleinere an und schnippte seine Kippe in den Keller-schacht neben sich. Eigentlich wollte Max ihn umge-hend maßregeln, dass er so ein Verhalten an einem Tat-ort zu unterlassen habe, als im selben Moment Toni Staudt in voller Spurensicherungsmontur aus der Tür herausraschelte. Endlich verstummte auch Fäustls Kunstgepfeife.

»Ah, Kramer! Was gibt's Neues?« Der Spusi-Toni zog einen Latexhandschuh von seiner Hand.

»Der Chef spinnt mal wieder und will sofort Ergeb-nisse. Deswegen hast du uns schon wieder an der Ba-cke.«

»Gesichert und fotografiert ist alles. Die Feuerwehr hat hinten auf der Terrasse den Eingang mit einer Span-platte verschlossen. Der Schlüsseldienst war auch schon da. Könnts gern reinschauen.« Mit dem schlaffen Gummi zwischen seinen Fingern wies der Spusi-Toni ins Innere. »Keine Ahnung, ob was weggekommen is. Machts ihr mit den Eigentümern heut noch a Begehung?«

Max schüttelte den Kopf. »Naa, frühestens morgen. Die Witwe is ned ganz bei sich. Aber Anweisung von oben bleibt eben Anweisung von oben. Is dir denn zufällig was aufgefallen?«

Inzwischen hatte der Spusi-Toni auch die andere Hand von dem künstlichen Schutz befreit und über-legte kurz. »Ich sag's mal so, aber bloß als Verdacht, na-gel mich nicht drauf fest: Ich glaub, dass es dem Einbre-cher eigentlich um die Akten im Arbeitszimmer ging. Der Rest wirkt mehr wie ein Ablenkungsmanöver.«

»Wie kommst da drauf?«

»Mei, Kramer, schau, ich bin ja scho a bissal länger in

dem Geschäft. Der Täter is Schubladen und Regale durchgegangen und hat irgendwas gesucht, aber sich eben auch mit den Akten beschäftigt. Also wenn er Geld oder Schmuck will, sind die Ordner im Aktenschrank uninteressant, oder? In so was versteckt man auch ned wirklich was.«

Das leuchtete ein.

»Wo ist das Zimmer mit dem Aktenschrank?«

»Wennst reingehst, die zweite links.«

»Fritz, dann auf zur Aktenschlacht«, sagte Max zu seinem Kollegen. Fäustl war in Gedanken versunken und reagierte erst, als er ihn ein zweites Mal beim Namen rief. »Fritz! Träumst du?«

»Ja, vom Abendessen.«

Für diesen Spruch erntete der Fäustl ein schallendes Lachen vom Spusi-Toni und seinen Männern.

Eilig griff Max nach dem Ärmel seines Kollegen und zog ihn durch die Haustür bis zum Arbeitszimmer. »Ich geb dir nachher a Pizza aus, aber bitte reiß dich noch mal zusammen. Große Lust auf Überstunden hab ich heut ned.«

Beide blickten auf ein Wirrwarr an Blättern, die lose im Raum verstreut lagen. Im Regal standen noch drei Ordner. Sie waren mit »Auto«, »Haus« und »Steuer« beschriftet. Die restlichen hatte der Einbrecher komplett geleert und auf den Boden geworfen.

»Ungefähr ein Dutzend.« Max' Hoffnung, hier schnell fertig zu werden, ging gegen Null. »Hilft nix. Fang ma mal an aufzuräumen.«

Seufzend machten er und Fäustl sich daran, die Blätter einzusammeln. Darunter waren alte Rechnungen,

Baupläne und auch kopierte Bastelanleitungen. Nichts, was irgendwie nach einer möglichen Spur aussah. Die berühmte Nadel im Heuhaufen kam Max in den Sinn.

Sie legten die Seiten in die Ordner, die von ihrer Beschriftung her dafür bestimmt waren, und nach und nach lichtete sich das Durcheinander.

»Alles Schmarrn«, ärgerte sich Fäustl.

Ratlos sah Max ihn an. »Kinderarbeitsblätter für verschiedene Grundschulklassen und Bastelzeugs. Anscheinend ist die Schutt-Novotny Lehrerin.«

Er ließ sich auf dem Boden nieder und lehnte seinen Rücken an die Wand. Meine Güte, damit konnten sie Kunfter wirklich nicht kommen. Einbrecher wurden oft grundlos zu Vandalen. Vielleicht hatte er sich doch für etwas völlig anderes interessiert und hier nur seine Wut abgelassen. Aber was war dieses andere? Dafür brauchten sie die Witwe. Sie allein wusste, was abhanden gekommen sein konnte.

Trotzdem hing Max' Gehirn weiter am Verdacht vom Spusi-Toni. Seine jahrelange Erfahrung trog Toni Staudt selten, das wusste Max, und hier in diesem Moment hatte auch er das Gefühl, als würde ihm sein Instinkt zuflüstern: »Dem Einbrecher ging es tatsächlich um die Akten.« Wo blieb der Wink des Schicksals?

Während Max gedankenverloren auf dem Fußboden kauerte, schritt Fäustl in die hintere Ecke des Arbeitszimmers, schob einen kleinen Abstelltisch mit Grünpflanzen beiseite und bückte sich. Etwas hatte seine Aufmerksamkeit erregt. »Wir müssen das Ganze hier sowieso andersrum betrachten.«

»Bitte?«

»Es geht nicht um diese Papiere hier, sondern um die, die nicht mehr da sind.«

»Ja, schon klar, aber woher sollen wir denn wissen, welche fehlen?«

Triumphierend streckte Fäustl ihm zwei spärlich gefüllte Ordner entgegen, die er aus der Ecke gezogen hatte.

Max starrte darauf und betrachtete die Beschriftungen. Im Genick spürte er ein Kribbeln, und sein Herzschlag beschleunigte sich. Auf dem einen stand das Wort »Kirchenverwaltung« und auf dem anderen »Denkmalschutz«.

»Gell, da staunst«, sagte Fäustl grinsend. »Da stellt sich für mich doch gleich die Frage, warum agrad die zwei so abseits liegen. Ich wette, da war vorher mehr drin, aber damits ned auffällt, hat der Täter a paar Seiten dringelassen und nur des Zeugs aus den unbedeutenden Ordnern komplett auf dem Boden verteilt.« Er betrachtete einen der handgeschriebenen Aufkleber. »Wer hat heute scho alles irgendwas über Denkmalschutz gefaselt, Kramer?«

»Die beiden Architekten ... Und das wird dem Kunfter unter Garantie nicht schmecken! Weil das heißen würde, dass es eben doch eine Verbindung zum Bischof geben könnte.«

»Mei, hoffentlich weiß die Schutt-Novotny, was ihr Mann da drin abgeheftet hatte. Soll ma doch no gleich zu ihr fahren?«

»Lass gut sein.« Max tippte auf sein Handgelenk. »Feierabend. Du bekommst deine Pizza, und ich liefer nachher noch die Schoki ab.«

*

Von den Türmen der umliegenden Kirchen schlug es elf Mal. An diesem Aschermittwochabend hatte sich das Thermometer trotz des milden Klimas nach dem Sonnenuntergang Richtung Gefrierpunkt bewegt.

Die alten hohen Fichten standen im vorderen Teil des großen Parks, keine zwei Meter von der Betonmauer entfernt, die das Altöttinger Nonnenkloster umschloss. Wie dunkle, bedrohliche Riesengeschöpfe ragten sie gen Himmel. Maria Evitas morgendliche Joggstrecke lag vor ihm. Sein Atem kondensierte, sobald er den Mund verlassen hatte.

Es war nicht ganz einfach, über diese Mauer zu gelangen, aber Max hatte die Technik perfektioniert. Unzählige Male war er als Jugendlicher mit Maria Evita während ihrer gemeinsamen Schulzeit darübergeklettert, wenn sie einen versteckten Platz gesucht hatten, um heimlich zu rauchen. Und nun kam es wieder öfter vor, dass er in den Abendstunden den klösterlichen Schutzwall überwinden musste.

Sie stand am Notausgang des Seitentraktes, die Hände in den Taschen ihres Habits vergraben, und wartete. Kein Licht erhellte die Rückseite des Klosters. Jedes Fenster der Zellen, die nach hinten hinausgingen, war dunkel. Die Altöttinger Nonnen pflegten nach der Abendandacht früh ins Bett zu gehen.

Letzten Sommer hatte Maria Evita an dieser Stelle die Leiche der alten Bichlerwirtin entdeckt. Der Bichler-Fall, so tragisch er auch war, hatte beiden geholfen, sich nach Jahren wieder anzunähern. Aber niemand durfte wissen, dass er sie hier spätabends besuchte. Falls es ans Licht kam, würde das für Maria Evita den sicheren

Rauswurf bedeuten, und auch ihm könnten empfindliche Konsequenzen drohen.

Dass sie hier in dem alten Gemäuer hockte und Nonne »spielte«, war Max nur ein müdes Lächeln wert. Er nahm sie und ihre »spirituelle Umorientierung«, wie sie das Nahtoderlebnis nach einer Überdosis zu bezeichnen pflegte, nicht ganz ernst.

Ungeduldig wippte Maria Evita von einem Bein aufs andere. »Wenn man einen Fasttag mit Sport beginnt, kommt früher oder später der schmerzhafte Heißhunger. Ich leide seit heute Mittag. Tu die Schoki endlich raus!«

»Wie wär's mit einer kleinen Umarmung zur Begrüßung?«

»Erst Nougat.«

»Weißt du, dass du richtig irr ausschaust, wenn du Hunger hast?« Aus seiner Umhängetasche kramte Max die besagte Tafel hervor.

Maria Evita entriss sie ihm und strafte ihn gleichzeitig mit einem verärgerten Blick. »Dass ich bei Hunger schlechte Laune hab, is für dich doch nix Neues, oder?«

Max dachte an die Zeit vor zehn oder zwölf Jahren zurück, als sie noch als verliebtes Paar Hand in Hand durch Altötting spazierten. »Damals warst du ja nicht nur wegen Schokolade schlecht drauf.«

»Das ist verdammt lange her.« Das Missfallen in ihren Gesichtszügen verflog, sobald das erste Stück auf ihrer Zunge zerging.

Vor dem Eintritt ins Klosterleben war Maria Evita ein Mensch gewesen, der nichts ausließ. Keine Party, keinen Alkohol und erst recht keine anderen Drogen. Ihr Gemütszustand war eine einzige Achterbahnfahrt. Max hatte damals selbst seine Probleme und war nach dem Abitur einfach verschwunden, um in München sein eigenes Geld zu verdienen. Bei seiner Familie wollte er nicht bleiben. Nach seinem unerwarteten Verschwinden kippte Maria Evitas Gemütszustand, und sie rutschte komplett ab.

Nun war sie Novizin. Ausgeglichen und glücklich. Allein etwas Süßes genügte, um ihr ein Strahlen ins Gesicht zu zaubern. Max mochte, wenn sie sich freute. Wie das Leben sich binnen zehn Jahren doch völlig umdrehen konnte ...

»Wie war dein Tag noch? Das mit dem Schutt-Novotny is schon der Hammer, oder?« Beiläufig stopfte Maria Evita sich ein weiteres Stück Schokolade in ihren Mund.

»Echt stressig. Wir sind in dem Fall noch ned wirklich weiter.«

»Es hat mich ehrlich getroffen, obwohl ich mit dem Rainer nach der Jugend sehr selten zu tun hatte.«

»Kennst du den scho länger? Mir ist der ziemlich unbekannt. Bis heute Morgen wusste ich nicht mal, was das Tilly-Benefizium ist. Seine Schwiegermutter, die kennt man natürlich in Altötting, aber er ist mir noch nie begegnet.« Max lehnte sich neben Maria Evita an den kalten Fassadenputz.

»Früher, als meine Eltern noch gelebt haben, wohnte der Rainer drei Häuser weiter. Und seine Schwiegermutter, die Baronin ... Meine Güte, von der kann ich dir Geschichten erzählen. Sie und die Schosi sind ja beide mit meiner Tante beim Frauenbund.«

Ein leises Lachen schüttelte Max. »Oh Mann, die Hanfdemonstration auf dem Kapellplatz …«

Maria Evita ließ sich anstecken. »Zum ersten Mal in meinem Leben hab ich die Schosi sprachlos gesehen!«

»Ja, auch der Baronin hat's an ordentlichen Dämpfer versetzt. Und da wusste die noch gar ned, dass ihr Schwiegersohn keine zwanzig Meter weiter ein Messer im Bauch stecken hat.«

Sein Blick kehrte sich nach innen. In Max' Hinterkopf tauchte das Bild von Rainer Schutt-Novotny in der Blutlache auf. Gleich darauf erschien als Gedankenfetzen aus dem Nichts das kurze Aufleuchten des Handydisplays der Baronin. »Weißt du eigentlich, warum die auf ihre Tochter so schlecht zu sprechen ist?«

Maria Evita hatte bereits die halbe Tafel verschlungen und sah ihn kauend an. »Bloß a bissal vom Tratsch meiner Tante.«

»Und was sagt die?«

Sie schluckte. »Die Baronin war ned ganz einverstanden, dass ihre Tochter ausgerechnet den Rainer geheiratet hat.«

»Standesdünkel?«

»Vielleicht auch, aber … der Rainer hatte früher angeblich eine Vorliebe für des ein oder andere ned ganz so saubere G'schäfterl.«

»Da schau her. Was hat er denn so getrieben?«

»Ursprünglich hat er mal Gras verkauft.« Pantomimisch zog sie an einem Joint und ließ ihren vor Kälte weißen Atem wie Rauch aus der Lunge entweichen.

»Warst du etwa seine Kundin?«

»Ah geh, bitte! Du kennst doch meine Bezugsquellen von früher. Der Rainer is a bissal älter. Nicht ganz unsere Generation. Na, des war schon lange vorbei mit seinem Dealen, als ich mir dann was besorgt habe. Soweit ich weiß, hatte er seinen Hanfhöhepunkt, als er gleich nach dem Abi auf die Schnitzschule nach Oberammergau ging. Da saß ich noch neben dir in der Unterstufe. Später hatte er so einen kleinen Antiquitätenhandel an der Seite und war auf Flohmärkten aktiv, um sich als Student die Kasse aufzubessern. Und meine Tante sagt, er hat die Baronin mal über den Tisch gezogen.«

»Mit was?« Seine Augenlider zuckten für einen Moment.

»Da musst jetzt echt meine Tante fragen. Keine Ahnung.« In der Zwischenzeit hatte Maria Evita das letzte Stück ihrer Nougatschokolade verputzt und sah enttäuscht auf das leere Papier in ihren Händen. »Kannst du mir während der Fastenzeit mehr Zeugs reinschmuggeln? Vielleicht auch eventuell eine Pizza?«

»Und dann jedes Mal über die Mauer? Wie wär's, wenn du einfach wieder mit mir essen gehst?«

»Du spinnst.«

»Jetzt im Ernst. Meld dich doch bei der ehrwürdigen Mutter ab und sag, du bist bei deiner Tante. Musst deine jugendliche Wohn- und Wirkstätte mal wieder inspizieren, weil …«

»Du weißt, dass wir hier in der Gegend in kein Lokal gehen können, ohne zum großen Gesprächsthema zu werden«, unterbrach ihn Maria Evita.

»Dann fahr ma halt weiter weg!«

Sie seufzte. »Ach, Max, des ist eine blöde Idee.«

»Warum denn nicht?« Er wusste, dass Maria Evita durch Hartnäckigkeit oft zu erweichen war.

»Ich überleg's mir, gut? Bis dahin tust du mir einen großen Gefallen, wenn du weiter über die Mauer kraxelst.« Mit einem kecken Blinzeln wollte sie ihn zu weiteren Schmugglertätigkeiten bewegen, doch diesmal verfehlte es seine Wirkung.

Grimmig tippte sich Max an die Stirn. »Ich bin doch ned dein Kraxl-Maxl! Irgendwann brech ich mir dabei noch des Genick.«

»Du wärst sicher eine schöne Leiche. Gut Nacht.« Sie wandte sich zum Gehen.

»Gibt's keine Umarmung?«

»Du spinnst komplett! Nein, heute nicht. Kannst du bitte den Müll mitnehmen? So was is hier in der Tonne verdächtig. Gott segne dich.« Maria Evita drückte ihm die Verpackung in die Hand.

VI. Seinen Engeln befiehlt er, dich zu behüten (Lukas 4,10)

Nepomuk schreckte auf. Seine Zunge klebte am Gaumen. Tatsächlich hatte er in dieser Nacht einen tiefen, traumlosen Schlaf gehabt. Der dicke, modrige Geruch hatte sich verstärkt. Auch wenn die Mineralwasserdusche bereits mehr als zwölf Stunden zurücklag, vermochte der Stoff in diesem dunklen Keller nicht trocken zu werden. Zwar redete Nepomuk sich dauernd ein, dass am Ende doch noch alles gut werden könnte und er aus diesem Alptraum erwachen würde, doch im tiefsten Innern hatte er die Hoffnung darauf längst begraben. Der Wasserentzug nagte an seinem Körper und an seiner Psyche.

Das Schaben an der Tür kündigte an, dass er gleich wieder Besuch bekommen würde. Hoffentlich brachten sie ihm etwas zu trinken.

Die Tür öffnete sich, und in den ersten Lichtstrahlen, die vom Gang hereinbrachen, erkannte er, dass die Frau diesmal nicht allein war. Sie hatte, wie angekündigt, ihre zwei Schlägertypen im Schlepptau. Einer trug ein Tablett, darauf einen Teller. Der andere hatte eine

Wasserflasche aus Plastik dabei. Unter seiner Achsel klemmte eine Zeitung. Ohne Eile bewegten sich die Gestalten auf ihn zu und stellten die Gegenstände vor ihm ab. Niemand sprach. Nepomuk überkam eine ungute Vorahnung. Welchen Plan verfolgten sie?

In ihrer Hand hielt die Frau wieder das Teppichmesser. Sie bückte sich und entfernte schweigend den Kabelbinder, der sich immer noch um seine Füße schnürte. Er hatte aufgegeben, mit seinen Händen zu versuchen, die harte Schlinge lösen zu wollen. Entweder verletzte er seine Finger, oder die scharfe Kante des Kabelbinders schnitt in sein Fleisch.

Endlich fühlte Nepomuk, wie Blut in seine Zehenspitzen zurückkehrte. Er fasste nach den Sprunggelenken und rieb daran. Eine offene Hautstelle leuchtete ihm tiefrot entgegen. Mit keinem der Besucher nahm er Blickkontakt auf und konzentrierte sich stattdessen darauf, seinen Zehen wieder Leben einzuhauchen.

Nepomuk begriff erst, was sie mit ihm vorhatten, als es schon zu spät war. Einer der Männer riss ihn nach oben, während der andere seine Kehle schnappte, zupackte und ihn gegen die Wand presste. Nepomuks Atemzüge setzten für ein paar Sekunden aus. Je fester sich die Finger des Mannes in seinen Hals bohrten, desto stärker wurden die Schmerzen in seinem Kopf. Mit jedem Herzschlag wuchs der Druck innerhalb seines Schädels.

»Uns läuft die Zeit davon. Ist dir endlich eingefallen, wo sie sind? Mein Kunde wartet nicht länger auf die Originale.« Die Frau trat in Nepomuks verschleiertes Blickfeld. Tränenflüssigkeit füllte seine Augen, und die Linsen konnten nicht mehr richtig scharfstellen. Alles, was er von seinem Gegenüber wahrnahm, hatte sich zu einem schattenhaften Umriss verkleinert. »Bringt ihn nicht gleich um.« Der Satz wirkte auf die Männer wie ein Befehl. Ihre Griffe lockerten sich. Nepomuk sackte nach unten. »Ich warte.« Die Frau verschränkte die Arme vor ihrer Brust.

Wie versteinert hob er seinen Blick, setzte an, brachte aber kein Wort heraus. Trocken war sein Mund, der Kiefer gelähmt. Sein Hals tat weh, und innerlich war jegliches Gefühl und jegliches Verlangen nach Wasser einer großen Leere gewichen.

Die Handfläche eines der Männer klatschte mit voller Wucht auf seine Wange. »Red endlich!«

Hinter Nepomuks Stirn hallte der Schlag nach wie ein Schuss, den man direkt neben seinem Ohr abgefeuert hatte. Nun verstopfte Blut seine Nase, und sein Körper kannte nur noch dieses eine Gefühl: Todesangst.

»Wie lange willst du uns noch warten lassen?«

Waren es zuvor noch die kräftigen Finger des Schlägertypen gewesen, schnürte ihm nun blankes Entsetzen die Kehle zu. Immer wieder versuchte er einen verständlichen Satz zu formulieren, aber etwas anderes als Luft wollte seine Lippen nicht verlassen.

»Gut, dann bleibst du weiter hier unten. Das hat jetzt keinen Sinn. Jungs, packt das Zeugs wieder ein!«

Nepomuk sah, wie die beiden Schränke das Tablett sowie die Plastikflasche an sich nahmen. Das Martyrium war für diesen Moment vorbei. Seine Augenlider schlossen sich, und ihm graute vor dem Zeitpunkt, an dem das Adrenalin in seinen Adern nachlassen würde und der unerträgliche Durst erneut zurückkehrte.

Verächtlich warf ihm die Frau beim Hinausgehen die aufgeschlagene Tageszeitung vor die Füße. »Der Regionalteil dürfte dich interessieren.« Die Tür fiel ins Schloss.

Die fettgedruckten Buchstaben prangten auf der Seite wie eine Warnung für ihn. Es gelang ihm nicht, seine Lungenflügel vollständig aufzufüllen. Jeder Versuch, tief Luft zu holen, scheiterte. Was wollte sie ihm durch diese Schlagzeile mitteilen: »Gewaltsamer Tod in der Altöttinger Kapelladministration«?

*

Seit drei Stunden saß Chrissy Ertl hinter ihrem Tresen im Architekturbüro Haniger/Fuchs und beschäftigte sich mit Ablage. Ihr war langweilig. Bei Arbeitsbeginn hatte sie sich zuerst an das Entkalken der Kaffeemaschine gemacht, danach die aufgeschriebenen Stunden für das Projekt in Passau zusammengefasst und eine Zwischenrechnung gestellt. Irgendwann war sie zu den Stapeln und Ordnern übergegangen, denn sie wusste nicht mehr, was sie sonst noch tun sollte. Eine klare Weisung von Judith oder Benedikt fehlte. Ihre Chefin telefonierte am Schreibtisch neben dem Eingang. Kundenakquise. Sie war sich nicht zu schade, persönliche Freunde anzurufen, die gerade Familienzuwachs bekommen hatten, und sich zu erkundigen, wie es denn um ihre Pläne für ein Eigenheim stand. Dabei war Judith ehrlich. »Wir sind gerade nicht besonders ausgelastet.«

Chrissy versetzte dieser Satz einen Stich ins Herz, denn sie kannte die Zahlen. Seit gestern schwante ihr, dass sie sich wohl sehr bald einen neuen Job suchen musste, falls sich die Auftragslage nicht grundlegend änderte.

Benedikt war bisher nicht aufgetaucht. Er hatte nur gegen neun kurz angerufen und mitgeteilt, dass mit ihm erst gegen Mittag zu rechnen sei.

Gerade als ihre Chefin einen weiteren potentiellen Kunden verabschiedete, der »es sich mal überlegen« wollte, klopfte es an der Tür, und die Klinke ging gleichzeitig in Windeseile nach unten.

Ein großgewachsener Mann im schwarzen Anzug trat ein. Seine stämmige Statur verlieh ihm eine respekteinflößende Ausstrahlung. Chrissy schätze ihn auf etwas über fünfzig Jahre – vor allem wegen seines verlebten, aufgedunsenen Gesichts. Über dem Arm trug er einen hellen Trenchcoat. »Grüß Gott! Werfl mein Name.«

Judith blickte argwöhnisch zu Chrissy hinüber. Beiden war nicht wohl beim Anblick dieses dunkelgewandeten Hünen. Seine Begrüßungssätze hatten keinerlei Betonung enthalten. Diese fünf Worte waren einfach in den Raum geworfen worden, als beabsichtige er erst gar nicht, auf die Anwesenden sympathisch zu wirken.

»Ja bitte?« Chrissy erhob sich.

»Sind Sie Frau Fuchs?«

»Nein, das bin ich.« Nun stand Judith auf und streckte dem Unbekannten ihre Hand entgegen. »Sie sind ...?«

»Domkapitular Martin Werfl. Kann ich mit Ihnen unter vier Augen sprechen, Frau Fuchs?« Die dargebotene Hand ignorierte er.

Chrissy griff nach ihrer Handtasche. »Ich kann gerne schnell a Pause machen.« Sie verließ den Raum, ohne eine Reaktion ihrer Chefin abzuwarten.

Überrascht sah ihr Judith nach. Ihr wäre lieber gewesen, wenn Chrissy geblieben wäre und ihr Beistand geleistet hätte. Denn mit diesem Kirchenmann stimmte etwas ganz gewaltig nicht. Nun gut, sie würde sicher auch allein mit ihm fertigwerden.

»Setzen wir uns doch am besten hinten an unseren Besprechungstisch. Möchten Sie einen Kaffee oder ein Wasser? Worum geht es denn?« Betont freundlich trat sie Werfl gegenüber.

»Spielen Sie erst gar nicht die Ahnungslose.« Schnell und aggressiv ließ der Domkapitular die Freundlichkeitsoffensive an sich abprallen.

Judith schaltete als Reaktion in Sekundenschnelle auf einen äußerst nüchternen Ton. »Um das Projekt Kapelladministration?«

»Korrekt.«

Unbeeindruckt hob sie ihre Schultern. »Was soll ich sagen: Bischof Pemmerl hat gestern alles gestoppt. Danach sind wir durch Zufall darüber informiert worden, dass Herr Schutt-Novotny dort umgebracht worden ist. Sind Sie wegen des Todesfalls hier?«

»Haben Sie oder Ihr Kollege Haniger mit der Polizei gesprochen?« Werfl wollte auf ihre Frage nicht eingehen. Das sollte ihm aber nicht helfen, sie zu verunsichern.

»Selbstverständlich.«

»Sind die Kriminaler auf Sie zugekommen, oder sind Sie selbst vorgeprescht?« Ohne Pause reihte der Domkapitular eine Frage an die andere. Seine forsche Art war Absicht!

Warum war Benedikt nicht da, wenn man ihn brauchte? »Wir dachten uns ... na ja, vielleicht ... Sehen Sie ...« Judith schluckte und ärgerte sich, dass sie ihr kurzer Gedankengang aus der Bahn geworfen hatte. An Werfls Nasenwurzel deutete sich ein triumphierendes Zucken an, das sich auf seinen Lippen fast zu einem Lächeln auswuchs.

»Also einfach auf eigene Faust. Was haben Sie denen erzählt?«

Sie musste diesem Verhör ein Ende setzen, sonst trieb er sie immer weiter in die Enge. »Ich möchte dazu nichts mehr sagen. Schließlich laufen Ermittlungen. Ich weiß gar nicht ...«

»Wenn Sie bei der Polizei schon so redselig waren, dann können Sie doch auch uns in Kenntnis setzen, oder?«

Um das Tempo dieser unangenehmen Fragestunde zu drosseln, ließ sich Judith nun bewusst Zeit, etwas darauf zu entgegnen. Sie brauchte eine Pause, um ihre Überlegungen zu Ende zu führen. Warum bohrte der Domkapitular so vehement nach?

»Haben Sie etwas dagegen, wenn wir in dieser Angelegenheit vielleicht auf Herrn Haniger warten? Der müsste in der nächsten halben Stunde kommen.«

Ungehalten schmiss Werfl seinen Mantel auf den Tresen. »So viel Zeit habe ich nicht! Wir hatten Stillschweigen über dieses Projekt vereinbart. Sagen Sie mir doch einfach, was Sie bei der Polizei ausgequatscht haben.« Sein Gesicht war rot, und die aufgedunsenen Züge wirkten dicker als noch zu Beginn ihrer Unterhaltung.

»Nur, dass wir an diesem Umbau arbeiten.«

»Mehr nicht?«

»Nein!« Herausfordernd hielt sie dem stieren Blick des Domkapitulars stand. Dessen Augen wirkten angriffslustig wie bei einem verletzten Tier.

Er griff nach dem Mantel und legte seine Hand auf die Türklinke. Plötzlich öffnete er den Eingang spaltbreit, lugte hinaus und schloss die Tür wieder, nachdem er sich vergewissert hatte, dass niemand sie belauschte.

»Frau Fuchs, ich will Ihnen mal was sagen. Und ich hoffe, Sie verstehen mich richtig. Überlegen Sie sich bitte genau, was Sie in Zukunft von unseren Umbauplänen preisgeben. Sonst sehen wir uns gezwungen, die Zusammenarbeit mit Ihnen ein für alle Mal zu beenden. Und sollte irgendein falsches Licht auf den Bischof fallen, werden wir nicht davor zurückschrecken, Sie umgehend wegen Verleumdung zu verklagen. Habe ich mich deutlich genug ausgedrückt? Gott segne Sie.«

Erst als Werfl sie wieder verlassen hatte, bemerkte Judith, wie stark ihre Knie zitterten.

*

Das kalte Wasser rann über Mimis Gesicht. Ihr Gegenüber im Spiegel blickte sie müde an. Eine schwache Frau, von der nur eine in ihren Grundfesten erschütterte Kopie übriggeblieben war. Vor der Toilette warteten Kommissar Kramer, sein Kollege Fäustl und ihre Freundin Johanna. Wie sollte sie hier mit Sicherheit sagen können, was fehlte? Ihr Zuhause war nicht mehr ihr Zuhause. Kein Raum sah so aus, wie sie ihn verlassen hatte.

Vorhin hatte sie durch ihre eigene Haustüre eine fremde Welt betreten müssen. Ein verwüstetes Schlachtfeld, das sie an die Hölle denken ließ. Sie fragte sich, wie lange sie dies alles noch aushalten konnte, ohne zusammenzubrechen. Am liebsten wäre sie einfach verschwunden. Weit weg, wo sie keiner kannte. Spanien oder Südamerika, ganz egal. Ohne Chaos und ohne Gedanken an ihren toten Rainer. Diese Brutalität hatte er dann doch nicht verdient.

Mimis Finger betasteten das Handtuch rechts neben dem Waschbecken. Sie nahm es von seinem Ständer und presste den Frotteestoff mit beiden Händen auf ihr Gesicht. Ein frischer Waschmittelduft stieg ihr in die Nase. Plötzlich sah sie sich schwerelos im Wasser treiben. Ein Gedankenblitz, der kurzzeitig verheißungsvoll in ihr aufleuchtete, sich dann aber in ein gefährliches Bild wandelte. Nein, sie musste einen kühlen Kopf bewahren!

»Geht es Ihnen gut?« Das war Max Kramers Stimme.

»Ja. Ich bin gleich wieder bei Ihnen.« Mimi fuhr sich noch einmal übers Gesicht, nahm dann einen ihrer Lippenstifte von der Ablage und zog die inzwischen nicht mehr ganz sauberen Konturen nach. So sah es besser aus. Ein tiefer Atemzug, und nun traute sie sich wieder, das kleine Bad zu verlassen.

»Mimi, soll ich dir vielleicht einen Tee machen?« Ihre Freundin Johanna stand vor ihr.

»Du weißt ja, wo alles steht. Danke.«

Johanna verschwand in der angrenzenden Küche, die der Einbrecher glücklicherweise unversehrt zurückgelassen hatte. Auf der anderen Seite des Flurs lag das Arbeitszimmer. Die beiden Kriminaler lehnten davor an der Wand. Max Kramer deutete hinein. »Frau Schutt-Novotny, wir hätten hier gleich eine Frage an Sie.«

Mimi riskierte einen kurzen Blick durch die Tür. Am Boden stapelten sich ihre Ordner. »Was möchten Sie denn wissen?«

»Setzen wir uns doch schnell in Ihre Küche. Mein Kollege holt, worum es geht.«

Sie nickte und trat in die Küche. Unter dem Fenster, das zur Einfahrt hinausführte, stand ein kleiner Tisch mit vier Holzstühlen. Aus dem Wasserkocher dampfte es bereits. Johanna hatte alles für einen Tee bereitgestellt. »Darf ich Ihnen und Ihrem Kollegen auch eine Tasse anbieten, Kommissar?«

Max schüttelte den Kopf.

Die schweren Schritte Fäustls näherten sich derweil vom Gang. In seinen Händen hielt er zwei Ordner. »Könnte es sein, dass aus diesen beiden Ordnern einige Dokumente entwendet wurden?« Fäustl legte beide auf den Tisch.

Schweigend klappte Mimi den ersten auf und blätterte im Stehen durch die Seiten. »Das ist schwer zu sagen. Ich weiß nicht, was mein Mann für Korrespondenz mit der Kirchenverwaltung geführt hat. Ich denke aber nicht.«

»Und wie sieht es hiermit aus?« Fäustl öffnete die zweite Sammlung.

Hier war wirklich auffallend wenig enthalten. Mimi nickte, denn ihr stach sofort ins Auge, dass ein komplettes Register fehlte. »Sie haben recht. Da ist nicht mehr alles drin.«

Mimi spürte die interessierten Blicke Max Kramers

und seines Kollegen Fäustl in ihrem Rücken, während sie den gehefteten Packen in ihre Hände nahm. »Da fehlt der ganze Teil über seine Arbeit als Restaurator.«

»Ihr Mann war Restaurator?«, fragte Max erstaunt. Der Denkmalschutzordner hatte also gar nichts mit der Kapelladministration zu tun. »Ich dachte, er hat diese Tilly-Stiftung verwaltet.«

»Nebenbei hat er alte Kirchenfiguren aus dem Landkreis wiederhergerichtet. Vor seinem Theologiestudium war er nämlich auf der Schnitzschule in Oberammergau.« Ein Seufzer entglitt ihr. »Das war jetzt nur noch sein Hobby.«

»Wollte ihr Mann durch das Studium denn Priester werden?«

»Zuerst schon, aber dann kam ich dazwischen. Für einen Pastoralreferenten war er zu faul. Dass schlussendlich die Kirchenverwaltung sein fester Arbeitgeber wurde, passierte zufällig. Schauen Sie, Benefiziums-Verwalter ist vergleichbar mit Frühstücksdirektor einer verdammt unspektakulären Stiftung.«

»Wo hat er die Holzarbeiten durchgeführt?«, hakte Max nach.

»Unten im Keller gibt es eine kleine Werkstatt.«

Fäustl klinkte sich ein. »Und wie lange schon?«

»Fast fünf Jahre. Das kam alles ungeplant. Zuerst ging es nur um die Ausstattung der Kapelladministration. Um seinen Schreibtisch und das Tilly-Bild, um das Standbild im Erdgeschoss. Er hat dafür Geld beim Lions-Club und bei Rotary erbettelt, den Rest hat zum Schluss die Kirche draufgelegt. Und später dann hat er sich nach und nach auch der wertvollsten Figuren in der Umgebung angenommen. Aber wirklich nur nebenbei. Hauptamtlich blieb er der Verwalter des Benefiziums.«

Max Kramer nahm ihr den Ordner aus der Hand. »Und was fehlt jetzt genau?«

Mehrmals deutete Mimi zwischen die Blätter. »Die Aufschlüsselung seiner Arbeiten. Das Verzeichnis der denkmalgeschützten Figuren und der gesamte Schriftverkehr.«

Mimi konnte in Max Kramers Gesicht lesen, dass es in ihm ordentlich rumorte.

»Frau Schutt-Novotny, ich bin erstaunt. Ich dachte, dass sich Denkmalschutz auf Gebäude bezieht?!«

»Nein, der kann sich laut Gesetz auch auf bewegliche Dinge auswirken.«

»Würden Sie uns mal seinen Arbeitsraum zeigen?«, fragte Max Kramer.

»Natürlich.«

»Und sich dann bitte mit uns im Haus umschau'n, ob noch etwas abhandengekommen ist«, fügte Fäustl an.

»Kommen Sie bitte.« Mimi wies den beiden Kriminalern den Weg zur Kellertreppe.

Johanna Marek blieb allein zurück. Ihr Blick wanderte zur Decke hinauf. »Oberammergau«, sagte sie leise.

*

Zur selben Zeit gab es für Fräulein Schosi nur ein Thema: Entschlacken. An diesem Donnerstag wollte sie der Low-Carb-Ernährung noch eins draufsetzen. Es war nötig, den Körper ihres Monsignore ordentlich zu entgiften. Sobald die Tilly-Apotheke in der Nähe des Kapellplatzes ihre Pforten geöffnet hatte, war sie dort aufgetaucht und hatte sich eine ganzheitliche Beratung zum Thema »Entgiftung durch Tees und Säfte« angedeihen lassen. Früher wäre sie dafür in der Kräutersammlung des Nonnenklosters aufgetaucht, doch seitdem Schwester Pia in der »Geschlossenen« saß, gab es in dem alten Kasten niemanden mehr, der sich um die Klosterapotheke kümmerte.

Seither hatte sie ihren neuen besten Freund in Herrn Blafino gefunden. Ein Italiener, der sein Pharmaziestudium in Deutschland absolviert hatte und nun über die Tabletten und Salben der Innenstadt herrschte. In wenigen Wochen war Fräulein Schosi zu seiner besten Kundin aufgestiegen. Nicht nur, dass er sie mit seinem charmanten Rat unterstützte. Nein, sie konnte bei ihm auch ihren heißgeliebten Pfefferminzlikör und die extragroße Flasche Klosterfrau Melissengeist erstehen. Ein unverzichtbarer Bestandteil ihrer Gesundheit. Manchmal gönnte sie sich bei ihm auch ein kleines Vormittagsgläschen Klosterlikör, zur Stärkung. Herr Blafino achtete auf das hundertprozentige Wohlbefinden seiner Kundschaft. Zwischen Pillen und Blutdruckmessgerät besaß die Tilly-Apotheke eine gut sortierte Abteilung Alkoholika, die wirklich rein gar nichts mit Genuss zu tun hatten. Dass sie zufällig neben ihrer heilenden Wirkung auch schmeckten, war natürlich ein Vorteil.

»So, hier haben wir das Matcha-Teepulver. Da das Glaubersalz. Und das in der roten Verpackung ist Ihr Brennnesseltee. Ich würde Ihnen noch zu einem Kasten

Pflaumensaft raten.« Auf der Verkaufstheke hatte Herr Blafino die »innere Reinigung« für den Monsignore parat gelegt.

»Klingt ja verlockend ... aber ...« Nachdenklich stemmte Fräulein Schosi ihre Fäuste in die Seite. »Wie is das denn mit dem Zucker in diesem Saftl? Wir ernähren uns grad kohlehydratarm.«

»Das ist zu vernachlässigen. Außerdem eh nur reiner Fruchtzucker.«

»Dann verlass ich mich mal auf Sie.«

Der Apotheker verschwand im hinteren Raum und kehrte kurze Zeit später mit einem Kasten zurück, der sechs Flaschen dunklen Pflaumensaft enthielt. »Bitte nicht mehr als ein Glas pro Tag. Können Sie das denn alles alleine tragen, Fräulein Schosi?«

»Ich hab mein Auto dabei.« Zufrieden griff sie zu ihrem Geldbeutel, während Blafinos Finger die Preise in die Kasse eintippten.

»52 Euro genau.«

»Für zwoamal Tee, a Saftl und a bissal Salz?« Ihre Augenbrauen hoben sich überrascht.

»Alles bio, alles bio«, sagte Blafino eindringlich.

Das leuchtete Fräulein Schosi ein. Bioware hatte nun mal ihren Preis. »Ach, fast hätt ich's vergessen. Geben S' ma doch noch drei Flaschen Pfefferminzlikör dazu.« Auch wenn gerade Fastenzeit war und sie auf die strikte Einhaltung der neuen Diät pochte: Ihr Lieblingsgetränk zählte sie nicht zu den Spirituosen, sondern zu den Arzneien.

»Das macht dann zusammen 57 Euro, weil Sie es sind.«

»Mei, Sie sind so gut zu mir.«

»Ist doch klar. Für eine so treue Kundin.«

Nach mehreren Dankesbekundungen beiderseits verließ Fräulein Schosi die Tilly-Apotheke, inklusive einer Gratispackung Papiertaschentücher. Die Sonne unternahm in diesem Moment einen zaghaften Versuch, durch den Hochnebel über der Wallfahrtsstadt zu dringen. Gegenüber stand das große gelbe »Hotel zur Post«, vor dem sie ihren alten Golf geparkt hatte. Gerade als sie ihre neuen Schätze verstaut hatte, tippte ihr jemand auf die Schulter. Erschrocken fuhr sie auf.

»Grüß Gott, Fräulein Schosi.« Die Postwirtin stand neben ihrem Wagen, bewaffnet mit einer großen Einkaufstüte.

»Oha. Mit Ihnen hab ich jetzt gar ned gerechnet.« Gereizt versperrte Fräulein Schosi der Postwirtin den Blick in den hinteren Teil ihres Fahrzeugs auf ihre alkoholischen Schätze. Es musste ja nicht jeder mitbekommen, was sie eben bei Herrn Blafino erstanden hatte. Es wurde eh schon genug geredet in dieser Stadt.

»Des tut mir leid. Ich wollte Ihnen gewiss keinen Schrecken einjagen.« Gewohnt herzlich drückte Frau Kramer ihre Hand. Fräulein Schosi befreite sich schnell und klappte beiläufig den Kofferraum zu.

Irritiert wich die Postwirtin zurück. »Glauben S' mir halt, des war wirklich keine Absicht.«

Das Zurückziehen ihrer Hand hatte auf die Postwirtin nicht besonders nett gewirkt. Fräulein Schosi rang sich ein Lächeln ab. »Passt scho wieder. Kommen S' grad vom Supermarkt?« Ein paar Minuten blieben noch für einen kleinen Ratsch, bevor sie ihr Monsignore zurückerwartete.

»Nein, ich hab in der Hotelküche a paar Sachen für zu Hause zusammengepackt. Heut Abend bekommen mein Mann und ich Gäste. Der Bürgermeister schaut vorbei.«

»Was kochen S' denn?«

»Wissen Sie, wir sind überzeugte Verfechter des Low-Carb. Ein Geschnetzeltes mit Nudeln wird's geben.«

Diese Beilage löste bei Fräulein Schosi einen Schlüsselreiz aus. Anscheinend hatte die Postwirtin keine Ahnung, wovon sie sprach. »Nudeln darf ma da aber nicht essen!«

Frau Kramer blieb ruhig. »Ach, bei uns gibt es schon seit Jahren kohlenhydratfreie Teigwaren. Außerdem züchtet uns ein Bauer in der Umgebung stärkearme Kartoffeln.«

Bei dieser Neuigkeit verschlug es Fräulein Schosi die Sprache. Das klang ja nach Schlaraffenland. Ihre Augen wurden größer, und die Nase begann zu jucken. Nervös kratzte sie sich am Nasenflügel. »Was Sie nicht sagen.«

»Doch. Da, schauen S' her.« Die Postwirtin zog etwas aus ihrer Tüte und hielt es Fräulein Schosi vors Gesicht. »Diese Spaghetti zum Beispiel enthalten hundert Prozent Protein.« Skeptisch verzogen sich plötzlich Frau Kramers Mundwinkel. »Entschuldigung, kennen Sie sich denn überhaupt aus mit der Low-Carb-Ernährungsform?«

Fräulein Schosi nickte mehrmals. »Ja, so a bissal. Ich muss zugeben, dass sich der Monsignore und ich auch gerade bemühen, nach diesen Grundsätzen zu leben.«

»Toll! Da könn ma in Zukunft ja a paar Rezepte austauschen! Ich schenk Ihnen mal des Packal für heut

Mittag. Mit Hackfleisch passt des wunderbar in Ihren Speiseplan.« Die Nudeln wechselten die Besitzerin. »Und an schönen Gruß an den Monsignore.« Winkend verabschiedete sich die Postwirtin.

»Dank schön. An Ihren Mann ebenso.« Fräulein Schosi war begeistert. Dieses Päckchen in ihren Händen war ein Wunder der Natur. Kohlehydratfreie Spaghetti! Was für ein glückliches Zusammentreffen, das doch leider so unbeholfen seinen Anfang genommen hatte. Nun blieb nur noch zu hoffen, dass der Inhalt des Kramerschen Geschenks auch schmeckte.

*

Die aktuelle Ausgabe der Tageszeitung lag aufgeschlagen auf Max' Schreibtischplatte in Mühldorf. Mehrere Kaffeeflecken seines Kollegen Fäustl prangten darauf. Dieser hatte die Zeitung von der Tankstelle seines Vertrauens mitgebracht, bevor er sich zum Mühldorfer Stadtplatz verzog, um auf die Pirsch nach Wurstsemmeln zu gehen. Max ließ ihn bereitwillig eine Pause einlegen. Fäustls gestriger Unterzucker durfte sich keinesfalls wiederholen, sonst sah er ihre Freundschaft ernsthaft gefährdet.

Im Aufmacher, der Max entgegenleuchtete, war sich die Lokalpresse wieder mal nicht zu schade, spekulativ, aber trotzdem ausführlich über ihren Fall zu berichten. Typisch! »Gewaltsamer Tod in der Altöttinger Kapelladministration« – keine Ahnung, wie Kunfter darauf reagieren würde, doch Max' Schuld war es jedenfalls nicht, dass Schutt-Novotnys Ableben so ausgeschlachtet wurde. Der Wallfahrtsort war klein, dort machte alles schnell die Runde und landete am Ende immer beim Alt-Neuöttinger Anzeiger. Vielleicht sollte Kunfter einfach die Gegebenheiten auf dem Land akzeptieren. Als Informant hatte der Schreiberling die Putzfrau aufstöbern können, die in der Früh über den Toten gestolpert war. Gott sei Dank war über den Einbruch noch nichts an die Öffentlichkeit gedrungen.

Ein Klopfen unterbrach Max' Gedankengang. Der Spusi-Toni steckte seinen Kopf herein. »Servus, guten Morgen und Mahlzeit!«

»Ebenso.« Max winkte ihn zu sich.

Toni Staudt trug ein Bündel Papier unterm Arm. »Hat sich gestern bei euch no was getan?«

»Mit den Akten wirst vermutlich recht behalten. Die Witwe konnte bestätigen, dass da was fehlt. Und sonst eigentlich bloß a bissal Bargeld aus einem der Schubfächer im Wohnzimmer. Dreihundert Euro. Ned wirklich viel.«

»Mei, sag ich doch, Kramer.« Der Spusi-Toni breitete nun mehrere Berichte vor Max aus. »So, ich hab hier weitere Ergebnisse. Erst mal gibts zwei unterschiedliche Blutspuren. Eine vom Opfer und eine höchstwahrscheinlich vom Täter. Die Rupprecht von der Rechtsmedizin hat was in seinem Mund gefunden. Der Schutt-Novotny muss vor seinem Tod einmal kräftig zugebissen haben.« Tonis Finger wanderte zu einem rotmarkierten Absatz. »Aber zu schön wär's gewesen: Wir haben ihn nicht in der Datenbank.«

Max kaute gleichgültig an seinem Zeigefingernagel. Damit hatte er eh nicht gerechnet. »Und was noch?«

Im Telegrammstil fuhr der Leiter der Spurensicherung fort: »Tod ist vor Mitternacht eingetreten. Tatzeit zwischen 21 Uhr und 23 Uhr 30. Das Blut am Gemälde stammt vom Opfer. Sein Mörder hat ihm mit der rechten Hand das Messer im Stehen in seinen Unterleib gerammt. Erst dann ist er zu Boden. An den grünen Tretern is nix. Nagelneu, und keine Fremdfaser oder Hautschuppe zu finden. Blut drunter, wie zu erwarten, vom Schutt-Novotny.«

Der Unbekannte war also ein Rechtshänder, der den Mord geplant hatte. Die neuen Sportschuhe deuteten in diese Richtung. Als letztes Blatt in der Reihe entdeckte Max einen Schadensbericht auf gelbem Papier. »Und was is des?«

»Unser Neuer hat des greislige Tilly-Gemälde leider unsanft beschädigt, als er mit einem Wattestäbchen des Blut lösen wollte.«

»Herrschaftszeiten! Wie geht denn so was bitte unsanft, mit so am kleinen Stabal?«, schimpfte Max. »Des erklärst aber du dem Chef.«

»Ja, keine Sorge. Besonders wertvoll is der Schrott jetzt eh ned.«

»Da bist du dir so sicher? Der Schinken is antik.«

»Antik?« Der Spusi-Toni schnalzte mit der Zunge. »Des Ding is keine zwanzig Jahre alt. Bloß so a Dekoteil.«

Schlagartig hob Max seinen Kopf. Die Witwe hatte vorhin etwas von einer Restaurierung erwähnt. »Erklär mir des.«

»Unser Neuer is no ned so erfahren, er hat halt ...«

»Nein! Des mit dem Dekoteil.«

»Aso. Die Farbschicht is auf die Holzplatte ned ge-malt worden, sondern bloß aufgeklebt. Deswegen is sie a so leicht abgesprungen. Eigentlich sollte so ein Kleber bombenfest halten, aber über die Jahre ist er etwas brü-chig geworden.«

»Wie macht ma so was? Also wie hab ich mir das vor-zustellen, dass ma Farbe aufklebt?«

»Kramer, wenn du den Bericht lesen würdest ...«

»Dafür hab ich jetzt keine Zeit.«

Seufzend legte Toni Staudt seine linke Hand auf Max' Schulter und zog den Schadensbericht mit der rechten zur Tischmitte. »Schau her.« Auf der letzten Seite waren zwei Fotos der Beschädigung ausgedruckt und ange-hängt. »Um ein Gemälde alt ausschauen zu lassen, braucht es Risse. Also wird es erst auf Leinwand gemalt. Dann wird diese aus dem Rahmen gelöst und über eine Kante gezogen. So bekommt es die kleinen charakteristi-schen Bruchstellen. Danach ...«

Vor dem Büro polterte es heftig. »Ich hab grad kei Hand frei. Mach mal auf.« Anscheinend stand Fäustl dort und pochte mit seinem Fuß gegen den Türrahmen.

Als Max sich erheben wollte, war der Spusi-Toni be-reits an der Tür. »Ich mach scho.«

Mit zwei gefüllten Papiertüten in den Armen betrat der Fäustl das Büro. »Toni, hast du ein Glück, dass ich glei mehra Semmeln dabeihab. Langt locker für uns drei.«

»Des reicht für a Fußballmannschaft inklusive Aus-wechselspieler«, entgegnete Max.

»Nicht, wenn ich im Tor steh.« Fäustl lachte und warf seine Mitbringsel auf die Berichte der Spurensicherung, was Max dazu veranlasste, missbilligend sein Gesicht zu verziehen.

»Du, Fritz, wenn nachher diese ganzen Zettel so ausschaun wie dei verpatzte Zeitung, gibts Ärger. Leg dei Brotzeit halt bitte auf den Stuhl.«

Neugierig schielte der Spusi-Toni auf die ausgebeulten Verpackungen. »Was hast du denn alles zur Auswahl?«

Fäustl riss eine der Tüten auf und ließ sich auf einen Stuhl fallen. »Salami, Bergkäse, Gelbwurst, Südtiroler Speck ...«

»Bevor wir jetzt hier mit der Brotzeit anfangen, erklärst du mir noch mal was zum Thema Bild, Toni«, unterbrach Max Fäustls kulinarische Aufzählung.

»Moment!« Toni Staudt griff nach einer belegten Semmel und biss hinein. Kauend setzte er sich auf Max' Schreibtisch. »Wo war ich stehen geblieben?«

»Farbschicht, Kleber, blablabla ...«, erwiderte Max.

»Also Farbbruchstellen ... Man muss dann die Vorderseite der Leinwand fixieren. Wird üblicherweise mit Wachs und Zeitungspapier gemacht, damit man, ohne dass ma dann plötzlich vor einem Haufen Farbkrümel steht, hinten den Stoff mit einer Rasierklinge ablösen kann. Die Fläche klebst dann auf eine alte wurmstichige Holzplatte.«

»Des is doch höchst aufwendig.«

»Billig wird es schon nicht sein, wenn man einen Dekoschinken bestellt.«

Fäustl schaltete sich ein. »Apropos Schinken. Den hätt ich auch dabei, sogar mit Essiggurke.«

»Gib her.« Nun merkte Max, dass sein Magen grummelte und er Appetit bekam. Er öffnete schon seinen Mund, um es sich schmecken zu lassen, als der Chef plötzlich im Raum stand.

»Na, die Herren haben anscheinend zu viel Zeit«, sagte Veit Kunfter. »Machen Sie jetzt schon Mittagspause?«

»Nein, wir holen das Frühstück nach.« Max verschob seinen Snack auf später.

»Kramer, kann ich Sie kurz draußen sprechen?« Gewohnt unfreundlich und unterstrichen von einem zackigen Kopfnicken bedeutete ihm sein Chef, vor die Tür zu treten. Was für ein Arsch! Anscheinend hatte Kunfter ebenfalls den Artikel gelesen.

Fäustl und der Spusi-Toni senkten ihre Köpfe. Max' Blick verfinsterte sich. Bei jedem Schritt aus dem Büro überlegte er krampfhaft, wie er seinem Chef am besten begegnen sollte. Nett oder laut? Diese Idee mit »Unterbinden Sie alles von der Presse« war hirnrissig. Gut, Max hatte vergessen, in der Redaktion anzurufen. Er hätte sich erkundigen müssen, ob sie schon etwas von der Geschichte vernommen hatten, und falls ja, um Aufschub mit der Veröffentlichung bitten. Aber das hätte Kunfter doch auch selbst erledigen können. Ihn jetzt hier als Sündenbock abzustrafen, war nicht fair.

»Kramer.« Kunfters Kopf näherte sich seinem Ohr. Eindringlich formte sein Chef nun jedes weitere Wort. »Ich sage Ihnen das hier in aller Öffentlichkeit. Eigentlich ist mir alles Private vollkommen gleichgültig, aber Ihr Dings oder was immer Sie mit Frau Dr. Rasske am Laufen haben, stellen Sie bitte ab sofort ein.«

Es traf ihn wie ein Blitzeinschlag. Auf diese Maßregelung war Max nicht vorbereitet. Da er sich als Reaktion gerade völlig andere Zeilen für ein völlig anderes Thema zurechtgelegt hatte, fühlte er sich in diesem Augenblick wie überfahren. Fürs Erste war er einfach sprachlos.

»Sie haben mich also verstanden?« Kunfter ließ ihn stehen.

»Woher wissen Sie denn das?« Ohne nachzudenken, kam diese Frage aus ihm heraus.

»Tina ist eine gute Bekannte von mir.« Sein Chef wandte sich um. »Ich habe sie gestern auf dem Parkplatz etwas verstört angetroffen. Da kam die ganze Geschichte heraus. Mensch, Kramer! Warum ausgerechnet die Staatsanwältin? Müssen Sie alles bespringen, was bei drei nicht auf dem Baum ist?«

»Es bleibt für mich eine einmalige Sache.«

»Rule number one: Never fuck the company! Man soll seinen Füller nicht in Firmentinte tauchen. Klar? Und jetzt will ich kein Wort mehr darüber hören.«

Kunfters Körpersprache verriet Max genug. Gute Bekannte? Er hatte es hier mit einem eifersüchtigen Liebhaber zu tun.

*

»Die Himmel rühmen des Ewigen Ehre, ihr Schall pflanzt seinen Namen fort.« Im Hintergrund lief eine Aufnahme mit Chor von Beethovens Komposition. Am liebsten kochte Fräulein Schosi unterstützt von Musik. Heute passte der Text zu ihrer Stimmung, denn die Spaghetti Bolognese mundeten ausgezeichnet. Aus voller Kehle setzte sie mit ihrem Bass an der Stelle wieder ein, an welcher die Männerstimmen dabei waren, Erdkreis und Meere zu bejubeln. »Vernimm, o Mensch, ihr göttlich Wort.«

Am Ende des Flures öffnete sich derweil die Eingangstür. »Du sollst den Namen Gottes nicht für deine musikalischen Zwecke missbrauchen«, raunte Monsignore Hirlinger Maria Evita zu, die mit ihm die Wohnung betrat.

Bereits unten auf der Straße hatten sie dem ekstatischen Sirenengesang Fräulein Schosis gelauscht. Hirlinger fühlte ein Wummern in seinen Schläfen. Diese Sangeskünste waren ungefähr so angenehm, als würde jemand die Holztreppe im Aufgang abschleifen. Hoffentlich stellte seine Haushälterin die tonale Umweltverschmutzung ein, sobald sie das Essen auftrug.

Er klopfte an die Türzarge der Küche, um auf sich aufmerksam zu machen. Solange irgendwelche Klänge aus Fräulein Schosis Mund strömten, vergaß sie die Welt um sich und schenkte nicht mal ihm besondere Aufmerksamkeit.

Diesmal genügte ein einziger Versuch, und sie verstummte. Ihre Augen wanderten zu Hirlingers Begleitung, die sie hinter seiner Schulter entdeckt hatte. Man merkte deutlich, dass ihr die Anwesenheit der Novizin nicht passte. »Was machen Sie denn hier?«

Der Monsignore beeilte sich, Maria Evitas Beisein zu erklären. »Wir waren bei Baronin Novotny im Krankenhaus. Ihr geht es schon besser. Reicht der Mittagstisch nicht für drei?«

»Wird scho passen«, murmelte seine Haushälterin.

Inzwischen war der Chor mit seinem Jubilieren fertig. Offenbar war es die letzte Nummer auf der CD, denn nun folgte endlich die ersehnte Stille. Innerlich dankte Hirlinger dem Herrgott, dass er seine Geduld nicht weiter auf die Probe stellte.

»Spaghetti?« Was er da in Pfanne und Topf neben dem tragbaren CD-Player erspähte, stimmte ihn nach der melodiösen Attacke wieder milde. Doch die Sache hatte bestimmt einen Haken, denn erst vor ein paar Tagen hatte Fräulein Schosi ihn darüber aufgeklärt, dass sie in den nächsten Wochen jegliche Kohlenhydrate von ihrem gemeinsamen Speiseplan streichen würde.

»Monsignore, stellen Sie sich vor, die sind kohlehydratfrei. Hat mir Frau Kramer geschenkt.«

»Tatsächlich?« Maria Evita zwickte Hirlinger in den Oberarm. Als er sich zu ihr umdrehte, kniff sie ein Auge zu. Grinsend nahmen beide am Küchentisch Platz, während Fräulein Schosi Spaghetti und Bologneseragout auf drei Teller verteilte.

»Das duftet ja köstlich«, lobte der Monsignore.

»Als Getränk hab ich aus der Apotheke einen Fruchtsaft für uns geholt, bei dem der Zucker zu vernachlässigen ist.« Die Worte seiner Haushälterin klangen, als wäre sie stolz auf die Entdeckung eines neuen Weltwunders.

Beim Anblick des Etiketts versetzte Maria Evita Hirlinger einen Tritt. Fragend sah er zu ihr hinüber. Was sollte das? Vehement schüttelte die Novizin den Kopf. Sie wollte ihm irgendetwas mitteilen, ohne dass seine Haushälterin es mitbekam, aber er konnte sich keinen Reim darauf machen. Also tippte sie verstohlen auf den Schriftzug »Pflaumensaft«. Hirlinger kratzte sich am Kopf. Wo lag das Problem? Seine Ellenbogen aufgestützt, näherte er sich Maria Evita, um ihr Flüstern zu verstehen.

»Nicht! Abführend!«

Oha. War das jetzt Absicht, oder wusste Fräulein Schosi selbst nicht, was sie eben auf den Tisch gestellt hatte? Hirlinger entschied sich für einen kleinen Test.

»Heute möchte ich nur ein klares Wasser, bitte.«

»Des Saftl is aber sicher ausgezeichnet. Alles bio.« Klappernd näherte sich seine Haushälterin mit den gefüllten Tellern.

Maria Evita sprang Hirlinger zur Seite. »Oh ja, für mich bitte auch. Es gibt nichts Gesünderes als ein frisches Leitungswasser.«

»Gut, dann trink ich's halt alleine.«

Tatsächlich war kein weiteres Wort mehr nötig. Fräulein Schosi füllte schulterzuckend einen Glaskrug am Wasserhahn auf. Hirlinger und Maria Evita folgten ihr gebannt. Sollten sie die Haushälterin vielleicht doch vor dem Genuss des flüssigen Obstes warnen? Oder als Zuschauer die Auswirkungen abwarten? Keiner zeigte Anstalten, irgendetwas zu unternehmen.

»Sodala …« Mit einem Quietschen nahm Fräulein Schosi auf einem der Holzstühle Platz. »Komm, Herr Jesus, sei unser Gast, und segne, was du uns bescheret hast. Amen.«

Gerade als Hirlinger zu seiner Gabel greifen wollte, rumpelte seine Haushälterin noch einmal auf. »Stopp!«

Aus einem Fach neben dem Herd zog sie ein helles Geschirrtuch und eine Wäscheklammer. Von hinten wand sie den Stoff um Hirlingers Hals. Die Wäscheklammer diente als Verschluss. »Sie schneiden ja die

Spaghetti nicht. Ned dass es auf Ihrem Hemd Flecken gibt.« Mahnend hob Fräulein Schosi den Zeigefinger.

»Das is mein Spritzschutz«, sagte Hirlinger, als er Maria Evitas ungläubiges Gesicht entdeckte.

»Wuzeln Sie Ihre Spaghetti auch, Schwester? Wenn Sie wollen, hab ich noch ein Geschirrtuch übrig.« Auf einmal klang Fräulein Schosis Stimme wieder fürsorglich.

Verneinend schüttelte Maria Evita ihren Kopf. »Ich bin langsam und vorsichtig beim Essen. Danke.«

Die drei begannen, sich an ihren Bolognesenudeln zu schaffen zu machen. Wann würde der Pflaumensaft ins Spiel kommen? Abwechselnd schielten Hirlinger und Maria Evita auf das leere Glas neben der Flasche.

Bisher hatte Fräulein Schosi keine Gelegenheit gehabt, sich einzuschenken, denn sie war schwer beschäftigt, ihre Spaghetti mit dem Messer in winzige Fäden zu zerteilen. Nun griff sie nach einem Löffel und schob die erste Portion in ihren Mund. »Man merkt überhaupts keinen Unterschied. Wie ganz stinknormale Nudeln.«

Schweigend pflichteten ihr Hirlinger und Maria Evita bei. Endlich fuhr sie ihre Hand aus und schraubte den Verschluss vom Pflaumensaft auf. Einen Moment später war das Glas bis an den Rand gefüllt. »Schau ma mal, ob des Saftl wirklich so gut ist, wie der Blafino meint.«

Drei große Züge, und die Hälfte war in ihrem Magen verschwunden.

VII. Sie werden dich auf ihren Händen tragen (Lukas 4,11)

Immer wieder hallten in Max' Schädel die Worte Kunfters über Tina Rasske wider. Er zwang sich zur Konzentration. Mit Fäustl wollte er sich nicht über dieses Thema austauschen. Außerdem schien dieser schwer damit beschäftigt, die letzten Happen seines Wurstsemmelhaufens zu vertilgen. Was hätte der auch Hilfreiches sagen können? Außer »Lass die Finger von der Frau« oder »Weißt ja, dass der Chef immer a bissal komisch reagiert« und »Nimm in Zukunft vom Spusi-Toni keinen Amnesia mehr an«?

Am Nagel des kleinen Fingers kauend, versuchte er Kunfter aus seinen Gedanken zu verbannen. Das Einzige, was er wahrnahm, war das Schmatzen seines Kollegen. Der Toni hatte beide alleine gelassen, sobald Max von der nervenaufreibenden Unterredung zurückgekommen war. Max' Überlegungen richteten sich auf das Tilly-Gemälde. Laut Frau Schutt-Novotny war es eines der ersten Restaurationsprojekte ihres Mannes. Aber man investierte doch keine intensive Arbeit in ein einfaches Dekorationsstück. Seine Augen wanderten zu den

Bildern des Schadenberichts. An der unteren Ecke der Malerei war eine zwei Quadratzentimeter große Fläche abgesplittert.

»Fritz, du bist doch vorm Mord beim Betrug gewesen, oder?«

»Japp. Und davor sogar mal kurz bei der Sitte.«

»Hattest du dort was mit Kunstfälschung zu tun?«

»Klar. Ned nur einmal.«

Max löste einen der Ausdrucke von der Büroklammer, die den Schadenbericht zusammenhielt. »Du, schau mal her.« Er hielt Fäustl das Foto entgegen. »Ich brauch deine Hilfe. Es is scho einige Zeit her, dass mir auf der Polizeiakademie Kunstzeugs untergekommen ist. Aber vielleicht kannst du ja meine Wissenslücken füllen.«

»Schau ma mal, dann seng ma's scho.« Fäustl schluckte die letzten Bissen hinunter.

»Kunstkopien als Dekorationsmittel dürfen doch ned signiert werden, oder?«

»Falsch!«, konterte sein Kollege, während er sich dem Schreibtisch näherte. »Du darfst alles signieren, du darfst Unterschriften nachmachen. Man muss es nur als Kopie deutlich kennzeichnen und darauf hinweisen. Wenn es täuschend echt ist, nennt man es Faksimile. Sonst allerdings ...«

»... erfüllt es den Tatbestand der Fälschung.«

»Korrekt, Kramer. Wenn so eine Kopie dann als Original auf den Markt geschmissen wird, sind wir beim Betrug.«

»Ja, des is ma scho klar.«

Fäustl quittierte Max' letzte Worte mit einem befremdlichen Gesichtsausdruck. »Warum fragst denn dann?«

»Weil ich hier eine Signatur sehe, aber keine Kenntlichmachung einer Kopie. Der Toni eben hat mir erklärt, dass des Tilly-Bildnis ned besonders alt sein kann. Und die Witwe hat heute kurz davon gesprochen, dass ...«

»... der Schinken von ihrem Mann hergerichtet worden ist.« Es dämmerte Fäustl.

»Genau.«

»Jetzt verstehe ich eure Unterhaltung von vorher. Ich dachte, ihr redet über den Kunstkopie-Experten aus'm Rottal.«

Wovon sprach sein Kollege? Max wurde neugierig.

»Wer?«

»Der hat bei uns vor Jahren einen Vortrag gehalten. Über Gemäldefälschungen. Alles, was dir der Spusi-Toni erklärt hat, ist die Technik von dem Rottaler, um für Liebhaber täuschend echte Kopien von alten Meistern herzustellen. Der besagte Maler signiert allerdings angeblich nicht. Aber wir wissen's natürlich ned sicher.«

»Was genau heißt ...?«

»Irgendwann wurde doch gegen diesen Experten ermittelt, weil eines seiner Kunsttrümmer als Original versteigert worden ist. Er is aber aus der Sache rausgekommen, weil er die Signatur nicht mitkopiert hatte. Außerdem konnte er nachweisen, dass er es dem ersten Käufer definitiv als Duplikat verhökert hat.« Fäustl räusperte sich. »Aber inzwischen sind tatsächlich noch mehr fragliche Werke auf dem Markt aufgetaucht, die von Experten ihm zugeschrieben werden. Das Fernsehen war auch schon dahinter her. Aber wirklich beweisen lässt sich nix. Wenn du was Genaueres zum Ermittlungsstand rausfinden willst, musst die Passauer Kollegen fragen, des liegt in deren Bereich. Mach dir aber keine allzu großen Hoffnungen. Das schwelt schon seit einiger Zeit.«

Warum Max sich plötzlich sicher war, hier auf eine mögliche Spur gestoßen zu sein, konnte er selbst nicht beantworten. Kurzentschlossen kramte er sein Mobiltelefon hervor und durchforstete den Adressspeicher.

*

Monsignore Hirlinger hatte eine Tasse in den Händen und ging nervös in seiner Küche auf und ab. Seit zwanzig Minuten war Fräulein Schosi verschwunden und die Flasche komplett geleert. Immer wieder hatte sie nachgeschenkt. Einmal angestachelt, ließ sie nicht mehr davon ab, sich das süße Getränk einzuflößen. Hirlinger hatte in ihrer Abwesenheit selbst einen Kaffee aufgesetzt. Nun blieb er stehen und rührte hektisch etwas Zucker hinein. »Sollten wir nicht mal nachsehen, wie es ihr geht?«

Maria Evita blickte ihn unschlüssig an. »Ich glaube, dass sie ganz gut alleine zurechtkommt.«

Ein gequältes Stöhnen hinter der Toilettentür ließ ihn plötzlich herumfahren. Sein Herz machte ein paar aufgeregte Schläge, dann drang ein gepresstes »Jessas Maria« aus der gleichen Richtung an sein Ohr. Nun zögerte er nicht länger und ging entschlossen zu seinem kleinen Bad.

»Fräulein Schosi!« Keine Reaktion, also wurde er

lauter. »Petronilla, geht es Ihnen gut?« Wenn Hirlinger den Vornamen seiner Haushälterin benutzte, machte er sich wirklich ernsthafte Sorgen.

»Herrschaftszeiten!«, fluchte die Angesprochene von drinnen. »Das darf doch nicht wahr sein.«

Er atmete tief durch. »Verzeihung, dass ich Ihre Sitzung ... ähhh, Privatsphäre störe, aber kann ich irgendwas für Sie tun?«

»Lassen S' mich allein!«

Gut, dann eben nicht. Hirlinger stutzte wegen des ruppigen Tones. Pikiert ließ er sie zurück. Er wollte schon wieder in die Küche treten, als neben ihm auf dem Gang das Telefon klingelte. »Ja, Hirlinger.«

»Grüß Gott, Monsignore«, meldete sich eine männliche Stimme. »Hier spricht der Max Kramer.«

»Ach, Max! Was verschafft mir denn die Ehre Ihres Anrufs?«

»Ich bräuchte kurz Ihre Amtshilfe, sozusagen.« Max lachte.

»Dann schießen Sie mal los.«

»Kann sein, dass Sie der falsche Ansprechpartner sind, aber mir ist grad keiner eingefallen, der dies eventuell auf die Schnelle wissen könnte. Sie waren ja lange genug Stadtpfarrer von Altötting. Also, in der Kapelladministration hängt ein großes Portrait von Tilly. Kennen Sie das?«

»Ja, natürlich. Im Büro der Benefiziumsverwaltung.« Hirlinger schluckte, denn er musste an den toten Rainer Schutt-Novotny denken.

»Genau. Ist das ein Original?«

»Selbstverständlich. Das ist Teil der Stiftung.«

»Können Sie mir vielleicht auch sagen, wann es das letzte Mal restauriert worden ist?«

»Sie stellen Fragen, Max.« Hirlinger überlegte. »Fünf oder sechs Jahre wird das schon her sein. Der Herr Schutt-Novotny hat das damals selbst in die Hand genommen, weil es in keinem guten Zustand war. Hat das etwa mit seinem Tod zu tun?«

»Monsignore, dazu kann ich leider nichts sagen. Und ich wäre Ihnen sehr verbunden, wenn Sie unser Gespräch wie eine telefonische Beichte behandeln würden.«

»Von mir erfährt keiner was. Und zum Beichten kommen Sie bitte in die Stiftskirche.«

»Versprechen kann ich nix. Aber vielleicht schau ich mal wieder vorbei.« Das klang eher amüsiert denn wirklich ernst gemeint. Als eifriger Kirchgänger oder strenger Katholik war Max dem Monsignore nicht bekannt.

Hirlinger ging darauf weiter nicht ein und verabschiedete sich mit einem »Gott segne Sie«.

Im angrenzenden Bad rauschte die Toilettenspülung. Fräulein Schosi öffnete kreidebleich die Tür.

»Sie sehen nicht besonders gut aus.« Mit sorgenvoller Miene beobachtete Hirlinger, wie seine Haushälterin vorsichtig heraustappste.

»Kann ich mir denken!« Ihre Laune war unterirdisch. »Des hat mich grad so durchgeräumt, des können Sie sich gar ned vorstellen.«

Doch, das konnte Hirlinger. Er war leibhaftig Zeuge geworden, wenn auch nur durch die geschlossene Türe, aber das hatte ihm schon mehr als gereicht. »Fräulein Schosi, ich werde diese Low-Carb-Diät nicht fortsetzen!

Ich vertrage sie nicht und, wie Sie selbst sehen, Sie noch weniger.«

Maria Evita war inzwischen dazugetreten. Hirlinger konnte jede Unterstützung bei seiner Rebellion gebrauchen. Aufmunternd nickte sie ihm zu.

»Kommt ja gar nicht in Frage«, keuchte Fräulein Schosi. »Ihr Arzt mahnt ständig, dass Sie Ihre Ernährung ...«

»Darum werde ich mich ab jetzt selbst kümmern.«

Fräulein Schosi stützte sich an der Wand ab und rang nach Luft. »So? Und wie?«

»Ab morgen bin ich bei den Kalorien-Kämpfern. Alles, was ich über gesunde, kalorienarme Kost wissen muss, werde ich mir dort erklären lassen. Und zweimal pro Woche gibt es Treffen zur Unterstützung.«

Fräulein Schosi stand der Mund offen. Ihr fiel offenbar rein gar nichts ein, was sie darauf entgegnen konnte. Also vergrub sie die Hände in ihren Taschen, drückte Maria Evita mit der Schulter beiseite und ging langsam in die Küche zurück. Vor dem alten Buffet angekommen, öffnete sie eines der oberen Fächer. »Na prost Mahlzeit!« Eine grüne Flasche Pfefferminzlikör erschien in ihren Händen. Sie bemühte sich erst gar nicht, ein Schnapsglas zu finden, sondern nahm direkt einen ordentlichen Schluck. »Was soll ich dann bitte kochen?«

»Ganz normale Sachen. Ich bringe Vorschläge aus der Gruppe mit.«

Mit einem Knall stellte Fräulein Schosi den Likör auf die Ablage. »Gut, wenn's denn sein muss! Dann bin ich hier wohl überflüssig.« Hocherhobenen Hauptes stampfte sie Richtung Wohnungstür. »Ich brauch frische Luft.«

Hirlinger und Maria Evita blieb nur mehr zuzuse-
hen, wie der breite Rücken auf der Treppe nach unten
verschwand.

*

»Sie wollten entschlacken und entgiften. Natürlich
wirkt Pflaumensaft leicht abführend. Ich dachte, das
wüssten Sie nach unserem Gespräch.« Zwar sprach der
Apotheker Blafino ohne Akzent, doch seine aufgebrachten Gesten verrieten, dass er italienische Wurzeln hatte.
Vor ihm stand Fräulein Schosi, hatte ihre Fäuste wie gewohnt in die Seiten gestemmt und presste vor Wut ihre
Lippen so fest zusammen, dass nicht mehr als ein win-
ziger Strich übrigblieb.

Zuerst war sie noch ruhig in seine Apotheke gekommen und hatte ihn fast freundlich gefragt, was ihre Ver-
dauung aus der Bahn geworfen habe könne. Kohlenhydratfreie Nudeln oder Pflaumensaft? Unsicher hatte
sich Blafino erkundigt, wie viel sie denn getrunken habe.
Eine ganze Flasche, hatte sie wahrheitsgemäß geantwor-
tet. Darauf begann Blafino wie ein Wilder mit seinen
Händen in der Luft zu fuchteln und auf sie einzureden.
Als er sie fragte, ob sie wahnsinnig sei, begann Fräulein
Schosi zu kochen, doch zu einem Ausbruch ihrerseits
kam es nicht mehr. »Wo is Ihre Toilette?« Gleichzeitig
stürmte sie hinter Blafinos Verkaufsschalter.

»Da!« Er deutete entsetzt nach hinten in seinen La-
gerraum.

Gerade noch rechtzeitig erreichte sie die Tür. Das
Martyrium nahm einen neuen Anfang.

Blafino betete inständig, dass in den nächsten Minuten niemand seine Dienste in Anspruch nehmen würde, denn Fräulein Schosis Geräuschrepertoire erfüllte die gesamte Apotheke. Fluchen, Pressen und Jammern wechselten sich ab, als würde eine Schwangere niederkommen.

»Porca miseria!«, verfiel der Apotheker in seine Muttersprache zurück. Er brauchte einen Plan, um Fräulein Schosi weiterhin als Kundin zu behalten. Da fiel ihm die blaue Schachtel mit dem Bildnis dreier Nonnen ein. Inhalt: 79 % Alkohol. Vom Hahn im Nebenzimmer zapfte er sich eine Tasse heißes Wasser und kippte einen großzügigen Schuss Klosterfrau Melissengeist hinzu. Das sollte reichen, um die Alte auf Versöhnung zu polen.

Sobald Fräulein Schosi die Türe wieder öffnete, hielt er das dampfende Getränk in ihr Blickfeld.

»Was is des?«, fragte sie, ohne ihn anzusehen.

»Das Einzige, was Ihnen jetzt helfen kann.«

Geradlinig hielt sie auf die Tasse zu. Ein ihr bekannter Geruch waberte daraus hervor. »Melissengeist?«

Blafino nickte und zwang sich zu einem Lächeln.

Fräulein Schosi griff nach dem Henkel, schnupperte etwas und nahm dann den ersten Schluck. Wie auf Knopfdruck entspannte sich ihr Gesicht. Ein kurzes, wohliges Stöhnen, dann passierte das warme Hochprozentige portionsweise ihre Kehle.

»Darf ich Ihnen vielleicht auch noch einen kleinen Pfefferminzlikör anbieten?«

Mit gespitzten Lippen horchte Fräulein Schosi auf. »Aber nur einen ganz, ganz kleinen.«

Ihren Worten entnahm Blafino, dass sie dabei war,

sich wieder zu beruhigen. Ohne zu zögern, führte er seine Kundin in den Verkaufsraum und stellte Gläser und Flaschen auf seinem Tresen bereit. Er wusste, dass Fräulein Schosi eine Schwäche für süße Alkoholika besaß. Deshalb kredenzte er diesmal nicht nur ihren Lieblingslikör, sondern auch Mariazeller Magenlikör nebst Altöttinger Kräuterlikör. Geister und Schnäpse beließ er im Regal. Wichtig war ein hoher Zuckeranteil. »Jeden von denen müssen Sie unbedingt probieren. Ich lege Wert auf Ihre ehrliche Meinung.«

Fräulein Schosi blinzelte ihn erwartungsvoll an. Volltreffer!

*

Was ihm der Monsignore eben bestätigt hatte, ließ Max nicht mehr lange grübeln. Fäustl und er waren sich über die nächsten Schritte sofort einig. Sie hatten per Telefon Frau Schutt-Novotny zu sich nach Mühldorf einbestellt. Samt ihrer Bekannten Johanna Marek war sie nach zwanzig Minuten aufgetaucht. Nun saß sie allein vor Max' Schreibtisch, denn dieses Gespräch bedurfte der Vertraulichkeit. Unterdessen war Fäustl kurz zum Süßigkeitenautomaten verschwunden, um dann beim Spusi-Toni das Handy des Toten nach der Untersuchung in Empfang nehmen zu können.

»Bitte erzählen Sie mir alles zu den Restaurierungsarbeiten Ihres verstorbenen Ehemanns, und sollte es Ihnen auch noch so unwichtig erscheinen.«

Mimi Schutt-Novotny sah über Max' Schulter hinweg nach draußen. Ihre Pupillen zuckten: Sie überlegte.

»Ich hab Ihnen eigentlich bereits alles dargelegt. Ich

weiß nicht ...«, hilflos wanderte ihr Blick durch das Büro, »... wo ich anfangen soll.«

»Um welche Kirchenfiguren hat sich Ihr Mann gekümmert?«

»Verschiedene. Der Kreisheimatpfleger hat ihn auf Statuen im Landkreis hingewiesen, die kaum Beachtung bei den ansässigen Geistlichen gefunden haben und die einfach nur vor sich hin verschimmelt sind. Das sind Kunstschätze allererster Güte, verstehen Sie?«

»Wie heißt dieser Heimatpfleger?«

»Sporer. Das ist unser Nachbar.«

Meine Güte. Der Hellebarden-Sporer. Seine Finger trommelten auf der Tischplatte. »Und die beiden haben von Anfang an zusammengearbeitet?«

»Vorher waren wir einfach nur Nachbarn, ohne dass wir privat viel miteinander gemacht hätten. Mein Mann hat dann Herrn Sporer bei seiner ersten Arbeit näher kennengelernt, als er sich um verschiedene Stücke in der Kapelladministration kümmerte. Er brauchte seinen Rat als Experte.«

»Unter anderem wegen des Gemäldes«, folgerte Max.

»Ja, genau. Vor allem deshalb. Herr Sporer ist der größte Tilly-Experte, den ich kenne. Und sein Verein hat die Restaurierung damals auch finanziell unterstützt. Das hat Sporer eingefädelt.«

»Wissen Sie zufällig, warum so viele Gelder von außerhalb in diese Projekte flossen? Sie erwähnten heute Vormittag Rotary und Lions – wäre da nicht eigentlich die Kirche in der Pflicht gewesen? Schließlich handelt es sich um deren Eigentum.«

Abfällig zuckte Frau Schutt-Novotny mit den Schultern. »Der Geiz der Kirche ist legendär, aber ungefähr die Hälfte aller Kosten wurden trotzdem von ihr getragen. Für die anderen Sponsoren war es sicher ein willkommener Anlass, mal wieder als Wohltäter in der Zeitung zu stehen.«

»Und warum hat sich Ihr Mann mit so viel Elan für diese Sache engagiert? Er war doch hauptberuflich der Stiftungsverwalter. Blieb ihm da noch so viel Zeit nebenbei?«

Frau Schutt-Novotny seufzte und schlug ihre Augen nieder. »Hobby. Wie gesagt, Langeweile. Suchen Sie sich was aus, Herr Kommissar. Das Tilly-Benefizium macht nach ein paar hundert Jahren kaum mehr Arbeit. Mit einem solchen Beschäftigungsvakuum hatte er bei Dienstantritt nicht gerechnet. Er fühlte sich oft nicht wirklich gebraucht.«

*

Nach der Verkostung dreier verschiedener Geschmacksrichtungen, die vor allem in der Intensität ihres Fichtennadelaromas variierten, stimmte Fräulein Schosi zusammen mit Herrn Blafino ein altes Volkslied an. Strophe für Strophe trällerten sie sich zweistimmig durch die sogenannte »Pinzgauer Wallfahrt«. Wobei die zweite Stimme eher unbeabsichtigt entstand, denn Fräulein Schosi war zu einer richtigen Intonation nicht mehr fähig.

Ab und an blieb ein Altöttinger vor der Apotheke stehen und verfolgte kopfschüttelnd das Spektakel. Eigentlich war Fräulein Schosi für ihre strenge Moral bekannt, aber in diesem Moment konnte jeder ihren alkoholisierten Zustand bereits auf hundert Meter erkennen. Und auf zehn Meter sogar riechen.

»Gib uns halt nachad a seliges End, dass sich halt keiner in der Höll an Arsch verbrennt. Ins Fegfeuer müss ma, des wiss ma ja eh! Widewadeweh! Widewadeweh! G'lobt sei die Christl und die Salomeeeeeeee.«

Den letzten Ton versah Fräulein Schosi mit einer Länge, welche durch die hölzernen Regale so verstärkt wurde, dass Blafino Angst hatte, seine Schaufensterscheiben könnten im nächsten Moment bersten. Aber plötzlich riss der Wiederhall unvermittelt ab. Jemand erschien vor den Fenstern und pochte dagegen.

»Ich mache mir Sorgen, und Sie feiern hier fröhlich ein Fest unter Absingen von fragwürdigen Liedern.« Der Monsignore stand am Eingang.

Als Fräulein Schosi ihn erkannte, fror ihre Haltung ein. Mit großen Augen und unfähig, sich weiter zu bewegen, stand sie ihrem Arbeitgeber gegenüber.

»Ah, Monsignore.« Blafino begrüßte ihn überschwänglich. »Darf ich Sie auf einen Likör einladen?« Der Apotheker reckte eine Flasche mit brauner Flüssigkeit in die Luft und prostete Hirlinger aus der Entfernung zu.

»Nein, danke.« Der Monsignore war entsetzt. Kaum, dass Fräulein Schosi irgendetwas nicht in den Kram passte, reagierte sie wie ein pubertierendes Mädchen. Um nicht ausfällig zu werden, begann er in seinem Kopf wieder eine beruhigende Zahlenreihe aufzusagen. Unterdessen erwachte Fräulein Schosi aus ihrer Starre und setzte zeitlupenartig das Glas ab, aus dem sie gerade hatte trinken wollen.

»Das sin alles Arzneien, mein Magen braucht des jetzt«, erklärte sie mit einem schiefen Lächeln und glasigen Augen.

»... neun, zehn.« Hirlinger beendete seine mathematische Entspannungsübung, kaute auf seiner Zunge und bemühte sich, wieder ein freundliches Gesicht aufzusetzen. »Darf ich Sie nach Hause begleiten?«

Erleichtert wanderten Blafinos Hände zu Fräulein Schosis Schultern. Mit einem sanften Druck schob er sie Richtung Ausgang. »Bringen Sie mir doch einfach morgen den Pflaumensaft wieder. Ich erstatte Ihnen dann das Geld zurück.« Sichtlich erlöst übergab er die Angetrunkene an Hirlinger, der Schosis Arm in seinen einhängte und sie nach draußen zog.

»Vorsichtig gehen«, mahnte Blafino, während er ihnen nachwinkte.

»Wir hatten nur zwei klitzekleine Schluckal«, lallte es neben Hirlingers Ohr. Eine Pfefferminz- und Kräuterfahne wehte ihm um seine Nase. Luft anhalten. In seinem Leben hatte er schon Angenehmeres gerochen.

»Widewadeweh ...« Fräulein Schosi versuchte sich erneut am Refrain. Hirlinger zerriss es fast das Trommelfell.

»Seien Sie doch bitte mir zuliebe auf der Straße ruhig. Ich will nicht, dass irgendjemand in Ihrem Zustand auf Sie aufmerksam wird. Außerdem duften Sie wie eine ganze Gebirgswiese im Karwendel.«

»Das kommt von den heilsamen Ingredienzien. Alles bio und im Mondschein gepflückt.«

»Garantiert.« Tadelnd sah Hirlinger zu seiner Haushälterin. Nur mit Mühe konnte er sie auf der Spur halten, denn ihr Gewicht an seiner Seite ließ auch ihn ins Schwanken kommen. »Müssen Sie sich eigentlich am helllichten Nachmittag betrinken?«

Fräulein Schosi verlangsamte das Tempo. Leise wandte sie sich zu Hirlinger. Sie versuchte deutlich zu sprechen. »Ich will nur das Beste für Sie. Anscheinend bin ich für Sie bald überflüssig. Und ich hab doch keinen anderen mehr.«

*

Nachdem die Befragung zu Beginn reibungslos abgelaufen war, hatte Frau Schutt-Novotny nach ein paar Minuten begonnen, über Max' Schulter hinweg stoisch aus dem Fenster zu starren. Ihre Antworten wurden zusehends kürzer, und es schien, dass sie ihre Konzentration auf etwas anderes richtete. »Ich habe so einen komischen Druck auf den Schläfen. Vermutlich bahnt sich eine Grippe an. Könnte ich bitte ein Wasser bekommen?« Sie fragte, ohne Max anzusehen, dabei massierte sie ihre Schläfen.

»Gerne. Ich hätte auch eine Aspirin bei mir in der Schublade, wenn Sie wollen.«

Sie lächelte abwesend und nickte.

Als sich die Tablette sprudelnd auflöste, nahm Frau Schutt-Novotny einen tiefen Atemzug, ihren Blick weiter nach draußen gerichtet, als wäre Max gar nicht vorhanden. »Um die Jahreszeit war es schon mal kälter.«

Warum streute sie unerwartet einen Satz Small Talk ein? Seltsam.

Nun griff sie zum Glas, trank, schluckte aber nicht sofort, sondern behielt die Flüssigkeit ein paar Sekunden auf der Zunge. Dabei bewegten sich ihre Lippen. Ein eigenartiger Vorgang, den Frau Schutt-Novotny wie automatisch ausführte, nicht auf ihre Außenwirkung bedacht. Sie schien ruhig, keineswegs voll Trauer oder körperlich krank. Nur, dass sie ihn einfach nicht ansehen wollte, ließ Max unsicher werden.

»Hat Ihr Mann mit Ihnen über die Pläne des Bischofs, das Benefizium abzuschaffen, gesprochen?« Damit hatte er endlich die Aufmerksamkeit seiner Gesprächspartnerin zurückerobert.

»Nein, doch er wusste es.« Sie stellte das Glas wieder auf den Schreibtisch. »Zwei oder drei Mal machte er darüber Andeutungen, aber er hat es nie ernsthaft thematisiert. Wirklich davon gehört habe ich erst vorgestern von einer Bekannten.« Aus ihrer Handtasche zog Frau Schutt-Novotny ein Tempo. Sie hustete beiläufig hinein und behielt es danach in den Händen.

»Dann wäre Ihr Mann arbeitslos geworden.«

Mit ihren Fingerspitzen riss Frau Schutt-Novotny das Papiertuch ein. »Ja, möglich. Im Sommer wären es elf Jahre gewesen, dass er für die Kapelladministration arbeitete. Zur Unkündbarkeit fehlt da noch ein bisschen.«

»Wissen Sie, was jetzt aus seinem Büro wird?«

»Nein.« Ihre Stimme klang plötzlich ähnlich rau wie die ihrer Mutter.

Die Bürotüre gab ein leichtes Quietschen von sich. Ohne anzuklopfen, trat Fäustl ein. Schweigend zog er den zweiten Stuhl vor dem Schreibtisch an sich heran, nickte beiden zu und nahm Platz.

Max ließ sich davon nicht stören. »Hat Ihr Mann alles alleine mit Sporer besprochen, oder waren noch weitere Personen in diese Figurengeschichte involviert?«

Schutt-Novotnys Schultern gingen nach oben. »Keine Ahnung. Natürlich die Kirchenverwaltung und eben die Geldgeber, aber sonst ...« Ruckartig teilte sie den Papierstoff in zwei Hälften. »Keine Ahnung.«

Fäustl legte seinen Zeigefinger ans Kinn. Ihn interessierte etwas anderes. »Auf dem Handy Ihres Mannes ist in der Anrufliste zu sehen, dass er Sie kurz vor seinem Tod als Letzte kontaktiert hat. Worum ist es denn da gegangen?«

»Er hat mir eine gute Nacht gewünscht.«

»Wirkte er anders als sonst?«, fragte Max.

»Nein.« Das Taschentuch bestand nun aus vier unterschiedlich großen Stücken, die Frau Schutt-Novotny auf ihrem Knie übereinanderlegte. Ihre Hände begannen, den Stoff zu glätten.

Fäustls Blick wanderte verwundert zwischen dem zerrissenen Tempo und Frau Schutt-Novotnys Kopf hin und her. »Hat er Ihnen vielleicht erzählt, dass er noch jemanden erwarten würde?«

»Nein.« Dieses Wort wiederholte die Befragte immer im gleichen Tonfall. Teilnahmslos, manchmal auch eher seufzend. Irgendetwas daran störte sowohl Max als auch Fäustl. Sie wechselten ein unauffälliges Augenzwinkern.

Max lehnte sich über den Schreibtisch, um Frau Schutt-Novotny besser ins Gesicht sehen zu können. »Ihnen ist nichts Ungewöhnliches aufgefallen?«

»Nein. Ich dachte, er wäre zu Hause. Dass er noch in der Arbeit steckt, davon hatte ich keinen blassen Schimmer.«

»Es war also nicht gang und gäbe, dass er sich um diese Zeit dort aufhielt?«

»Nein. Er ging eigentlich grundsätzlich um sechs nach Hause.«

»Hatte Ihr Mann irgendwelche Feinde?«

»Nein.«

Und schon wieder dieses im Moment nervtötende Wort. Auch in ihrem Mienenspiel konnte Max nichts lesen. Einzig und allein, dass sie nach und nach ihr Papiertaschentuch in Fetzen riss, deutete auf Nervosität hin. Aber seine Hand wollte er dafür nicht ins Feuer legen. Als Ermittler konnte er daraus nicht wirklich etwas ableiten. Die ganze Haltung der Frau zeugte von absoluter Gleichgültigkeit, obwohl ihr Mann nur zwei Tage zuvor brutal erstochen worden war. Gut, vielleicht war das auch der Duktus einer adligen Erziehung. Sie gebärdete sich komplett anders als die Menschen sonst in seinem Umfeld.

»Haben Sie Ihren Mann geliebt?«

»Natürlich!«

Das ging ja schnell, schoss es Max in den Sinn. Allerdings hatte das Nein vorhin ungefähr genauso geklungen. Verglichen mit der Befragung gestern war die heute sicher ein Fortschritt, aber er wurde das Gefühl nicht los, dass Frau Schutt-Novotny etwas zu verbergen suchte. Oder vielleicht auch ein großes psychisches Problem mit sich herumschleppte.

*

Ein Spalt. Licht. Er hatte hinter dieser Spanplatte einen Hoffnungsschimmer entdeckt.

Als er zuvor allein auf der Matratze lag und den Angriff zu verdrängen suchte, damit sein Hirn wieder fähig wurde, klar zu denken, war die einzige Glühbirne in seinem Verlies mit einem Surren durchgebrannt. Absolute Dunkelheit, wie sie einem Menschen selten widerfuhr, füllte den Keller wie eine dicke schwarze Suppe. So musste ein Blinder die Welt »sehen«.

Umgeben von der Schattenwelt dieses stinkenden Möbellagers kam er ins Grübeln. Irgendwo musste ein Ausweg sein. Seine Zunge sehnte sich nach einem Schluck Wasser. Durch den Flüssigkeitsentzug wollten sie ihn zum Reden bringen, aber er wusste doch selbst nicht sicher, wo sich alle Originale befanden. Bis auf eine Figur, die eventuell bei Sporer gelandet sein konnte. In den letzten Wochen hatte Nepomuk schmerzlich erkennen müssen, dass man ihn über all die Jahre hintergangen und belogen hatte. Sein Leben und das seiner Familie drohte zu zerbrechen.

Solange der Raum noch erleuchtet gewesen war, hatte er Zeit gehabt, sich umzusehen. Zwei Fenster waren offenbar abgedeckt worden. An der Wand hatte er quadratische Aussparungen entdeckt.

Vorsichtig tastete er sich nun durch Kisten und an hölzernen Gegenständen vorbei und stieß plötzlich mit seinem kleinen Zeh an einen Vorsprung. Den Schmerzensschrei, der aus ihm hervorzubrechen drohte, unterdrückte er. Seine Fingerkuppen streiften an der Wand entlang, bis er einen Unterschied zwischen Beton und einem wärmeren Material fühlte. Nepomuks Zeigefinger klopfte dagegen, und er bemerkte, dass die Töne hohl klangen. Hier befand sich eine jener Stellen, die mit einem Brett verschlossen worden waren.

Mit vier Fingern seiner rechten Hand betastete Nepomuk die Stelle zwischen Mauer und Holz, während er mit seinem Daumen feststellte, dass das Material stellenweise nicht eben und porös war. Langsam glitt er mit der Handfläche nach unten zur Ecke. Dort fand er ein Loch, welches genau so groß war, dass sein kleiner Finger hineinpasste. Die Krümel, die er dabei löste, wurden größer. Nach und nach konnte er immer weiter hineinbohren. Endlich war es ihm möglich, einen weiteren Finger hineinzustecken. Mit einem gewaltigen Ruck brach er die Ecke ab, und ein Lichtstrahl strömte ihm entgegen.

Sein Herz machte einen Sprung. Nepomuk hatte sich noch nie so gefreut, etwas zerstört zu haben. Nun hielt ihn nichts mehr. Mit Gewalt riss er an der Verkleidung, bis sich die Nägel an den Seiten lösten und den Blick auf eine Fensterscheibe vor einem Kellerschacht freigaben. Das Fenster ließ sich nur kippen. Nepomuk blinzelte hinaus. Oben war ein Gitter angebracht, welches zu beiden Seiten durch eine Kette gehalten wurde. Mit Schrauben war diese in der Schachtaußenwand befestigt. Ohne Werkzeug und mit seinen bloßen Händen konnte er dagegen nichts ausrichten. Seine Hoffnung, fliehen zu können, schwand. Er blieb ein Gefangener.

Ein kleines Stück bedeckter Himmel leuchtete über ihm, und er erkannte, dass an der Hauswand etwas angelehnt war. Dunkler Gummi und Speichen. Das war sein Fahrrad! Kein Zweifel. Sein Entkommen, so nah und doch so fern. Wenn er nicht kooperierte, würde er hier bis zu seinem Ende ein Gefangener bleiben.

Sein unbändiges Verlangen nach Flüssigkeit ließ ihn eine Entscheidung fällen. In Grundzügen hatte er einen

Plan. Seine Beine trugen ihn zur Tür, und er schlug heftig dagegen.

*

Fäustl schloss hinter Frau Schutt-Novotny die Tür. »Mit der stimmt doch was ned.« Seine Hand ahmte einen Scheibenwischer nach. Dann drehte er sich kopfschüttelnd zu Max zurück. »Auch seltsam, des mit den Figuren.«

»Ja, dubios.«

Aus seiner Hosentasche kramte Fäustl nun ein gefaltetes Blatt Papier, auf dem er handschriftlich ein paar Zeilen notiert hatte. »Ich konnte mir endlich des Handy vom Schutt-Novotny anschauen. Laut der Spusi sind nur seine Fingerabdrücke drauf. Die letzten Telefonate, die er geführt hat, sind alle von ihm ausgegangen. Dass er an seinem Handy selber angerufen worden is, war scho am frühen Nachmittag.«

»Ja, und seiner Frau wollte er bloß, wie sie sagt, ›eine gute Nacht wünschen‹. Was ist mit dem Telefon in seinem Büro?«

»Defekt.« Fäustl schmunzelte. »Davor hat er sich eine Pizza bestellt, die er dann auch gegessen hat. Verpackung war in seinem Papierkorb. Der Italiener, der sie ihm gebracht hat, is um Viertel nach neun bei ihm gewesen. Der hat nix Ungewöhnliches bemerkt, sagt er. Er hat sie ihm unten, am Haupteingang der Kapelladministration, überreicht. Todeszeitpunkt könn ma also weiter einkreisen auf nach halb zehn. Und davor hat der Schutt-Novotny mit der 24-Stunden-Service-Hotline seines Mobilfunkanbieters gesprochen, ging um Erhöhung seines

Internetvolumens, und wiederum davor um halb neun mit dem Herrn Haniger. Vorhin hab ich versucht, ihn anzurufen. Is aber bloß die Mobilbox hin.«

Max biss eine Ecke seines Zeigefingernagels ab. »Haniger, Haniger ... Wer war des noch mal?«

Ungewöhnlich stark griff Fäustl nach Max' Schulter. »Hallo, Max. Is bei dir jemand zu Hause? Das is der Architekt, der uns mit seiner Kollegin gestern den Karton gebracht hat!«

»Und des erzählst du erst jetzt so beiläufig? Komm, Fritz! Die Sache stinkt doch wie ein Fischmarkt im Sommer.«

VIII. Damit dein Fuß nicht an einen Stein stößt (Lukas 4,11)

Warum heizte die ehrwürdige Mutter nicht? Maria Evita zog die Ärmel ihres Habits über ihre kalten Handrücken. In den Mauern des Klosters wurde es nie richtig warm. Im Sommer ein Vorteil, aber im Winter die reinste Tortur. »Die Kosten würden uns auffressen«, lautete die Erklärung der Mutter Oberin. In Maria Evitas Zelle lief dagegen der Heizkörper Tag und Nacht, auch wenn sie damit der Weisung ihrer Vorgesetzten nicht nachkam, doch bitte an Wärme zu sparen. Frieren war in ihrer Beziehung zu Gott nicht vorgesehen. Außerdem hatte Jesus die vierzigtägige Fastenzeit in der Wüste verbracht. Das sollte mal, bei allem Willen zum Sparen, in Betracht gezogen werden.

Hier im Büro der ehrwürdigen Mutter hatte die Temperatur die gefühlte Null-Grad-Grenze erreicht. Erhaben saß die streng aussehende Dame von ungefähr sechzig Jahren hinter ihrem großen Eichenholzschreibtisch und zeigte, trotz der Kälte, die den Atem sichtbar werden ließ, nicht die geringste Regung. Eine Ausgeburt an Selbstbeherrschung. Sie war in eine Liste versunken, auf der die wichtigsten Termine der nun anstehenden Fastenzeit verzeichnet waren. Darunter Besinnungstage für Jugendliche, die das Kloster als Freizeitheim nutzen durften, sowie ein Fastenmarkt, den die Schwestern jährlich veranstalteten, um ihre Kasse aufzubessern.

Wieso das eingenommene Geld nicht in eine ordentliche Heizung investiert wurde, blieb Maria Evita ein Rätsel. Aber es gab unendlich viele Dinge in den heiligen Hallen, die sie nicht nachvollziehen konnte. Schleierhafte Regeln und Gebräuche dominierten das Zusammenleben. Sie hatte aufgehört, sich darüber den Kopf zu zerbrechen, denn die älteren Mitschwestern dachten nicht daran, auch nur das Geringste zu ändern. »Wo kämen wir denn da hin? So hamma's scho immer g'macht, so bleibt es.« Das war die grundsätzliche Antwort auf jeden Vorstoß. Gut, es stand ihr als Novizin nicht zu, Kritik zu üben, doch ein bisschen mehr Weltoffenheit und Diskussionsfreude hatte sie sich vor zwei Jahren bei ihrem Eintritt in diese katholische Gemeinschaft schon gewünscht. Manchmal zweifelte sie, ob der liebe Herrgott dies alles gutheißen würde – aber wirklich nur manchmal, in ganz kurzen Augenblicken der Schwäche. Sie war und blieb Dienerin des Ganzen.

Die Mutter Oberin hatte an diesem Donnerstag nur sie allein zur Unterredung gebeten. In der Organisation war Maria Evita die verlässlichste und tatkräftigste Schwester. Das Vertrauen, das die ehrwürdige Mutter in sie setzte, machte sie stolz.

Mit einem Kugelschreiber markierte diese gerade einen Punkt und nuschelte etwas Unverständliches in sich hinein, während Maria Evita rhythmisch auf ihrem Knie herumklopfte.

»She's a bored, bored housewife – in the cul-de-sac. Bored, bored housewife – she's a nymphomaniac.« Es kam öfter vor, dass sie sich von einem Song ihrer Lieblingspunkband ablenken ließ. Früher hatten Maria Evita die Ohrwürmer gestört, die in ihrem Kopf tobten, doch nun ließ sie die Gitarren- und Schlagzeugklänge einfach gewähren. Was sollte sie auch dagegen unternehmen? Sie ergab sich, wie sonst auch, einfach ihrem Schicksal. Wenn Gott nicht wollen würde, dass sich diese Musik in ihrem Gehörgang ausbreitete, dann hätte er ihre Ohrwürmer bestimmt schon längst eigenhändig erwürgt. Na ja ... vielleicht ein bisschen zu einfach gedacht, aber im Prinzip richtig. Da war sie sich sicher.

Die ehrwürdige Mutter hob ihren Blick über den Schreibtisch und betrachtete argwöhnisch Maria Evitas Trommeln. »Ist Ihnen langweilig, Kind?«

»Nein.« Maria Evita richtete sich in ihrem Stuhl auf und versuchte, nicht ertappt zu wirken. »Mir ist nur etwas kühl.«

»Der Winter kann eine Prüfung sein.«

»Ja, das ist er wohl.«

»Sie haben mit den zuständigen Schulen gesprochen und ihnen unsere Regeln erklärt? Ich möchte nicht, dass die Kinder hier irgendwelche Feste feiern.«

»Natürlich. Bereits erledigt.«

Den Fastenmarkt betreffend gab es keine Neuigkeiten, die abgesprochen werden mussten. Maria Evita versicherte, dass »alles am Laufen« sei. Jetzt war der richtige Zeitpunkt gekommen, einen Vorstoß zu wagen.

»Ehrwürdige Mutter, ich möchte Sie noch um etwas bitten.«

Die Vorsteherin legte ihr Papier zur Seite. »Ich höre.«

Maria Evita ließ die Hände in ihre Seitentaschen wandern. Rechts befand sich der Rosenkranz, der ihr bei der nun anstehenden Unterredung Beistand leisten sollte. Fest quetsche sie das Kreuz am Ende der Kette und hoffte inständig, dass die Mutter Oberin das Folgende nicht in den falschen Hals bekam.

»Ich möchte gerne für die nächste Zeit mittwochs und freitags dem Abendessen und der Andacht fernbleiben.«

»Was?« Der Oberkörper der ehrwürdigen Mutter schnellte nach vorne. So eine Bitte hatte sie von einer Novizin wohl noch nie vorgetragen bekommen.

»Monsignore Hirlinger braucht meine Hilfe.«

»Aha.«

»Es ist so ...« Punkt für Punkt erklärte Maria Evita, ohne zu schwindeln, warum sie um diese Auszeit vom Klosterleben bat. Gespannt lauschte die Oberin den Ausführungen. Bei dem Wort »Kalorien-Kämpfer« verzog sie kurz ihr Gesicht.

Als Maria Evita geendet hatte, folgte Stille. Für mehrere Sekunden schloss die ehrwürdige Mutter ihre Augen. Begeisterung sah anders aus. Plötzlich lachte sie laut auf.

»Und er hat sich wirklich wegen Fräulein Schosis Essen übergeben müssen?«

»Weniger wegen der Kochkünste als wegen der von ihr verordneten Diät.«

Mit Mühe behielt die Oberin die Fassung. Fast jedes Wort drohte durch ein Kichern gestört zu werden. »Gegenstand Ihrer Bitte ist also eine Frage um Leben und Tod.«

»Drastisch formuliert: ja!« Maria Evita ließ sich anstecken.

»Liebes Kind, Sie haben von mir hiermit die Erlaubnis, unseren Monsignore in seiner Schlacht zu unterstützen. Allerdings nur, wenn Ihre Aufgaben bei uns durch dieses Engagement nicht beeinträchtigt werden.«

Erleichtert öffnete Maria Evita ihre rechte Hand, um den Rosenkranz nicht weiter an seine Belastungsgrenze zu bringen. »Das verspreche ich.«

Die beiden Frauen schlugen ein.

*

Max brauchte nur jede zweite Stufe, um nach oben zu gelangen, während Fäustl es mit der Geschwindigkeit seines Kollegen einfach nicht aufnehmen konnte. Von der Anstrengung wurden dessen Atemgeräusche zunehmend lauter und hallten von den Wänden des nüchternen, hellen Treppenhauses wider.

»Schick dich halt!« Max stand bereits vor der Eingangstür.

»Immer mit der Ruhe.« Noch zweimal keuchen, dann hatte auch Fäustl den oberen Absatz erreicht.

»Willst ned amal abnehmen? Oder zumindest a bissal Sport machen?«

»Privatsache, Kramer. Wenn wir anfangen, uns gegenseitig in so was einzumischen, müsste ich dir öfter mal den Tipp geben, endlich was gegen dein permanentes Fingernägelkauen zu unternehmen«, kam von Fäustl barsch.

Max hatte einen empfindlichen Punkt getroffen, bei dem Fritz Fäustl keinen Spaß verstand. Seit seiner Scheidung hatte er locker zwanzig Kilo mehr drauf. Für einen Einundvierzigjährigen war seine Kondition mehr als bescheiden. Aber wie er eben richtig erwähnt hatte: Es ging Max nichts an. Sie waren zwar befreundete Kollegen, doch hielt sich eigentlich jeder mit ungebetenen Ratschlägen zurück.

»Also, auf geht's.« Ein kurzes Nicken, dann drückte Max die Klinke. Drinnen standen zwei Frauen und ein Mann beieinander, die ihnen verwundert entgegenstarrten.

»Ja bitte?« Eine Rothaarige löste sich aus der kleinen Gruppe. Max zückte automatisch seinen Ausweis.

»Kramer, Kripo Mühldorf. Wir kennen uns. Das ist mein Kollege Kriminalhauptmeister Fäustl. Sie haben doch gestern einen Karton zur Polizei Altötting gebracht?«

Der Mann hob im Hintergrund seine Hand. »Ja. Haben Sie dazu noch Fragen?«

»Wir haben versucht, Sie unter Ihrer Mobilfunknummer zu erreichen, Herr Haniger.«

»Tut mir leid, das Handy hab ich nicht immer an. Vor allem nicht, wenn ich hier in meinem Büro bin.«

»Können wir uns mit Ihnen alleine unterhalten?«

Der Architekt seufzte und sah dann zu seinen Mitarbeiterinnen hinüber. »Macht ihr schnell Pause?«

Umgehend griffen die zwei nach ihren Jacken. Fäustl und Max ließen ihre Blicke schweifen. Das künstliche Licht in diesem Raum wirkte unangenehm. Wie man hier bloß arbeiten konnte?

»Setzen wir uns doch.« Haniger wies auf den Besprechungstisch. Fäustl nahm Platz, während Max bewusst stehen blieb und auf Haniger herabsah. Ohne Umschweife kam er zur Sache. »Warum haben Sie uns nicht erzählt, dass Rainer Schutt-Novotny Sie am Abend, an dem er umgebracht wurde, angerufen hat?«

Haniger vergrub den Kopf in seinen Händen. »Ich wusste, Sie würden es herausfinden.«

Das klang resignierend. Fäustl besah sich Haniger genauer. Dieser Mann, der da vor ihm saß, war mit seinen Nerven am Ende. Er wirkte definitiv müder als gestern. Auffällig waren seine Stirnfalten, die sich wie dicke Ackerfurchen quer über den oberen Teil seines Gesichts zogen. Seine glasigen Augen deuteten auf zu wenig Schlaf hin.

»Also warum?«, fragte Max mit Nachdruck.

»Weil ... weil ... weil er mir gedroht hat. Ich bring mich doch nicht selbst in Verdacht.«

»Mit was hat er Ihnen gedroht?«

Als hätte er nur auf diese Frage gewartet, fing Haniger an zu reden. Wie bei einem vollen Kanal, dessen Schleusen geöffnet worden waren, strömte Satz um Satz heraus. »Er hat herausgefunden, dass wir sein Büro zu einem Altersruhesitz für den Bischof umbauen werden. Das geht natürlich nicht so einfach. In Altötting ist darüber bisher nichts an die Öffentlichkeit gedrungen. Wir müssen auch Teile des Denkmalschutzes umgehen, um die Kosten nicht explodieren zu lassen. Das haben wir Ihnen gestern versucht darzulegen. Rainer wusste das alles und hat sich einen Reim darauf gemacht. Seine Tage in der Position des Benefiziumverwalters waren gezählt.«

Aus der Umhängetasche kramte Max ein Diktiergerät hervor. »Sind Sie mit einer Tonbandvernehmung einverstanden?«

Haniger blinzelte nervös die beiden Kriminaler an. »Ja.«

»Am Faschingsdienstag haben Sie ungefähr gegen halb neun abends einen Anruf des Opfers erhalten. Wie ist das Gespräch genau abgelaufen?«

»Rainer war aufgebracht. Stinkwütend. Ich konnte ihn nicht beruhigen. Er hat gesagt, wenn ich mich nicht beim Bischöflichen Ordinariat für ihn einsetzen würde, würde er an die Presse gehen. Auch würde er dafür sorgen, dass man besonderes Augenmerk auf die Einhaltung des Denkmalschutzes legen werde. Es war eigentlich eine Erpressung an den Bischof, die ich übermitteln sollte.«

»Woher wusste er das denn alles?«

»Wir teilen uns dieselbe Putzfrau. Sie hat irgendein Stichwort fallen lassen, und er hat sich dann wissend gestellt, um mehr zu erfahren. Wie der Zufall eben so spielt.«

»Ihre Projekte sind doch eigentlich vertraulich, oder? Haben Sie die Reinigungskraft zur Rede gestellt?«

»Bisher habe ich mit niemandem über die Geschichte gesprochen! Lenka, so heißt die Frau, ist mir seit Dienstag nicht mehr über den Weg gelaufen. Sie hatte so einen Schock, nachdem sie den toten Rainer gestern in der Früh entdeckt hat, dass sie sich fürs Erste krankgemeldet hat.«

»Wo waren Sie, als Herr Schutt-Novotny anrief?«

»Zu Hause, bei meiner Frau.«

»Haben Sie danach noch mal das Haus verlassen?«

Er zögerte. »Ja, kurz, um an der Tankstelle Zigaretten zu holen.«

»Wann war das?«

»So um halb zehn.« Hektisch setzte Haniger hinzu: »Ich bin aber bereits nach zwanzig Minuten zurückgekehrt.«

»Und Ihre Frau kann das bezeugen?«, kam nun von Fäustl, der bisher stillgehalten hatte.

»Natürlich.«

»Wir werden Ihre Angaben überprüfen«, setzte Max nüchtern hinzu.

Unvermittelt wurde Haniger laut. »Das ist doch absurd! Sie verdächtigen mich! Und genau um dem zu entgehen, hab ich nichts von dem Telefonat erzählt.« Ihn hielt es nicht mehr auf dem Stuhl. Seine Schritte zielten Richtung Fenster.

Max sprach in Hanigers Rücken. »Ein Drohanruf von Rainer Schutt-Novotny. Dann ist er tot. Sie, als Bedrohter, schweigen absichtlich. Herr Haniger, Sie müssen doch zugeben, dass Sie das nicht gerade unschuldig aussehen lässt.«

»Denken Sie doch, was Sie wollen.« Haniger drehte sich nicht um, sondern sprach zu seinem Spiegelbild in der Scheibe. »Und jetzt? Führen Sie mich ab?« Seine Arme vor dem Oberkörper verschränkt, drehte er sich zurück.

»Nein.« Max schüttelte seinen Kopf, während Fäustl sich vom Platz erhob. Mahnend reckte er seine Autoschlüssel in die Höhe und sagte ruhig: »Aber falls Sie uns noch mehr verschwiegen haben sollten oder Sie uns eben belogen haben, dann können Sie Gift drauf nehmen, Herr Haniger. Geben Sie uns bitte mal die Nummer Ihrer Frau?«

*

Draußen vor dem Gebäude der H&F Architekten warteten Chrissy Ertl und Judith Fuchs. Sie hatten fröstelnd ihre Hände in den Jackentaschen vergraben. Max und Fäustl nickten ihnen zu, als sie zu ihrem Wagen gingen. An seinem Ohr hatte Max inzwischen Frau Haniger.

»Danke für Ihre Geduld«, rief Fäustl den Wartenden zu, dann setzte er sich ans Steuer. Im Rückspiegel sah er, dass Ertl und Fuchs umgehend wieder im Haus verschwanden.

»Also des mit den Zigaretten und der Zeit scheint zu stimmen.« Max hatte aufgelegt und griff zum Gurt. »Er ist sogar nach weniger als zwanzig Minuten zurückgekommen. Sein Haus liegt unten bei der Innstraße in Neuötting. Für Wegstrecke und Tatausführung reicht die Zeit wirklich nicht aus.«

»Des is alles rätselhaft.« Als Fäustl den Zündschlüssel drehen wollte, hielt er inne. »Moment!« In seiner Sakkoinnenseite vibrierte es. Er zog sein Mobiltelefon hervor, und als er den Namen des Anrufers erkannte, verfinsterte sich sein Blick. »Was will denn die auf einmal?«

Diese Reaktion hatte Max bei Fäustl schon öfter beobachtet. Ihm war klar, wer am anderen Ende sein musste.

»Was gibt's?«

Die schlechte Laune in Fäustls Gesichtszügen war auch deutlich in seiner Sprache zu hören. Max konnte zweifelsfrei seinen Gesprächspartner identifizieren: Exfrau! Die immer wiederkehrenden Themen, mit denen sie seinen Kollegen gerne zur Weißglut brachte, waren der Unterhalt und »Wann räumst du dein restliches Zeug aus meinem Keller?«

»Ach so.« Seine Anspannung wich diesmal allerdings von einer Sekunde zur nächsten. »An kompletten Tag hat sie ihn jetzt nimmer g'sehn?! Wie lang ist sie denn schon wieder bei sich im Haus? ... Du, der taucht sicher bald auf. Sie soll sich ned so viel Sorgen machen. Naa, für eine Vermisstenanzeige is es noch zu früh, sag ihr des bitte ... Bedroht? ... Ernsthaft? ... Er und die Familie?«

Bei diesen Wörtern schaltete sich automatisch Max' berufsbedingte Neugier ein. Um wen ging es?

»Ich red schnell mal mit dem Kramer, was der meint. Und dann ruf ich sofort zurück.« Fäustl berührte den roten Knopf auf seinem Display, dann kratzte er sich die Stirn und sah zu Max hinüber. »Kramer, Kramer ... Kannst du dich an den depperten Radlfahrer von gestern erinnern?«

»Den wir beinahe auf der Windschutzscheibe kleben gehabt hätten?«

»Japp.«

»Der is verschwunden?«, folgerte Max.

»Genau. Und vorher hat er seiner Frau gesteckt, dass er und die gesamte Familie bedroht würden.«

»Des erklärt, warum er so aufgelöst war.«

»Ja, des könnt schon die Ursache gewesen sein.«

»Wie heißt der no amal?«

»Dreesen. Nepomuk Dreesen. Sei Frau und mei Ex sind ja befreundet. Er hat zu seiner Angetrauten g'sagt, dass sie für ein paar Tage mit den Kindern nach Rosenheim zur Oma fahren soll. Des hat sie auch g'macht, aber jetzt ist sie halt doch früher z'rück, weil ihr alles spanisch vorkam, und wie sie daheim reingeht, ist er vom Erdboden verschwunden.«

»Wenn dieser Dreesen ned so komisch drauf gewesen wäre, täte mein Instinkt sagen: Lügengeschichte, damit er einfach von seiner Frau abhauen kann. Vielleicht hat er ja a Freundin.«

»Naa, so is der ned.«

»Fritz, da müssen wir uns jetzt beide ned in die Tasche lügen: Jeder Mann is zum Bescheißen in der Lage, und die meisten tun es auch. Egal, ob der eine so is und der andere halt ... anders.« Max setzte ein süffisantes Lächeln auf. »Erwischen derf ma sich halt ned lassen!« Ironisch hob er seinen Zeigefinger.

»Frauen setzen ihren Männern aa Hörner auf«, sagte Fäustl, »glaub mir's. Ich kann a Lied davon singen.«

»Das will ich gar ned bestreiten, aber darum geht es ja hier ned.«

»Also, wie reagieren wir?«

»Du machst des. Nachher fährst hin und redest mit ihr, vermutlich hat sich der Dreesen dann schon wieder gemeldet.«

*

Mimi Schutt-Novotnys Alkoholkonsum hatte in den letzten Stunden ein Pensum erreicht, das Johanna Marek Angst bereitete. Neben dem Bett stand eine Flasche Cognac ohne Inhalt, und direkt daneben eine eben neu angebrochene. Johanna hatte eine Cola auf den Knien.

Im Schneidersitz saß sie auf ihrer Matratze, während Mimi ausgestreckt neben ihr lag und den gefüllten Cognacschwenker in der linken Hand nach unten baumeln ließ. Vor ihnen lief der Fernseher. Kinderprogramm. Nervig quäkende Laute eines Zeichentrickfilms untermalten ihr spärliches Gespräch. Mimi wollte nicht reden. Weder über das Wetter noch darüber, was sie nachher essen wolle, oder am Ende gar über ihren toten Mann. Ihr irgendein Wort zu entlocken, war für Johanna eine Kraftanstrengung sondergleichen.

Mimi nahm einen weiteren Schluck und starrte zur Decke hinauf. Ein endloses Weiß, das in unregelmäßigen Abständen einen Farbschimmer vom Zeichentrickfilm abbekam. Das Farbenspiel hätte sie heiter stimmen können. Aber sie konnte sich nicht daran erfreuen. Nicht jetzt. Rainer sowie Unmengen an Cognac tobten in ihrem Kopf.

Noch ein Schluck, diesmal ein größerer. Er brannte in ihrer Kehle. Wenigstens ein Gefühl. Ihre Glieder waren schwer und dumpf, als ob sie von einem großen Sandhaufen verschüttet worden wäre.

»Warum warst du am Dienstag in Oberammergau?« Ihre Freundin versuchte nun mit drastischeren Mitteln, zu ihr vorzudringen.

Als Reaktion nahm Mimi einen weiteren Schluck. Sie ließ die direkte Konfrontation an sich abprallen. Das Glas war leer. Sie drehte sich zur Seite und goss sich neu ein. Dann stellte sie die Flasche langsam zurück auf den Boden.

»Von mir erfährt keiner was, Mimi.«

Sollte sie Johanna wirklich ins Vertrauen ziehen?

Über all die Zeit war sie alleine mit der Geschichte fertig geworden. Tränen, die sie nicht mehr aufhalten konnte, traten plötzlich in ihre Augen. »Ich will darüber nicht reden.« Ihr Blick verschwamm einen Moment lang.

»Glaub mir, es hilft.«

»Lass mich bitte in Frieden.«

»Mimi, jeder braucht seine Zeit. Aber komm endlich zu dir. Du kannst nicht dein Hirn mit Alkohol sinnlos wegballern. Das ändert gar nichts. Wir gehen jetzt vor die Tür. Frische Luft wird dir guttun. Wir müssen unter Leute!«

Die Tränen traten aus Mimis Augenwinkeln, rannen über ihre Schläfen und versickerten im Spannbetttuch. »Heut nicht. Das Gespräch in Mühldorf und vorhin mein verwüstetes Haus zu sehen, hat mich ... Ich kann nicht mehr.«

»Willst du mir nicht doch sagen, was Dienstag los war?«

»Ich habe zu oft die Augen zugemacht ...«

»Wovon sprichst du?«

»Vermutlich ist alles meine Schuld.«

Johanna stellte ihre Cola auf dem Nachttisch ab und lehnte sich mit dem Ellenbogen auf ihr Kopfkissen. Sie fixierte Mimi, ihre Hand strich über Mimis Wange. »Warst du an dem Abend vielleicht doch bei Rainer und nicht in Oberammergau?«

»Nein ... Um Gottes willen, nein!«

Johannas Kopf war nun ganz dicht an Mimis Ohr. »Du weißt, dass du ...«

Diese Eindringlichkeit verstärkte ein böses Gefühl, was Mimi durch Schweigen und Alkohol gehofft hatte, begraben zu können. Ohne Vorwarnung schnellte sie auf und drehte sich ruckartig zu Johanna hinüber. Erschrocken zuckte diese zusammen.

»Rainer war schwul!«, schrie sie. Ihre angestaute Wut entlud sich in einer Lautstärkenexplosion, die Mimi nicht mehr kontrollieren konnte. »Ich habe Beweise! Jahrelang hat er mich betrogen, Geld bezahlt, und ich bin nichtsahnend daheim gehockt wie eine dämliche alte Ziege. Also lass mich nun Herrgott verdammt noch mal in Ruhe mit deiner Fürsorglichkeit. Du hast wirklich keine Ahnung, wie dermaßen verarscht ich mir vorkomme.«

*

Max ließ sich von Fäustl in Mühldorf absetzen, warf im Büro noch einen kurzen Blick auf die schmählich vernachlässigten Vorgänge der letzten Woche in seinem Computer, um dann mit seinem eigenen Wagen nach Altötting zum Hotel seiner Eltern zu fahren. Er hatte Hunger. Fäustl würde nun kurz vor Feierabend Dreesens Frau einen Besuch abstatten. Gut, dass er aus dieser Nummer raus war. Er hatte jetzt keine Lust mehr auf beruhigendes Zureden und Hand-Tätscheln. Dafür war Max im Moment der falsche Mann.

Vor seiner Windschutzscheibe zog links eine große Photovoltaikanlage vorbei, die an den Seitenrand der A 94 gebaut worden war. Besonders viel hatte sie in den letzten trüben Wochen sicher nicht produziert. Die winterliche Abenddämmerung begann den Himmel wieder zu verdunkeln. Frühling und Sommer waren Max' bevorzugte Jahreszeiten. Sobald der Herbst anbrach, bekam sein Gemütszustand einen Dämpfer. Jeden Tag sehnte er die längeren Sonnenstunden herbei. Am liebsten hätte er seinen kompletten Urlaub auf Dezember und Januar gelegt, damit er in ein Land verschwinden konnte, das von endlosem Sommer erfüllt wurde. Allerdings war er noch nie alleine auf Reisen gegangen, und zurzeit gab es niemanden an seiner Seite, den er hätte mitnehmen können. Fäustl schied aus, das würde ihrer kollegialen Freundschaft definitiv nicht guttun. Tja, und Novizinnen legten sich leider nicht an einen Pool in den südlichen Gefilden. Dabei war Gott doch eigentlich an jedem Platz der Welt zu erreichen.

Aus seinem Radio strömte eine Magazinsendung des Bayerischen Rundfunks mit dem Titel: »Unglückliche Liebe: Wo ist die Chance?« Er schmunzelte über die Originaltöne von Straßenpassanten, die darüber referierten, wie sie doch noch bei ihrer Angebeteten hatten landen können. Aber dass es möglich war, dass Gott zwischen zwei Menschen stand, kam in keinem Beitrag vor. Kurz entschlossen drehte er den Aus-Knopf. Vergeblich Liebende, die trotz aller widrigen Umstände ihr Glück gefunden hatten, störten ihn beim kriminalistischen Nachdenken. Und überhaupt half es auch nicht gerade dabei, seine Stimmung zu heben. Max' Kopf beschäftigte sich mit etwas anderem.

Warum musste jemand in seinem Büro sterben? Brutal mit einem Messer niedergemetzelt? Rainer Schutt-Novotnys Arbeitgeber hatte ihn abschaffen wollen, obwohl er ein verdienter Mann war. Und dann war er plötzlich tot, und in seinem Haus wurde eingebrochen, und der Täter interessierte sich für Ordner mit Schrift-

stücken über Denkmalschutz. Max musste sich einge-
stehen, nicht die leiseste Ahnung zu haben, wo das alles
hinführte.

Vielleicht hatte Schutt-Novotny einen groben Ver-
stoß festgestellt und sein Wissen benutzt, um Architekten oder Kirchenverwaltung unter Druck zu setzen,
und die hatten ihn dann aus dem Weg geräumt. Von
seinem Gefühl her war das allerdings zu wenig, um als
Motiv für einen Mord zu dienen. Und er hatte nicht in
Betracht gezogen, dass die fehlenden Blätter vor allem
Rainer Schutt-Novotnys Aufzeichnungen über seine
freiwilligen Restaurierungsarbeiten enthielten. Wo war
der Punkt, der alles miteinander in Verbindung brachte?
Wann machte es endlich klick bei ihm? Die Sache hatte
einen Haken, den er finden musste. Irgendwo in diesem
Gewirr aus Akten, Witwe, Figuren, Renovierungsarbei-
ten, böser Schwiegermutter und Bischof lag der Schlüssel. Da war Max sich sicher.

Plötzlich tauchten erneut Zweifel an der Geschichte
in ihm auf. Was, wenn der Fall gänzlich anders war? Der
Mord schien vorbereitet. Die fabrikneuen grünen Turnschuhe deuteten darauf hin. Und der Tote hatte seinen
Mörder gekannt. Warum sollte er ihn sonst am späten
Abend zu sich in die Kapelladministration gelassen haben?

Die Einfahrtsstraße lotste ihn nach Altötting, vorbei
an der großen Tankstelle, die für viele Besucher die erste
oder die letzte Anlaufstelle im Wallfahrtsort war. Danach fuhr er kurz über den kleinen »Altstadtring«, der
dieser winzigen Kreisstadt den Hauch von Größe verlieh,
und dann durch zwei schmale Gassen bis vor das Kra-

mersche »Hotel zur Post«. Max parkte seinen Wagen vor dem Seiteneingang. Diesmal ging er nicht direkt an die Rezeption, sondern in das zugehörige Café-Bistro am Eck zum Kapellplatz. Max war der einzige Besucher. Hinter dem Tresen polierte Fabio, der Kellner, Weingläser und hielt sie immer wieder prüfend gegen das Deckenlicht. Nachdem Max es sich auf einem der Barhocker bequem gemacht hatte, winkte er Fabio zu sich und bestellte ein Mineralwasser.

»Mit Gas oder ohne?«

»Hab ich schon jemals stilles Wasser getrunken?«

Fabio lachte. »Nein, Signore. Scusi. Ich mag ja auch lieber frizzante.«

Durch die kleine Glastür, die zum Restaurant hinüberführte, betrat Frau Kramer den Raum. Über ihrem Arm hingen Bänder verschiedener Farben. In der anderen Hand hielt sie einen Karton voller bemalter Plastikeier. »Fabio, so lange hier nichts los ist, können Sie gerne schon mit der Osterdeko beginnen.«

»Moment, Signora, Ihr Sohn will zuerst ein Wasser«, antwortete Fabio in gebückter Haltung, da er sich gerade am Getränkefach zu schaffen machte.

Die Postwirtin sah zu Max hinüber, der seinen Ellenbogen auf die Bar gelegt hatte und nachdenklich ins Nichts starrte. »Ach, ist dein Kühlschrank leer?«

»Mama ...« Er erhob sich und schloss seine Mutter in die Arme. »Es gibt auch andere Gründe, warum ich euch besuche.«

»Nenn mir einen.« Frau Kramer kniff ironisch ein Auge zu.

»Sehnsucht. Und selbstverständlich Hunger. Und

könntest du eventuell noch mal ein Telefongespräch für mich führen?«

Sie lächelte ihn an. »Das waren jetzt sogar drei. Maxl, Maxl ... Die denken im Kloster sicher bald, dass ich die Vevi als billige Arbeitskraft ausnutze, wenn ich sie immer wieder hier rüber ins Hotel bestelle.«

»Geht grad ned anders. Ich will ned schon wieder in der Nacht mein Leben riskieren, um ihr Schoki über die Klostermauer zu bringen und mit ihr ein längeres Gespräch führen zu dürfen. Es wird Zeit, dass sie endlich meine Einladung zum Abendessen annimmt.«

Der Blick der Postwirtin sprach Bände. »Dass ich mich in meinem Alter immer noch zu solchen Kindereien missbrauchen lasse. Na dann.« Sie legte ihre Dekorationsmittel auf die Ablage zwischen Salz- und Pfefferstreuer und schritt hinter den Tresen, um zum Telefon neben der Kaffeemaschine zu greifen. Währenddessen lieferte Fabio das bestellte Mineralwasser bei Max ab.

»Grüß Gott! Hier ist die Frau Kramer. Mit wem sprech ich denn? Ah, Schwester Ignatia. Geht's gut?«

Max trommelte ungeduldig mit seinen Fingerkuppen auf den Tresen.

»Sagen Sie, ist die Schwester Maria Evita zufällig zu sprechen?«

*

Als Maria Evita ein paar Minuten später vor der großen Fensterfront des Café-Bistros erschien, war Max bei seinem zweiten Mineralwasser angekommen. Sie winkte ihm von draußen zu, und er erhob sich, nachdem sie die Eingangstür geöffnet hatte.

»Leider hab ich gar ned viel Zeit. Aber morgen hab ich Ausgang.«

Max breitete seine Arme aus, um sie in Empfang zu nehmen, doch Maria Evita blieb in sicherer Entfernung stehen und sah sich um. »Nicht in der Öffentlichkeit.«

»Is eh keiner da, den es interessieren könnte.«

»Trotzdem.«

Max nahm wieder auf seinem Hocker Platz. Sie schien nervös zu sein. Ihre Körpersprache war für ihn ein offenes Buch.

»Maxl, wir sehen uns morgen hier so zwischen sieben und acht auf'd Nacht.«

»Sag mal, kannst du meine Gedanken lesen? Ich wollte dich g'rade zu einem Treffen außerhalb des Klostergartens überreden. Wie kommt das jetzt so spontan?«

»Des kann dir deine Mutter erklären. Bin wirklich in Eile. Drüben fängt gleich das Abendessen und die Andacht an. Der Monsignore und ich treten nämlich morgen den Kalorien-Kämpfern bei.«

»Des habt ihr beide doch gar ned nötig.«

»Des is auch nicht der springende Punkt. Nach der Sitzung müsste ich sogar noch Zeit für ein flottes Abendessen haben. Aber bitte irgendwo hinten im Nebenzimmer beim Gartensaal. Entdecken soll uns dabei definitiv niemand.«

»Aber des is doch eine Abnehmgruppe. Warum hast du dann ...«

»Frag einfach dei Mama.«

Maria Evita ließ Max stehen, der sicher ein großes Fragezeichen auf der Stirn hatte. Kurz bevor sie den Ausgang erreichte, drehte sie sich noch einmal nach ihm um. »Und wenn alles gut läuft, sind deine Gefahr-guttransporte über die Mauer für die nächste Zeit ein-gestellt.«

»Des is aber eine schnelle Verabschiedung.«

Verstohlen sah Maria Evita umher, dann stürzte sie auf Max zu und hauchte einen Kuss auf seine Wange. »Servus.«

Sie eilte hinaus. Max konnte seinen Blick nicht von ihrem Hintern heben. Seine Hand wanderte geistesabwe-send zur Wange. Auf einmal musste er herzlich lachen.

IX. Du sollst den Herrn, deinen Gott, nicht auf die Probe stellen (Lukas 4,12)

Für normalen Besuch war es zu spät. Ludwig Sporer und seine Frau hatten vor dem Fernseher gedöst, als sie das Türklingeln erschrocken hochfahren ließ. König Ludwig bellte und schoss wie ein Pfeil zur Eingangstür. Sein Herrchen kam nur mühsam hinterher. Ihn schmerzte die Hüfte, und sein Bein war auf dem Sofa durch eine falsche Haltung eingeschlafen. Unterstützt von verschiedenen Schimpfwörtern humpelte er den Flur entlang und pfiff den Hund zurück. Diese abendliche Störung empfand er als Unverschämtheit.

Vor dem Haus hatte der Bewegungsmelder das Licht angeschaltet. Durch die milchige Glasscheibe erahnte Sporer die Umrisse von zwei Personen. »Wer ist da?«, rief er, ohne zu öffnen.

»Ich bin's. Der Nepo.«

Die Stimme konnte er nicht ohne Zweifel seinem Bekannten zuordnen. Sonst sprach Dreesen immer klar, aber sein Tonfall klang diesmal heiser, ja, fast gebrochen. Sporer wunderte sich, dass er ihm jahrelang nicht über den Weg gelaufen war und in den letzten Tagen gleich zweimal. Er beließ die Kette an der Tür und drehte den Schlüssel. Nur ein paar Zentimeter öffnete sich der Eingang. Tatsächlich erkannte er Nepomuk Dreesens Gesicht. Seine Augen wirkten tief in ihre Höhlen zurückgezogen, als wäre er von einer schweren Krankheit gezeichnet. Hinter ihm stand eine blonde Frau.

»Können wir kurz reinkommen?«

Sporer wurde nervös. »Es ist schon nach zehn. Meine Frau und ich wollten gerade ins Bett. Geht es um ...«

Noch bevor er seine Vermutung ganz aussprechen konnte, unterbrach ihn Dreesen. »Keine Sorge, wir stören nicht lange.«

Ludwig Sporer drückte den Spalt zu und hakte die Sicherheitskette aus.

Als Dreesen in das hellere Licht des Flurs getreten war, sah er noch schlechter aus, als Sporer hatte erahnen können.

»Bist du krank?«

»Nein. Mir geht es gut.«

Herta Sporer riskierte einen schüchternen Blick aus dem Wohnzimmer heraus auf den späten Besuch. König Ludwig hatte sich neben ihrem Bein postiert und knurrte.

»Guten Abend.« Freundlich nickte ihr Dreesen zu und sagte dann etwas leiser an Sporer gewandt: »Können wir uns kurz ungestört unterhalten?«

Er nickte. Seine Frau wirkte misstrauisch. »Wir brauchen ned lange. Geh ruhig scho ins Bett, oder mach's dir noch mal gemütlich«, rief er ihr zu. »Ich bin gleich wieder bei dir.«

Schweigend schloss Herta die Wohnzimmertür, und

ihr Mann wies zur Küche, die sich gleich neben der Haustür befand. Die drei traten ein.

»Was soll das?«

»Ludwig, wo ist die Figur, die du von Rainer gekauft hast?«

»Ich habe von Rainer nichts gekauft! Wer is sie eigentlich?« Mit einer abschätzigen Kopfbewegung wies Sporer auf die blonde Frau, die bisher kein Wort von sich gegeben hatte.

»Eine Geschäftspartnerin. Du hast irgendwann in den letzten Jahren eine Kirchenfigur bekommen.«

»Ich glaub, du träumst. Sicher nicht.«

Plötzlich wurden Dreesens Atemzüge schneller. »Von mir hast du den Tilly und von Rainer eine Figur«, schrie Dreesen. Seine Hand verkrampfte sich zu einer Faust, mit der er heftig auf die Arbeitsfläche einschlug.

Sporer schüttelte es. Er tastete nach einem Stuhl und setzte sich zitternd an seinen Esstisch. Dreesens Begleiterin verzog keine Miene und beobachtete kühl die Auseinandersetzung.

Sporer hielt seinen Blick zu den Knien gesenkt. »Ja. Mir gehört jetzt tatsächlich eine Madonna, die Rainer mir vermittelt hat.« Er schluckte. »Woher weißt du das?«

»Also doch!«

Ein leichtes Klopfen durchbrach die nach diesem Satz entstandene Stille. »Alles in Ordnung?«, drang Hertas Stimme in die Küche.

Umgehend hatte sich Sporer wieder im Griff. »Alles gut. Nacht!« Dumpfe Schritte entfernten sich, und er hörte, dass sie die Treppe nach oben nahm.

»Gib sie uns.«

»Ich hab dafür sehr viel Geld bezahlt. So einfach ...«

»Du bist sicher daran interessiert, dass weder über den Tilly noch über die Madonna etwas nach außen dringt. Du wusstest immer, dass es sich um nicht ganz legale Ware handelt. Wie sieht denn das aus, für einen Kreisheimatpfleger?«

Sporer schwieg.

Dreesen berührte seine Schulter und sah ihn durchdringend an. »Also?«

Ein ersticktes Räuspern drang aus Sporer heraus. »Darf ich den Tilly behalten?«

»Uns geht es nur um die Statue.«

Ein klein wenig erleichtert stand Sporer auf. »Moment.«

Er verließ seine Küche und kehrte nach einer gefühlten Ewigkeit mit einem etwa vierzig Zentimeter langen Etwas, das in altes Zeitungspapier gehüllt war, zurück. Er drückte Dreesen das längliche Ding in die Hand, der umgehend die vergilbte Verpackung entfernte. Eine Frauenplastik in blauem Kleid mit gefalteten Händen kam zu Vorschein. Der dunkle Kleiderstoff war mit goldenen Getreideähren verziert. Kragen und Ärmel waren ebenfalls mit leuchtenden Applikationen eingefasst.

»Die Ährenkleidmadonna«, entfuhr es Dreesen andächtig.

Er strich über die unbemalte Rückseite. Sie war ausgehöhlt, der zugehörige Deckel fehlte. Das jahrhundertealte Holz war an manchen Stellen wurmstichig. Es fühlte sich kalt an. Anscheinend hatte Sporer die Figur an einem kühlen Ort gelagert.

Die blonde Frau nahm Dreesen die Madonna aus der

Hand und wendete sie nach allen Seiten. Als sie sich überzeugt zu haben schien, dass es die richtige Mutter Gottes war, nickte sie Dreesen zu und ging Richtung Ausgang. Plötzlich blieb sie stehen und drehte sich um. Ihre Lippen verwandelten sich zu einem Lächeln, welches Sporer bedrohlich schien. Die Gefährlichkeit einer gereizten Wespe, die bereit war, im nächsten Moment mit ihrem Stachel anzugreifen, spiegelte sich in ihrem Gesicht. »Es war schön, mit Ihnen Geschäfte zu machen.«

Ludwig Sporer bemerkte, dass sich Dreesen nicht sofort zur Tür wandte. Er zögerte, als wolle er noch etwas loswerden, doch sein Mund blieb verschlossen. Hier ging es um viel mehr als nur um eine alte Glaubensfigur. Was wollte Dreesen ihm mitteilen? Für den Bruchteil einer Sekunde glaubte Sporer, ein Flehen in Dreesens Gesicht zu erkennen. Er wollte keinesfalls noch tiefer in dieses verworrene Spiel eintauchen.

Gott sei Dank folgte Dreesen dann doch der Frau nach draußen, und Sporer konnte aufatmen. Sein Kiefer zitterte. Hätte seine Gattin ihn in diesem Zustand zu Gesicht bekommen, ihr wäre angst und bange geworden, und sie hätte sicherlich einen nahenden Herzinfarkt in Betracht gezogen. Er war ein schwacher Mann und verfluchte den Tag vor fünf Jahren, an dem diese verdammte Geschichte ihren Anfang genommen hatte.

*

Die Autotür wurde mit einem schleifenden Geräusch zugezogen. Hinten hatten die beiden »Assistenten« gewartet, jederzeit bereit herauszuspringen, falls Dreesen einen Fluchtversuch wagen sollte. Nun saß er wieder zwischen ihnen und schnallte sich an. Die blonde Frau hatte am Steuer Platz genommen und rangierte aus Sporers Einfahrt.

Nepomuk Dreesen drückte den Rücken durch. Die letzten Tage hatten ihm so zugesetzt, dass er trotz seines hohen Adrenalinspiegels ein immer heftiger werdendes Stechen in seiner Seite verspürte. Es fiel ihm schwer, tief einzuatmen. Auch seine Hand, mit der er vorher im Affekt auf Sporers Anrichte eingedroschen hatte, wummerte schmerzhaft.

»Es fehlen noch sechs weitere.« Die Worte der Fahrerin ließen Dreesen aufhorchen.

»Ja.« Mehr konnte er darauf nicht entgegnen. Er wusste doch selbst, um wie viele Figuren es sich drehte. Aber er hatte nur eine schemenhafte Ahnung, an welchen Orten und bei welchen Menschen sie gelandet sein könnten. Rainers Aufzeichnungen blieben ein Rätsel. Und er hatte aus Gründen seiner eigenen Sicherheit auf eine genaue Buchführung verzichtet.

»Sind dir in der Zwischenzeit die anderen Kunden eingefallen?«

»Es ist schwierig. Ich bin mir unsicher. Er hat darüber nichts aufgeschrieben. Warum glaubt ihr mir nicht endlich, dass er mich genauso wie euch an der Nase herumgeführt hat?«

»Du bist ein gottverdammter Lügner.«

»Und wie stellt ihr euch das jetzt vor? Sollen wir zu allen potentiellen Abnehmern fahren und fragen, ob sie von Rainer Kirchenfiguren gekauft haben?«

»Durchaus eine Möglichkeit.«

»Und wenn ich mich täusche? Wir haben schneller die Polizei auf dem Hals, als ihr bis drei zählen könnt.«

»Er hat recht«, sagte einer der Aufpasser.

»Bei wie vielen von Rainers Kontakten bist du dir hundertprozentig sicher?«, fragte die Frau am Steuer.

»Null«, kam ohne zu zögern von Nepomuk Dreesen.

Die Fahrerin trat aufs Gas. »Dann fahren wir zu uns zurück und planen den nächsten Schritt. Mir rennt die Zeit davon.«

*

In den frühen Morgenstunden des Freitags setzte ein Föhnsturm im bayerischen Voralpenland ein und blies die Wolken weg. Der geklärte Himmel leuchtete in allen erdenklichen Rotschattierungen über Altötting und gab den Blick auf die Berge frei.

Max hielt es nicht in seinem Bett. Ein Drücken hinter seiner Stirn hatte den Wetterumschwung angekündigt und sich zwischen 3 und 4 Uhr morgens in einen seitlichen Kopfschmerz verwandelt, der ihn kaum mehr schlafen ließ. Durch Espresso mit frischem Zitronensaft wollte er diesem gegen 5 Uhr zu Leibe rücken. Ein Rezept aus Italien, auf das er schwor, das aber heute »zefix noch a mal« ergebnislos blieb. Also duschte er, zog sich an und fuhr auf seinem Weg zur Mühldorfer Kriminalpolizeistation an einer Apotheke vorbei, von der er aus dem Internet wusste, dass sie Notdienst hatte. Jetzt brauchte er doch etwas Stärkeres.

Nach einer halben Stunde wichen die Schatten in seinem Schädel. Die chemische Keule half schlussendlich immer.

Da er noch allein im Büro war, hatte er seinen Kopf auf die kalte Schreibtischplatte gelegt und seinen Gedanken freien Lauf gelassen. Zuerst kreiste alles darum, wann seine Qual ein Ende haben würde. Als aber endlich die Wirkung der Tabletten einsetzte, traten Überlegungen zum Fall Rainer Schutt-Novotny wieder in den Vordergrund.

Er griff zu einem Stapel bunter Klebezettel und zückte den Kugelschreiber. Er notierte Namen sowie Orte, versah manches mit einem Fragezeichen und dekorierte so die Wand neben seinem Schreibtisch. Ein Fleckenteppich entstand, der nur für Max Sinn ergab. Schließlich trat er einen Meter zurück. Sein Blick glitt über jedes farbige Puzzleteil. Konzentriert versuchte er Verbindungen herzustellen, die er vielleicht bisher übersehen hatte.

Zentrum des Ganzen war die Kapelladministration und die aufgefundene Leiche. Von dort aus gingen verschiedene Wege wie Sonnenstrahlen nach außen. Teilweise waren sie durch einen aufgemalten Pfeil, der nach unten oder oben wies, verbunden.

Inzwischen begannen mehrere Kollegen ihren Arbeitstag, und vom Gang her drangen Schritte und Guten-Morgen-Floskeln zu ihm herein, aber nichts konnte ihn aus seinem farbigen Brainstorming reißen, bis plötzlich jemand die Tür öffnete.

Fäustl trat ein.

Max riskierte nur einen kurzen Blick und wandte sich gleich wieder seinen Notizen zu.

Verwundert blieb Fäustl stehen und schloss fast geräuschlos die Tür. Er sah seinem Kollegen an, dass er gerade schwer beschäftigt war. Also verzichtete er ebenfalls auf Begrüßungsworte.

Was hatte Max denn da an die Wand gepinnt? Interessiert besah sich Fritz Fäustl die Zettel. Das waren die Verbindungen des inneren Personenkreises, der um Rainer Schutt-Novotny gruppiert war. Allerdings fehlte ein Detail.

Vom Schreibtisch nahm er einen der unbeschrifteten Klebezettel und schrieb ein paar Buchstaben darauf, dann platzierte er ihn an einem der seitlichen Strahlen.

Fäustl spürte Max' neugierigen Blick im Rücken. Nun trat dieser etwas näher heran und musterte die Veränderung. In Großschreibung stand dort das Wort: DREESEN.

*

»Dann sind wir höchstwahrscheinlich die Letzten, die ihn gesehen haben«, sagte Max. Gespannt war er Fäustls Erklärung gefolgt.

Dieser nickte. »Ja, er und sein Rad sind seither verschwunden.«

»Vielleicht ist er noch vor ein anderes Auto gelaufen?« Nachdenklich setzte Max in seinem Büro einen Fuß vor den anderen. Fast sah es so aus, als ob er durch das Zimmer balancierte.

Sein Kollege schüttelte den Kopf. »Gab in den letzten Tagen keinen Verkehrsunfall mit Personenschaden. Ich hab gestern, damit sich sei Frau beruhigt, vorsorglich die umliegenden Krankenhäuser abtelefoniert.«

»Er und der Rainer Schutt-Novotny haben also G'schäftl miteinander g'macht?!« Max wippte nachdenklich auf den Zehenspitzen und ging nochmals auf Fäustls Zusammenfassung des gestrigen Abends ein.

»Hat Frau Dreesen auch gesagt, welcher Art die waren?«

»Moment. Sie hat ned direkt von Geschäften gesprochen.« Fäustl hob mahnend den Zeigefinger. »Sie meinte bloß, dass beide wegen irgendwelcher Antiquitäten zusammengearbeitet hätten. Des hat sie aber nur am Rande mitbekommen, weil sie keinen direkten Einblick in die Arbeit ihres Mannes als Kunsthistoriker hat. Wir sind alle möglichen Personen durchgegangen, mit denen er in Kontakt stand, weil er ja behauptete, dass er bedroht wird. Und wie der Name Schutt-Novotny g'fallen is, bin ich natürlich hellhörig geworden.«

»Fritz, lass uns mal gemeinsam a bissal, wie soll ich sagen, phantasieren. Entweder, wir sind komplett auf dem Holzweg, und irgendein Verrückter mit neuen Turnschuhen hat den Schutt-Novotny erstochen, oder des mit diesen Antiquitäten is die Spur, nach der wir suchen.«

»Es wiederholt sich halt einfach zu oft in dem Fall, da hast scho recht«, pflichtete ihm Fäustl bei.

»Eben. Sag mal alle Namen, die dir hier zum Stichwort Antiquitäten einfallen.«

»Schutt-Novotny, Dreesen, Sporer ...«

Ohne ihn weiter ausreden zu lassen, griff Max nach seinem Autoschlüssel. »Und genau zu dem fahr ma jetzt!«

*

In Sporers Einfahrt standen ein Krankenwagen sowie ein Fahrzeug der örtlichen Schutzpolizei. Max holperte mit dem Auto auf den Gehweg, stellte den Motor ab und schlug mehrmals auf sein Lenkrad ein. »Des darf jetzt ned wahr sein!«

Dieses Zusammentreffen konnte nur eines bedeuten. Dafür brauchte es nicht einmal Instinkt. Notarzt und Grüne vor einem Privathaushalt: häusliche Gewalt oder Selbstmord.

Auch Fäustl teilte diese Ansicht, was er durch ein kurzes »Mist!« zum Ausdruck brachte.

Sie sprangen aus ihrem Fahrzeug und eilten zum Hauseingang. Er war geöffnet, und ein Grüner stand dort telefonierend mit einem Bein in der Tür. Da er Max und Fäustl kannte, trat er umgehend beiseite, um sie passieren zu lassen.

Max ging voran. Im Wohnzimmer saß Herta Sporer, bleich und abwesend. Neben ihr hatten zwei Uniformierte Platz genommen. Einer der beiden war Seppi Meyerling. Max warf ihm einen fragenden Blick zu, und Meyerling stand auf. Schweigend bedeutete er Max und Fäustl, ihm zu folgen. Bei der Kellertreppe nahmen sie ein paar Stufen nach unten.

»Was macht ihr hier? Ich hätt euch scho noch angerufen«, flüsterte Meyerling vorsichtig.

»Wir wollten wegen des Schutt-Novotny-Falls vom Sporer ein paar Auskünfte«, erklärte Max.

»Da seid's zu spät dran. Er hat sich aufgehängt.« Meyerlings Hand wies nach unten.

»Dort?« Ein kurzer Schauer lief über Max' Rücken. In seinem ganzen Leben hatte er noch nie einen Erhängten real zu Gesicht bekommen.

Meyerling nickte.

»Warum hättest du uns noch angerufen?« Fäustl

klang erstaunlich nüchtern. Die Situation schien ihn emotional nicht so mitzunehmen, wie es bei Max der Fall war.

»Schaut ihn euch mal an. Seltsames Schauspiel. Und da is was, des ich aus der Kapelladministration kenne.«

Langsam nahmen Max, Fäustl und Meyerling die Stufen. Je weiter sie in die Sporersche Unterwelt eindrangen, umso mehr schnürte es Max die Kehle zu. Er musste sich zusammenreißen.

Die Treppe machte einen Knick und gab den Blick auf mehrere Türen frei. Die hinterste stand sperrangelweit offen. Dort baumelte er. Am Griff eines hohen Fensterschachts, eine Wäscheleine um den Hals. Sporers Füße steckten in Stiefeln, nur knapp zehn Zentimeter über dem gefliesten Boden schwebend. Neben ihm lag ein umgestürzter Hocker.

Für einen kurzen Moment musste Max sich abwenden, zwang sich dann aber, seinen Blick auf die Leiche zu richten. Er durfte seine Fassung nicht verlieren.

Ludwig Sporer trug eine altertümliche Landsknechtuniform, wie auf den Bildern, die oben seinen Hausgang zierten. Ihm gegenüber an der Wand lehnte das gleiche Tilly-Gemälde, das die Spusi bei ihren Untersuchungen beschädigt hatte. Um dieses herum lagen Papierfetzen und eine Schnur. Augenscheinlich hatte Sporer es ausgepackt und dann seinem Leben ein Ende gesetzt.

Da hing der »Tilly-Erbe« vor seinem Idol. Beider Augen tot und starr und in die Unendlichkeit gerichtet.

»Scho wieder dieser Tilly«, entfuhr es Max geistesabwesend. Als er auf das Bild zugehen wollte, versperrte ihm Fäustl den Weg.

»Lass des die Spusi machen. Des is koa Depressions-Suizid. Hier geht's um was anderes. Wir müssen mit seiner Frau reden.«

*

Herta Sporer war ein Schatten ihrer selbst. Die Haut hell wie Wachs, die Augen rotumrandet. Sie war in sich zusammengesunken, hatte ihre Schultern nach oben gezogen und verharrte regungslos in dieser Pose. Die Anwesenheit der beiden Kriminaler erzeugte bei ihr keinerlei Reaktion.

Max und Fäustl drückten ihre Hand, was sie bereitwillig geschehen ließ. Ruhig nahmen sie auf dem Sofa Platz, und Max sah sich um. Hier hatte er auch beim letzten Mal gesessen. In seinem Kopf zogen Erinnerungen an seinen Besuch vorbei, als Sporer noch am Leben war. Das Wohnzimmer war seither unverändert. Auch dieses nervige Hundearoma, das die Textilien gespeichert hatten, stieg ihm wieder in die Nase. Aber im Raum lag nun eine schwere Stimmung, was Max als äußerst unbehaglich empfand. Viel dichter und dunkler, als noch vor zwei Tagen. Wenn jemand behauptet hätte, dass Sporers toter Geist über der Szenerie schwebte, Max hätte ihm nicht widersprochen, obwohl er weder besonders gläubig noch abergläubisch war.

»Mein Beileid«, sagte er. »Sie müssen jetzt sehr stark sein, denn wir brauchen von Ihnen dringend ein paar Antworten. Schaffen Sie das?«

Die Augen der Frau schlossen sich. Ein paar Sekunden geschah nichts, dann öffnete sie sie, und ein starker Blick kreuzte zuerst Fäustl und danach Max. Von außen wirkte sie am Boden zerstört, doch ihrem Gesicht konnte man trotzdem eine gewisse innere Ruhe ablesen. Sie war bereit, mit ihnen zu sprechen.

Max kam ohne Umschweife zur Sache. »Sie haben ihn gefunden?«

Herta Sporers Körper regte sich. »Heute um ungefähr sieben Uhr in der Früh.« Die Stimme war leise, aber klar.

»Gibt es einen Abschiedsbrief?«

»Nein. Nichts.«

»Ist Ihnen etwas Ungewöhnliches aufgefallen, was seine Tat erklären könnte?«

Frau Sporer nahm einen tiefen Atemzug und richtete sich auf. Nun antwortete sie etwas lauter. »Mei Mann hat gestern am späten Abend noch Besuch bekommen, so umara halbe elfe. Es gab in der Küche eine lautstarke Diskussion. Ich bin hin, aber er hat mir versichert, dass alles in Ordnung sei, und mich dann ins Bett geschickt. Er ist später noch zu mir raufgekommen, konnte aber nicht einschlafen. Hat sich hin und her gewälzt. Dann ist er aufgestanden. Ich dachte, er geht mit dem Hund raus. Das macht er immer, wenn er Schlafstörungen hat. Aber er ist nimmer zurückgekommen ...«

»Wer war der Besucher?«

»Nepomuk Dreesen heißt der Mann. Da war noch eine Frau dabei, die ich nicht kannte.«

Es traf Max und Fäustl wie ein Blitz. Dreesen! Das konnte kein Zufall sein. »Was wollten sie?«

»Ich habe durch die geschlossene Tür nicht alles verstanden ...« In Herta Sporers Augenwinkeln wurden Tränen sichtbar. Mehrmals musste sie schlucken, und ihr versagte die Stimme. Max taten die Umstände der Befragung leid. Wie sollte er weiter verfahren? Vielleicht brauchte sie eine Pause.

Bevor er seinen Gedanken zu Ende spinnen konnte, stellte Fäustl, der sein Zögern bemerkte, die nächste Frage. »Was haben Sie denn verstanden?«

»Es ging um eine Figur, die Rainer meinem Mann verkauft hat.« Herta Sporer hatte, ohne zu stocken, wieder gesprochen. Fäustls forsche Art war manchmal richtig hilfreich. Max hatte befürchtet, dass sie zu aufgewühlt wäre, um ihnen weitere Auskünfte zu geben.

Langsam dämmerte ihm, was der zentrale Punkt des ganzen Falles sein konnte. »Eine Kirchenstatue?«

»Richtig. Eine Madonna.«

Treffer. Des Pudels Kern, kam Max in den Sinn. »Wissen Sie, was es mit diesem Tilly-Gemälde im Keller auf sich hat?«

»Es hing lange bei meinem Mann im Arbeitszimmer. Dann hat er es abg'nommen. Dieser Herr Dreesen hatte es ihm vermittelt. Ich habe mich nicht wirklich dafür interessiert, aber ich weiß, dass es ned hier sein dürfte.«

»Warum?«

»Es ist das Original aus der Kapelladministration. Dort hängt nur mehr eine Kopie. Mein Mann war ein großer Verehrer von Graf Tilly. Es zu besitzen, war sein Lebenstraum. Und eben jener Dreesen hat den Austausch abgewickelt. Mit dieser Madonnenstatue verhält es sich ähnlich. Das is eigentlich Betrug, oder, Herr Kommissar?«

Darauf sollte Max jetzt nicht eingehen. Es würde zu weit führen und die Witwe unnötig ablenken. In dieser schwierigen Lage wollte er außerdem kein schlechtes

Wort über den Toten verlieren. Etwas anderes schien für ihn wesentlich bedeutender. »War Rainer Schutt-Novotny auch in diesen Kauf verwickelt?«

»Ich denke, ja. Aber sicher kann ich Ihnen das nicht sagen.«

»Hat Dreesen ihnen mitgeteilt, wo er sich aufhält, oder eine Karte hinterlassen?«

»Ich habe nichts dergleichen gefunden. Als sie sich verabschiedet haben, war ich schon im ersten Stock.«

»Und die Frau?«

»Herr Kommissar, ich habe sie in meinem Leben nie zuvor zu Gesicht bekommen.«

»Wie sah sie aus?«

»Blondierte Haare. Dunkler Ansatz. Etwa eins siebzig groß, um die fünfzig. Vielleicht auch etwas jünger.«

»Irgendwas Besonderes?«

Frau Sporer schüttelte den Kopf. »Ich konnte nur ganz kurz vom Wohnzimmer aus einen Blick auf sie werfen. Das ging alles so schnell.«

»Würden Sie sie wiedererkennen?«

»Möglich, ja.« Nur mit Mühe brachte sie die beiden Worte hervor. »Verzeihung, meine Nerven«, schluchzte sie.

Unbeholfen tätschelte Fäustl ihren Oberarm. »Sie haben uns enorm weitergeholfen. Vielen Dank!«

*

»Passt die Beschreibung auf Dreesens Frau?« Max stand an der Fahrertür, bereit aufzuschließen.

»Naa, die Marina is brünett. Und a bissal größer. Außerdem war ich gestern zur fraglichen Zeit bei ihr daheim. Scho vergessen?«

»Ruf an. Frag, ob er aufgetaucht ist. Auf wen in seinem Dunstkreis die Beschreibung der Frau passt. Und wennst nicht weiterkommst, dann geb ich a Fahndung raus. Wir brauchen den Dreesen, der is der Dreh- und Angelpunkt des Ganzen.«

Beide stiegen ein, doch Max setzte den Motor nicht sofort in Gang. Kopfschüttelnd sah er noch mal zu seinem Kollegen auf der Beifahrerseite hinüber, der gerade das Telefon aus der Hosentasche fingerte. »Dass der Sporer sich aber auch gleich aufhängen muss ...«

»Mei, dem is wahrscheinlich die ganze Sache zu heiß geworden. Plötzlich holt ein alter Bekannter eine Figur mit fragwürdigem Hintergrund ab, und der Vermittler der Statue wird mit einem Messer erstochen. Früher oder später wär alles mit einem riesigen Knall aufgeflogen.«

»Und als Kreisheimatpfleger wäre er dann für alle Zeit erledigt gewesen.«

Fäustls Finger fuhren auf seinem Display herum und suchten die Nummer von Dreesens Frau. »Bevor man sich der öffentlichen Schande preisgibt, setzt man seinem Leben lieber selbst ein Ende.«

»Vermutlich. Im Sporer steckte anscheinend immer noch dieser falsche Ehrbegriff von früher. So ein Depp!«

X. Erfüllt von der Kraft des Geistes (Lukas 4,14)

Die Fahndung nach Dreesen lief. Fäustl hatte von dessen Frau Fotos bekommen, die ihn auf seinem Rad zeigten. Nach beidem sollten die Polizisten die Augen offen halten. Leider konnte Marina Dreesen keine Angaben zu der blonden Frau machen. Weibliche Bekannte hatte ihr Mann angeblich nicht, und seine Geschäftskontakte hielt er vor ihr verborgen. Direkte Kollegen gab es ebenfalls »null Komma niente«, wie Fäustl es zusammenfasste. Dreesen reiste viel durch die Welt und kümmerte sich als Sachverständiger projektweise um sakrale Kunst. Rainer Schutt-Novotny hatte solche aus Altötting und Umgebung restauriert. Ein weiterer Punkt, den Max auf einem Klebezettel in seinem Büro festhielt und mit zwei Pfeilen einfügte. Einer ging zu Dreesen, und der andere deutete auf Schutt-Novotny. Hier lag ihre Verbindung.

Die Kaffeemaschine auf dem Fensterbrett ging derweil ihrer Arbeit nach, und der Filterkaffee tropfte behäbig in sein Behältnis. Max folgte in seinem Bürostuhl dem Spiel, bis ein röchelndes Geräusch ankündigte, dass das Wasser nun komplett durch den Erhitzer gelaufen war. Den Blick auf die schwarze Flüssigkeit gerichtet, überlegte er fieberhaft, was es mit der blonden Frau auf sich haben könnte. Dreesens Begleitung warf Rätsel auf. Für sie malte Max ein Geschlechtersymbol und daneben ein dickes Fragezeichen. Seine Finger fuhren über die Klebefläche. Das weibliche Mysterium leuchtete ihm zentral von der Mitte seiner Schreibtischplatte aus entgegen.

Fäustl schenkte währenddessen Kaffee ein. Koffein setzte bei Max häufig einen Denkprozess in Gang. Wenn sich sein Puls durch das Getränk beschleunigte, kam er meist auf eine Idee. Und genau das brauchte er jetzt: eine zündende Idee. Außerdem musste er seinen Kreislauf nach oben fahren. Das Wetter, die Schmerzmittel, der Selbstmörder, alles hatte ihm einen Dämpfer versetzt. Ab und zu wäre er gerne härter gewesen, als es seine Natur zuließ.

Beide Männer starrten mit den Tassen in ihren Händen auf das geordnete Chaos an der Wand. Wo blieb der Geistesblitz?

»Was glaubst du?«, begann Max ihre gemeinsame Grübelei.

Fäustl schlürfte, stellte seine Tasse auf dem Schreibtisch ab und marschierte zu dem aufgehängten Blätterwald. »Also für mich schaut des folgendermaßen aus: Der Schutt-Novotny hat bei seinen wohltätigen Arbeiten zum Erhalt der alten Figuren vermutlich Duplikate erstellt. Und der Dreesen is sein Hehler, der die dann an die Interessenten verhökert hat.«

Mit seinem Zeigefinger klopfte Max an die Tasse.

Das klirrende Geräusch signalisierte Zustimmung. »So was dacht ich mir auch.«

»In den Kirchen steht die Fälschung, und für des Original hams dann bei den Liebhabern solcher Dinge Geld kassiert.«

»Und wer is die Unbekannte in Dreesens Schlepptau?«

»Assistentin, Affäre, Kundin oder vielleicht auch alles drei auf einmal.«

»Und warum musste deiner Meinung nach der Rainer Schutt-Novotny wirklich dran glauben?«

»Max, wer den Dreesen bedroht, hat vielleicht auch den Schutt-Novotny erpresst. Und wie er nicht zahlen hat wollen, musste er über den Jordan.«

»Erpressung scheint mir auch am nächsten dran. Und wenn jetzt diese Frau die Bedrohung is?«

»Aber dann holen's doch vom Sporer ned gemeinsam eine Madonna ab.«

Mit den Schuhen stieß sich Max am rauen Teppichboden ab. Sein Drehstuhl schlitterte Richtung Wand, während er darauf achtete, dass die Tasse nicht überschwappte. Das Koffein tat seine gewünschte Wirkung nicht. Irgendwie musste er auf Touren kommen. »Ja, da hast jetzt a wieder recht.«

»Hast du dich schon mal gefragt, wofür die beiden die Figur überhaupt zurückholen, Kramer?«

Max nahm einen großen Schluck Kaffee. »Vielleicht will der Dreesen seine Spuren verwischen, damit der Erpresser gegen ihn nix mehr in der Hand hat.«

»Du meinst, er sammelt jetzt alle Figuren wieder ein und stellt die in die Gotteshäuser zurück?«

»Nein, ned so.« Max nahm einen weiteren Schluck und kreiste in seinem Bürostuhl wie ein Karussell. »Aber vielleicht in der Richtung. Er könnt ja auch alle Originale vernichten.«

»Naa, die braucht der für irgendwas.«

»Aber für was?«

»Ehrlich gesagt: keine Ahnung.« Fäustls Fuß donnerte auf den Boden. »Bitt schön, Max, hör mit diesem Rumgefahre auf! Du machst mich ganz nervös.«

Abrupt stoppte der in seiner Bewegung. »Sorry. Ich hab heut schlecht geschlafen, und der Föhn macht mich fertig. Merk ja selber, dass ich komische Sachen tu.« Er stand auf und ging zur Tür. »Bin in der Mittagspause, falls wer fragt.«

»Mahlzeit!«

*

Sein Kopf war matschig, seine Hände zitterten. Koffein und Tabletten pulsierten in seinen Adern. Max' Zustand war ein einziges Elend. Und dem nicht genug, tauchte immer wieder das Bild des erhängten Sporer in ihm auf. Seit er sich zu den Manövern in seinem Drehstuhl hatte hinreißen lassen, war ihm dazu noch speiübel.

Die Polizeistation schien wie ein Schiff zu wanken, als er sich auf den Weg nach draußen machte. Ein paar Züge frische Luft würden helfen, ihn wieder auf den Boden der Tatsachen zu bringen.

Als er am Eingangstresen angelangt war, musste er sich abstützen.

»Kramer, geht's dir gut?«

Max blickte in das sorgenvolle Gesicht des Kollegen, der seinen Dienst am Empfang versah.

»Heut is nicht mein Tag.«

»Du schaust richtig grün im G'sicht aus.«

»Dieser Föhnsturm macht mich fertig. Und ...« Max sprach betont vorsichtig. »Ich hab vorher grad den ersten Selbstmörder in meiner Karriere anschau'n müssen.«

Auf seiner Schulter lag plötzlich eine Hand. Überrascht wandte er sich um. Das durfte jetzt nicht wahr sein. Hinter ihm stand der Chef, Veit Kunfter.

»Kramer, Sie gehen jetzt nach Hause. Und wenn sich Ihr Zustand nicht bessert, haben Sie morgen einen Termin bei unserem Psychologen.« Kunfters Gesicht war eingefroren.

Für seine unbedachte Äußerung hätte Max sich am liebsten geohrfeigt. Wie stand er denn jetzt da? Als Weichei wollte er nicht gelten. »Ich hab noch zu tun, wegen des Schutt-Novotny-Falls, und ich fühl mich auch schon wieder absolut in Ordnung.«

»Das war keine Bitte! Soll Sie jemand zu ihrer Wohnung bringen?«

»Danke, das schaffe ich gerade noch alleine.« Grußlos ließ er Kunfter stehen. Auf dem Weg zum Parkplatz tippte er Fäustl eine SMS. »Falls sich die Ereignisse überschlagen, ruf mich SOFORT an. Mir geht's nicht gut. Der Chef besteht drauf, dass ich nach Hause fahre. Ich geh jetzt pennen.«

Max überkam zwischen seinen Kissen wirklich ein tiefer Schlaf, mit dem er nach den Ereignissen des Tages nicht gerechnet hatte. Sporer tauchte kein einziges Mal in seinen Träumen auf.

Erst am frühen Abend weckte ihn das Vibrieren seines Handys, das er auf Lautlos gestellt hatte. Seine Finger tasteten danach. Ohne auf das Display zu schauen, presste er es sich ans Ohr. Wie spät mochte es wohl sein? Hatte er etwa sein Date mit Maria Evita verschlafen?

»Kramer.«

»Hier ist die Tina.«

Ruckartig war Max hellwach.

»Veit hat mich angerufen. Wie geht's dir?«

»Nicht anders als heute Vormittag.«

»Du kannst mir ruhig die Wahrheit sagen, wir sprechen nicht dienstlich.«

»Auf einer Skala von eins für abgrundtief schlecht bis zehn für perfekt würde ich mir eine Neun geben.«

»Soll ich vorbeikommen?«

Max' geflunkerte Neun verwandelte sich augenblicklich in eine gefühlte minus Drei. »Sicher nicht.«

»Reden hilft jedem. Glaub mir.«

»Es gibt nix, wobei du mir helfen kannst. Ende.«

»Max ...«

»Gut, dann auf die harte Tour: Tina, unser Dings ist eine einmalige Geschichte! Ich kann mich ehrlich gesagt an null erinnern. Wär ich nüchtern gewesen, hätte ich dich keinesfalls mit heimgenommen. Wir sollten unser Verhältnis auf den Berufsalltag beschränken. Hör bitte auf, mich zu nerven! Die Büro- und die Parkplatznummer – das wird mir einfach zu viel mit dir.«

In der Leitung herrschte Stille. Max war sich unsicher, ob die Staatsanwältin bereits aufgelegt hatte, weil sie seine Verbalattacke nicht hören wollte. Er wartete ein paar Sekunden. »Bist du noch dran?«

»Ja«, drang es leise aus dem Lautsprecher. »Schau, wenn du dich etwas mehr öffnen würdest, dann könnten wir vielleicht versuchen ...«

»Liebe Frau Staatsanwältin«, begann Max von Neuem, dann machte er eine kurze Pause, um seine Gedanken in die richtige Ordnung zu bringen. »Der Hauptangeklagte in diesem Fall beendet hiermit die nichtexistente Affäre. Denn der Gefühlshaushalt des Hauptangeklagten ist total im Schwanken und kann sich kein weiteres Chaos leisten. Der Hauptangeklagte liebt nämlich eine andere.«

Absolutes Schweigen. Dann hörte Max ein Lachen. »Sag das doch gleich.«

*

»Gerti, du kleine Raupe Nimmersatt. Hundertdreißig Gramm mehr seit unserem letzten Treffen. Das waren wohl ein paar Faschingskrapfen zu viel.« Die Vorsitzende der Kalorien-Kämpfer, Frau Oberländer, zückte ihren Bleistift und trug das eben ermittelte Gewicht in eine Tabelle ein.

Ein Vergleich mit der strengen Fräulein Rottenmeier aus »Heidi« kam Monsignore Hirlinger in den Sinn. In ihrer eben ausgesprochenen Maßregelung schwang eindeutig sadistischer Genuss mit.

»Wärst du mal lieber mit uns nach Bad Wörishofen gekommen.«

Aufrecht saß sie vor den akkurat ausgerichteten Stuhlreihen im Seminarraum des »Hotels zur Post« neben einer großen Waage und wirkte wie die asketische Göttin jeglicher Diät. Viel Freude schien sie in ihrem Leben sonst nicht zu haben. Ein säuerliches Grinsen stand in ihrem Gesicht.

Die eben angesprochene Kalorien-Kämpferin namens Gerti, deren Aussehen darauf hindeutete, dass sie den Kampf bereits vor Jahren verloren hatte, versuchte ein tapferes Lächeln. Mit hängenden Schultern setzte sie sich zurück auf ihren Platz direkt vor Monsignore Hirlinger. Ihr Hintern überragte die Sitzfläche um gut das Doppelte. Was für ein Anblick! Ihm war nicht wohl dabei, denn in einer Zukunftsvision sah er den Stuhl zusammenbrechen.

Der Reihe nach wurden alle Anwesenden gewogen. Er und Maria Evita beobachteten das befremdlich wirkende Schauspiel von ganz hinten. Sie waren etwas zu spät erschienen.

»Die Oberländer scheint sich eher zu freuen, dass eine ihrer Damen zugenommen hat, als dass sie ihr leidtäten«, raunte Hirlinger.

Maria Evita teilte seine Ansicht. »Das Ganze hat etwas von einem Gewichtspranger.«

Hirlinger war der einzige Mann im Raum und fragte sich ständig, ob es wirklich die richtige Entscheidung gewesen war, hierherzukommen. In seinen Augen hatte es die Hälfte der Frauen gar nicht nötig, auf ihr Gewicht zu achten, und beim Rest würde diese gemeinschaftliche Aktion auch nicht mehr helfen können. Leicht Übergewichtige hatte er noch nicht erspäht. Er wurde das Gefühl nicht los, dass bei den Kalorien-Kämpfern nur Extreme aufeinanderprallten.

Plötzlich rieb er sich die Augen. Ungläubig starrte er in die Menge. Drei Reihen weiter vorne hatte er Mimi

Schutt-Novotny und ihre Freundin Johanna Marek entdeckt. Er stupste Maria Evita in die Seite und machte sie durch eine kleine Kopfbewegung auf die Anwesenheit der beiden Damen aufmerksam. »Des is doch die Witwe?!«

Sie konnte nicht gleich darauf antworten, denn mehrere breite Rücken versperrten ihr die Sicht. Maria Evita musste sich strecken, um die fragliche Person zu sehen. »Stimmt«, flüsterte sie, als sie sich wieder zurücklehnte.

»Hätte nicht erwartet, sie hier zu treffen. Ihr Mann ist noch nicht einmal unter der Erde, und außerdem ist die doch ganz dünn.«

»Joseph, es ist sicher besser, wenn sie unter Leute geht, als sich jetzt zu Hause zu verkriechen.«

Der Monsignore nickte.

»Als Nächstes möchte ich unsere beiden Neuankömmlinge begrüßen und zum Wiegen sowie zur Körperfettmessung nach vorne bitten.«

Dieser Satz ließ Hirlinger auffahren. Von Maria Evitas Seite verspürte seine Wade einen Tritt. »Was machen Sie denn da? Bleiben Sie doch um Gottes willen sitzen. Wir sind passive, nicht aktive Mitglieder.«

»Bitte einen kleinen Applaus für Schwester Maria Evita und Monsignore Hirlinger.« Die erhobenen Handflächen Frau Oberländers forderten alle Kalorien-Kämpferinnen zum Mitklatschen auf.

Unsicher blickte Hirlinger auf die weibliche Mannschaft hinunter, die ihm erwartungsvoll entgegensah. Maria Evita rührte sich nicht.

»Darf ich Sie zu mir bitten?« Frau Oberländer winkte ihn heran.

Zaghaft trat der Monsignore aus seiner Reihe.

»Nur Mut! Hier wird keiner wegen seines Gewichts verurteilt.« Das Klatschen der Anwesenden wurde lauter.

Hirlinger bemerkte, dass Maria Evita sich nun doch entschieden hatte, aufzustehen. Ihre Hand ging nach oben, als wolle sie sich im Unterricht zu Wort melden. Alle Augen richteten sich auf den schwarzen Habit. »Ich bin nur die Begleitung des Monsignore. Leider muss ich auch schon zurück ins Kloster.«

In der nächsten Sekunde war sie aus dem Seminarraum verschwunden. Sie hatte Hirlinger allein seinem Schicksal überlassen. Ebenso einen Abgang zu machen, kam für ihn nicht mehr in Frage. Sich zur Tarnung für ein späteres Abendessen mit der Postwirtin dieser Ansammlung von Gewichtsproblematikerinnen auszuliefern, war definitiv ein dummer Einfall gewesen, dessen Konsequenzen er vorher nicht genau durchdacht hatte. Nun gab es kein Entrinnen mehr. Er musste sich dieser Waage stellen.

Seine offen enthüllten Kilos waren gar nicht das Problem, Hirlingers Gewicht bewegte sich auf normalem Niveau. Aber das weibliche Gestarre bereitete ihm Unbehagen. Wie sollte er sich nur aus dieser peinlichen Lage befreien? In seiner Position konnte er doch nicht schon wieder auf eine »Schwindelei« zurückgreifen.

Als er bei Frau Oberländer stand, drehte er sich seinem Publikum zu und öffnete die Arme, als wolle er mit einer Predigt beginnen.

»Meine sehr verehrten Damen. Ich bin ein Mann der Wahrheit und will damit auch nicht hinter dem Berg halten. Ich kann diese Treffen nicht mit einer Lüge be-

ginnen, sondern will Sie an dem Grund meines Hier-
seins teilhaben lassen. In meinem Umfeld gibt es ein
paar Probleme, die mich an den Rand meiner Existenz
gebracht haben. Das klingt sicherlich etwas drastisch,
aber so ist es nun mal. Da ich nun vor Ihnen stehe, bin
ich sicher auch ein Beispiel für all jene, die selbst mit
sich und ihren Angehörigen ringen. Ihnen allen will ich
zurufen, ehrlich zueinander zu sein. Wahrheit ist das
einzige Mittel, um mit sich selbst ins Reine zu kommen.
Eine Lüge mündet oft in einer Katastrophe. Niemals
darf sie unser Leben dominieren, sonst besteht keine
Möglichkeit mehr, jemals wieder glücklich zu werden.
Meine Haushälterin ...«

Ein metallisches Krachen unterbrach Hirlinger. Mimi
Schutt-Novotny war schlagartig aufgesprungen. Beim
Hinauseilen hatte sie ihren Stuhl umgeworfen und Johanna Marek war ihr umgehend hinterhergelaufen. Die
verständnislosen Köpfe der Kalorien-Kämpferinnen
folgten ihnen.

Hirlinger musste schlucken. »Das tut mir jetzt leid!«

*

Bei aller Liebe, aber sich vor dieser unsympathischen
Oberländer und ihren Kalorien-Kämpferinnen wie auf
einem Viehmarkt abwiegen zu lassen, kam überhaupt
nicht in Frage. Maria Evita stampfte wütend durch die
Gänge des Hotels zur Post. Der Monsignore hätte ein-
fach sitzen bleiben sollen. Außerdem war sie sauer auf
Frau Kramer. Es war abgesprochen worden, dass sie die
Vorsitzende der Abnehmvereinigung vorab informieren

würde, warum beide dort ab jetzt auftauchten. Sie bog links um eine Ecke und setzte sich auf einen gepolsterten Stuhl mit geschnitzter Lehne. Im Halbschatten ließ sie ihre Finger zum Rosenkranz in ihrer Seitentasche wandern. Nun ballte sie die Faust, und der Ärger wich nach und nach aus ihrem Körper.

Der Flur zu ihrer Rechten, der nach hinten zu den Gästezimmern führte, war dunkel. Nur hier in diesem kleinen Durchgang brannte Licht. »She got mean, she caused a scene ...« Typisch! Jetzt hatte sie vor lauter Aufregung auch noch eines ihrer Lieblingslieder im Kopf. Maria Evita fuhr ihre beiden Zeigefinger aus und presste sie in die Gehörgänge. Die Musik wurde von ihren dumpfen Atemgeräuschen übertönt. »Heilige Maria, Mutter Gottes, hilf mir runterzukommen. Bitte!«

Das Flehen zur heiligen Jungfrau verfehlte seine Wirkung nicht. Ihr Körper entspannte sich, und auch Schlagzeug, Sänger und Gitarre verstummten.

Inzwischen hatte sie sich einen Plan zurechtgelegt. Zurückzugehen war keine Option. Sie würde hier im unbeobachteten Teil warten, bis Max eintraf, um sich mit ihm dann zum Essen in den hinteren Gartensaal zu verziehen. Selbstverständlich ohne dass es jemand mitbekam. Nicht einmal der Monsignore durfte davon wissen.

Ihre Hände fassten die hölzernen Lehnen, und sie sank gegen das gepolsterte Rückenteil zurück. Einsam lauschte sie den entfernten Hotelgeräuschen. Gesprächsfetzen von Gästen, Klirren aus der Küche, alles wirkte weit weg.

Um die Ecke schloss sich plötzlich unsanft eine Tür. Schnelle Schritte wurden vom Teppichboden gedämpft, und plötzlich drangen die Stimmen zweier Frauen durch den Korridor zu ihr.

»Mimi, jetzt warte doch. Mimi!«

Maria Evita löste sich aus ihrer bequemen Haltung und schlich zur Ecke, von der die Geräusche kamen.

»Mimi, was is los?«

»Warum zwingst du mich, unter Leute zu gehen? Das ist eine endlose Qual.« Diese Stimme konnte Maria Evita klar Frau Schutt-Novotny zuordnen.

»Ich dachte halt, es würde dir guttun. Du kannst dich doch nicht schon wieder einen ganzen Abend volllaufen lassen.«

»Woher weiß der das alles?«

Beide Frauen schalteten in den Flüstermodus, und nun musste Maria Evita sich konzentrieren, um alles genau zu verstehen.

»Was soll er wissen?«

»Er hat mich angesehen. Hast du das nicht bemerkt? Dieses ganze Getue über Wahrheit war auf mich gemünzt.«

»Du wirst paranoid.«

»Nein, nein, nein, er weiß es.«

»Das kann ich mir nicht vorstellen. Aber wenn es dich so belastet, vielleicht solltest du dann jetzt mit mir endlich ehrlich sein. Wo warst du wirklich am Dienstagabend?«

»In Oberammergau, ich habe dich nicht angelogen. Rainer war oft dort. Angeblich, um alte Schulkameraden zu besuchen. Aber ich habe heimlich seine Kontoauszüge durchgesehen, und da sind mir regelmäßige Zahlungen an eine Frau Rampf aus Oberammergau aufgefallen. Er hat ein Verhältnis, vielleicht sogar Kinder, dachte ich. Manchmal bin ich einfach naiv. Am Dienstagabend bin ich von Wörishofen aus hingefahren. Rampf ist eine Schnitzerei, das hab ich mir von den Bankbelegen notiert. Die genaue Adresse hatte ich aus dem Internet. Aber wie ich hinkomme, ist das gar keine Frau, sondern ein alleinstehender Mann. Ich … ich …«

Den Rest konnte Maria Evita nicht mehr verstehen, denn die Stimme Schutt-Novotnys wurde von Tränen erstickt.

»Komm, Mimi. Lass uns heimfahren.«

*

»Bitte langsamer. Und atme zwischen den Sätzen.« Max hatte nicht verstanden, was da aus Maria Evita hervorsprudelte. Gleich als er ihr im Hotel seiner Eltern begegnet war, begann sie wirres Zeug von sich zu geben.

Sie hatte in einer versteckten Ecke vor dem Gartensaal auf ihn gewartet. Aufgeregt unterstrich sie jedes ihrer Wörter mit einer Geste, und Max konnte sie nicht dazu bewegen, an einem der freien Tische Platz zu nehmen.

»Ich hab grad aus Versehen die Schutt-Novotny und ihre Freundin belauscht.«

»Was macht die denn hier?«

»Wurscht! Hör mir zu.«

Maria Evitas aufgeregtes Keuchen erinnerte Max an Fäustl, wenn er wieder einen Joggversuch startete, um sein Gewicht zu reduzieren. »Bin ganz Ohr.«

»Die Schutt-Novotny war am Mordabend nicht in Bad Wörishofen, sondern in Oberammergau!«

»Bist du dir da sicher?«

»Lass mich ausreden. Sie hat eine Adresse überprüft, weil ihr Mann dort eine Affäre hatte, aber nicht mit einer Frau. Der Rainer Schutt-Novotny war schwul. Stell dir das mal vor!«

Dieser Satz traf Max mit Wucht. Er musste sich an die Wand lehnen. Hinter seiner Stirn startete wieder ein Kopfkino, das er seit heute Mittag eigentlich verbannt zu haben dachte. Sporer, Rainer, Dreesen flogen in seinen Gedanken vorbei. Jetzt wurde der ganze Fall noch komplizierter. Dass Schutt-Novotny homosexuell gewesen sein sollte, war ein Puzzleteil ohne Verbindung zu allen anderen Indizien, von denen er vermutete, dass sie irgendwie ineinandergriffen.

»Du wirkst so abwesend.« Die Stimme von Maria Evita holte ihn zurück in die Realität. »Bist du aufnahmefähig?«

»Ja, red weiter.«

Nachdem sie alles losgeworden war, was sie eben an Informationen aufgeschnappt hatte, setzten sich beide doch gemeinsam an einen der Tische. Langsam schien Maria Evitas Atem in ruhigeren Bahnen zu verlaufen. Max kaute auf seinem Zeigefingernagel, besann sich dann eines Besseren und kramte hektisch nach seinem Handy. Mit dem Daumen drückte er die Internet-Taste.

Maria Evita folgte gebannt seinem Tippen.

»Rampf, Schnitzkunst, mit Adresse und Mobiltelefonnummer. Da hamma ihn ja scho.«

»Was willst jetzt machen?«

»Ich muss da anrufen und schau'n, wie er reagiert. Des lässt mir jetzt keine Ruhe mehr.«

Es war ungefähr acht Uhr abends. Dreimal hörte Max ein Piepsen, als er sich sein Handy an die Ohrmuschel drückte, dann vernahm er eine sonore männliche Stimme.

»Rampf.«

»Guten Abend. Kramer, Kripo Mühldorf.«

»Grüß Gott!«

»Eine Frage, Herr Rampf: Hatten Sie am Dienstagabend zufällig Besuch von einer Dame?«

»Ich bekomm öfters B'suach.«

»Dann lassen Sie mich anders fragen: Sagt Ihnen der Name Rainer Schutt-Novotny was?«

»Und Sie san wirklich vo da Kripo?«

»Wenn ich's Ihnen doch sage.«

»Was Sie da machen, nennt man Leute ausfragen«, sagte Rampf ungehalten.

»Herr Rampf ...«

»Wenn S' was wissen wollen, dann kommen S' hier vorbei. Zeigen S' mir Ihren Dienstausweis, und dann schau ma weiter. Schönen Abend.«

Es klickte in der Leitung. Max betätigte die Wahlwiederholung. Diesmal hörte er die automatische Ansage, dass der Teilnehmer derzeit nicht erreichbar sei. Mist! Rampf hatte sein Telefon offenbar ausgeschaltet. Er sprang auf. »Lass uns das Abendessen verschieben.«

»Wo willst du denn hin?«

»Nach Oberammergau.«

»Es ist wahnsinnig spät. Du bist erst in den frühen Morgenstunden wieder da.«

»Geht nicht anders.«

»Max, überleg's dir noch mal. Ned, dass du hinterm Steuer einpennst.«

»Ich bin fit wie ein Turnschuh. Hab den ganzen Nachmittag im Bett verbracht.« Aus seiner Jackentasche zog er die Autoschlüssel. An seinem Entschluss war nicht zu rütteln.

»Gibt's denn da keine andere Möglichkeit?«

»Amtshilfe von den örtlichen Kollegen dauert mir jetzt zu lange. Die Schutt-Novotny hat in ihrer Befragung die Chance gehabt, alles auf den Tisch zu legen. Jetzt muss ich die andere Seite kennenlernen.«

*

Er lenkte seinen Wagen durch das nächtliche Oberammergau. Hier lag tatsächlich noch Schnee. Menschen waren keine auf den Gehsteigen unterwegs. Das letzte Mal war er als Kind in diesem Dorf gewesen, um Jesus Christus dabei zu beobachten, wie er am Kreuz sein Leben aushauchte.

Das Navi lotste ihn zu Rampfs Adresse. Ein unscheinbares Haus in der Nähe des Passionsspieltheaters. Hölzerne Verkleidung an der Vorderseite und im ersten Stock ein Balkon, der auf die Straße hinausging. Im Fenster neben der Tür brannte noch Licht. Die Digitalanzeige in seinem Autoradio zeigte genau 22.22 Uhr.

Als Max aussteigen wollte, spürte er an der Leiste ein Vibrieren, begleitet vom »Bayerischen Defiliermarsch«. In diesem Augenblick nervte ihn das Gedudel. Vielleicht sollte er doch in Betracht ziehen, seinen Klingelton zu wechseln. Der Name Fritz Fäustl leuchtete ihm auf dem Display entgegen.

»Fritz?«

»Der Chef hat scho erzählt, dass du reif für die Klapse bist.« Fäustl lachte.

»Schlechter Witz. Was gibt's?«

»Eine Streife der Altöttinger Grünen hat angeblich des Fahrrad aufgestöbert. Wo bist du grad?«

»In Oberammergau.«

»Verarsch wen anders.« Erneutes Lachen.

»Ohne Schmarrn.«

»Aber dir geht's schon gut?« Fäustls Frage war ernst gemeint, und jeglicher Überschwang war mit einem Mal aus seiner Stimme gewichen.

»Ja, hundertprozentiges Ja! Ich muss hier was klären.«

»Wann bist du wieder da?«

»In zweieinhalb Stunden. Länger brauch ich nicht. Fritz, fahr zu dem Radl, und schau, ob es wirklich des vom Dreesen is. Wo liegt es denn?«

»Es liegt nicht, sondern lehnt an einem Haus in Neuötting.«

»Klär des bitte jetzt ab. Wenn du dir sicher bist, find raus, wem des Haus gehört, und beobachte, ob dir was Ungewöhnliches auffällt. Aber greif nicht ein.«

In Rampfs Haus ging das Licht aus. Max musste sich beeilen, um den Besitzer noch vorm Zubettgehen zu erwischen. »Fritz, servus. Ich meld mich. Hab jetzt keine Zeit mehr.« Hastig legte er auf.

An der Klingel las er den Namen Rampf. Hier war er richtig. Mehrmals hintereinander drückte er auf den

Knopf, bis er über sich auf dem Balkon ein Knarzen vernahm. Jemand war herausgetreten.

»Wer stört?«

»Kramer, Kripo Mühldorf.« Max machte ein paar Schritte zurück und erblickte einen älteren Mann, der auf ihn heruntersah. Nun zückte Max seinen Dienstausweis.

»Sie sind also der Verrückte, der vorher angerufen hat. Ich komm glei. Halten S' mir doch amal den Ausweis ins Fenster unten neben da Haustür.«

Kurze Zeit später ging im Erdgeschoss wieder das Licht an. Der Mann trat an das beleuchtete Fenster und musterte das grüne Papier, welches Max an die Scheibe drückte. Damit zeigte er sich zufrieden und deutete zur Haustür.

Als Rampf öffnete, bemerkte Max, dass er einen Krückstock in Händen hielt. Sein Alter schätzte er auf Mitte fünfzig. Schütteres graues Haar und ein Dreitagebart ließen ihn nicht gerade gepflegt erscheinen.

»Dann kommen S' halt rein.« Mürrisch ging Rampf beiseite, und Max konnte eintreten.

Links lag eine Werkstatt, und rechts, wo das Licht brannte, befand sich die Küche. Rampf hinkte voran und wies auf die Eckbank. »Nehmen S' Platz. Woll'n S' a Bier, Herr Kripobeamter?«

»Nein. Danke. Ich bin übrigens Oberkommissar.« Ein alter Holzofen stand in einer Ecke. Die Hitze, die er ausstrahlte, erfüllte jeden Fleck des kleinen Raumes. Von der Ordentlichkeit her hätte sich Max eine Scheibe abschneiden können, denn alles hatte hier akkurat seinen Platz. Nirgends war auch nur ein bisschen Staub zu finden. Nach Rampfs Aussehen zu urteilen, hatte Max einen verwahrlosteren Raum erwartet. Vorurteil.

Rampf verzog das Gesicht, als er sich setzte. Sein Fuß schmerzte ihm sichtlich. Fragend sah er Max an und zuckte dabei mit den Schultern.

»Wie kann i Eana helfa, Herr Kommissar?«

»Wie ich vorher am Telefon schon gefragt habe: Sagt Ihnen der Name Rainer Schutt-Novotny was?«

»Freilich. Den kenn i no, wia er hier auf der Schnitzschul war.«

Mit langem Hin- und Hergerede wollte Max seine Zeit nicht mehr vergeuden, also entschied er sich, sofort auf den Punkt zu kommen. Überrumpelungstaktik sozusagen.

»Hatten Sie mit dem Schutt-Novotny ein Verhältnis?«

»Moanan Sie etwa sexuell?« Rampf blieb der Mund offen stehen.

Max hielt Rampfs verwirrtem Blick stand. »Ja!«

Zuerst geschah nichts. Die Wärme machte die Luft zum Schneiden dick.

Plötzlich geriet Rampfs Mimik in Bewegung. »Wie keman Sie denn auf den Schmarrn?« Vollkommen ehrlich und entwaffnend hatte Rampf diese Gegenfrage in den Raum gestellt. »Wirkli ned«, fuhr er fort. Nun musste Rampf sogar grinsen.

Max war felsenfest überzeugt, dass sein Gegenüber die Wahrheit sprach. »Hatten Sie Dienstagabend Besuch von Frau Schutt-Novotny?«

»Des war am Rainer sei Frau?« Ungläubig wiegte Rampf den Kopf hin und her. »Da war eine da. So um neune oder zehne auf'd Nacht. A bissal hat sie 's Haus von der anderen Straßenseite aus beobachtet, sich aber ned rübergetraut. Dann hab ich halt einfach aufg'macht. Sie hod mi ang'schaut und nach meiner Frau g'fragt. Wias g'hert hod, dass i gar ned verheirat bin, hod S' geweint und is davongelaufen. Mei, vielleicht is die aus der Nervenklinik abg'haut, hab ich mir dacht. Mehr war ned.«

»Warum hat Ihnen der Rainer Geld überwiesen?«

»Der hod seine Rechnungen zahlt. Ganz einfach.«

»Wofür?«

Skeptisch lehnte sich Rampf zurück. »Dauert des no länger? Weil dann mach i ma a Bier auf.«

»Antworten Sie einfach. Wir sind gleich fertig. Versprochen.«

»I hob für den Rainer und de Kircha in Altötting geschnitzt. Er hat antike Figuren vorbei'bracht. Wollt immer zwei exakte Kopien aus altem Holz davon. Nix hat sich vom Original unterscheiden dürfen, da hat er genau drauf geachtet. Eine fürs Museum und de andere, um sie in die Kirchen zurückzustellen. Wissen s', solche Madonnen und Heiligen san oft zu wertvoll, als dass mas in de feuchten Gotteshäuser lassen könnt. Die Originale hab ich sauber g'macht, und die haben s' dann in Altötting in den Kirchensafe gesperrt. I kann scho zu recht vo mir behaupten, dass i für solche Faksimile-Arbeiten und Restaurationen a richtiger Spezialist bin.« Stolz ließ Rampf seine Arme sinken.

»Zwei?« Jetzt ging Max ein Licht auf. »Eine fürs Museum?«

»So hat der Rainer mir des g'sagt. Die Rechnungen hat er immer anstandslos überwiesen. Und i hab alles versteuert, jeden Cent. Können S' gern überprüfen, Herr Kommissar. Warum is denn des alles so wichtig?«

»Rainer Schutt-Novotny ist am Dienstagabend in Altötting ermordet worden.«

»Dood?« Langsam und schwer kam Rampf dieses Wort über die Lippen. Sein Dialekt ließ das O noch breiter klingen, als es Max aus seiner Umgebung kannte. Die Nachricht von Schutt-Novotnys Ableben hatte Rampf bis ins Mark erschüttert.

»Herr Kommissar, bitt' schön, geben s' ma den Schnaps von da drüben.« Rampf deutete zitternd auf seinen Herd. Daneben stand eine Flasche Gebirgsenzian. »Ich kann grad ned aufstehen.«

Max erfüllte die Bitte und drückte Rampf die besagte Flasche in die Hand. Schweigend nahm Rampf einen Schluck daraus. »Lassen S' mich allein.«

»Danke für das Gespräch. Gute Nacht.«

Rampf murmelte ein geistesabwesendes »Wiederschaun«.

*

Über dunkle Autobahnen und Landstraßen schlängelte sich Max durch das nächtliche Oberbayern zurück. Allerdings nicht nach Mühldorf, sondern in ein Neubaugebiet nach Neuötting, denn Fäustl war sich sicher, dass der entdeckte Drahtesel Dreesen gehörte.

Kaum mehr Fahrzeuge waren unterwegs, der Schnee verschwand, kurz nachdem er Oberammergau verlassen hatte und bei Eschenlohe auf die A 95 fuhr. Diesmal schaffte er die Strecke in unter zwei Stunden. Weder der Münchner Ringverkehr noch die schlechten Straßenverhältnisse im Gebirge hatten ihn Zeit gekostet. Ein Glück, denn je länger er über den Schutt-Novotny-Fall nachdachte, umso mehr drohten ihm seine Augen zuzufallen. Kurzerhand ließ er sein Fenster einen Spalt nach unten, und die kalte Winterluft brachte die erhoffte Frische zurück.

Rainer Schutt-Novotny war also gar nicht schwul, sondern ein ausgefuchster Betrüger gewesen. Gleich zwei Duplikate hatte er schnitzen lassen. Garantiert, um doppelt abzukassieren. Eigentlich verdiente er das in Bayern respektvoll gemeinte Prädikat »Hund«, aber genau das war vermutlich der Punkt, der ihn das Leben gekostet hatte.

Manche können einfach den Mund nicht voll genug kriegen und ersticken daran, schoss es Max durch den Kopf.

Das unbeleuchtete Auto Fäustls parkte vor einem kleinen Haus mit spitzem Giebel. Das Grundstück besaß nur eine Ligusterhecke, keinen Zaun oder sonstige Begrenzungen. Die Einfahrt hatte nicht einmal ein Tor. Alle Fenster im Erdgeschoss waren durch ein verspieltes schmiedeeisernes Gitter verschlossen. Seitlich am Haus lehnte tatsächlich ein Fahrrad. Schemenhaft zeichnete es sich vor der Fassade ab.

Max stellte seinen Wagen ab und schlich zu Fäustls Beifahrerseite. Mit dem Finger pochte er gegen die Scheibe, woraufhin sein Kollege aus seinem Schlummer hochschreckte. Umgehend öffnete er. »Keine Vorkommnisse.«

»Wie willst du das denn beurteilen? Du hast grad geschlafen wie ein Baby.«

»Maximal fünf Minuten, keine Sekunde länger. Ich schwör's.«

Max kroch auf den Beifahrersitz. »Also?«

»Des Radl is wirklich des, nach dem wir suchen. Die Fotos stimmen, und ich habs vorgestern ja scho aus der Nähe betrachten können.«

»Wem gehört des Anwesen da?«

Fäustls Augen bekamen ein Leuchten. »Das genau lässt mich noch sicherer sein, dass ich mich ned täusche. Einer Ilonka Schörg. Entrümpelungen jeglicher Art, und, halt dich fest ...« Nun flocht Fäustl eine Kunstpause ein. »... Antiquitätenhändlerin.«

»Einer Frau also.« Nervös tippte sich Max auf die Oberlippe. »Blond? Du hast sie ned zufällig raus- oder reingehen sehen?«

»Leider nein.«

Max öffnete die Autotür und setzte ein Bein nach draußen. »Dann pack ma's!«

»Kramer, willst du da jetzt reinmarschieren?«

»Ja, zusammen mit dir. Wir holen uns den Dreesen. Oder lassen uns genau erklären, wo wir ihn finden. Und dann soll er uns in drei Teufels Namen über die unbekannte Bedrohung, diese ganze Kirchenfigursache und seine Verbindungen zum Rainer Schutt-Novotny reinen Wein einschenken.«

So schnell konnte Fäustl gar nicht schauen, wie Max die Grundstücksgrenze zu Ilonka Schörgs Haus passierte.

»Wart!« Fäustl beeilte sich abzuschließen.

Vor der Tür sahen sich beide kurz an und nickten, dann betätigte Max entschieden die Türglocke. Gleich mehrmals hintereinander, wie er es zuvor schon bei Rampf getan hatte. Nach einer Weile wurde das Haus erleuchtet, und aus dem Inneren ertönte eine weibliche Stimme. »Wer ist da?«

»Kripo, bitte aufmachen.«

Es bedurfte keiner weiteren Aufforderung. Eine blonde Frau öffnete, auf die die von Frau Sporer abgegebene Beschreibung passte. Max und Fäustl hatten ihre Dienstausweise gezückt.

»Sie haben doch nichts dagegen, wenn wir kurz reinkommen, Frau Schörg?« Max schlug einen einschüchternden Ton an. Er wollte jeglichen Widerspruch im Keim ersticken.

Frau Schörg hatte einen Bademantel um ihren Körper geschlungen. Sie wirkte wie aus dem Schlaf gerissen. Strähnen schlecht blondierter Haare standen seitlich ab. Mit besonderer Anmut war die Schörg von der Natur nicht gesegnet worden. Bitter und verhärmt wirkten ihre Gesichtszüge. Viel Sympathie empfand Max nicht bei ihrem Anblick. Ja, dieser Person traute er durchaus zu, auf irgendeine Art und Weise in den Fall verstrickt zu sein.

»Äh ja ... wenn es denn sein muss«, stammelte Frau Schörg.

Max und Fäustl drängten in einen kleinen Vorraum samt Garderobe, von dem zwei Türen abgingen.

»Wir suchen den Herrn Dreesen.« Fäustl versuchte milde zu klingen.

»Kenne ich nicht! Noch nie gehört, diesen Namen.« Inzwischen hatte Frau Schörg sich gefasst.

»Verkaufen Sie uns nicht für dumm«, schrie Max die

blonde Frau an, die daraufhin erschrocken zusammen-
fuhr. Das altbekannte »Good Cop, Bad Cop«-Spiel war
in vollem Gange.

»So glauben Sie mir doch, ich kenne niemanden, der
so heißt«, entgegnete sie leise.

»Können wir uns kurz unterhalten? Vielleicht im Sitzen?« Fäustl bemühte sich, wie der gute Hirte in Person
zu erscheinen.

»Und könnte ich schnell Ihre Toilette benutzen?«
Max hatte einen Plan, den Fäustl auch ohne vorherige
Absprache sofort begriff.

»Kommen Sie.« Ilonka Schörg öffnete die eine Tür
und wies den beiden den Weg zum Wohnzimmer. »Hier
ist das Bad.« Ihr zitternder Finger deutete auf eine kleinere Tür direkt daneben.

Max trat hinein, während sein Kollege mit Frau
Schörg im Wohnzimmer verschwand. Fäustl wartete, bis
sie sich gesetzt hatte, dann schloss er hinter sich die Tür.

*

Durch die Wand zu dem kleinen Badezimmer drang
Fäustls ruhige Stimme. »Es ist uns äußerst unangenehm, dass wir Sie mitten in der Nacht noch stören
müssen.«

Okay. Max hatte ein paar Minuten Puffer. Entweder
fand er Dreesen hier oder musste so tun, als wäre er die
ganze Zeit auf der Toilette gewesen. Einen Durchsu-
chungsbefehl gab es ja nicht.

Wachsam öffnete er und blickte sich um. Nur Fäustls
Monolog strömte weiterhin aus dem Wohnzimmer. Das

Ticken einer Uhr drang an sein Ohr, sonst herrschte Stille.

Darum bemüht, so wenige Nebengeräusche wie nur möglich zu produzieren, schlich er auf Zehenspitzen über eine hölzerne Wendeltreppe in den ersten Stock. Vier Türen. Drei angelehnt, eine geschlossen. Entschieden drückte er die Klinke nach unten. Nichts. Nur ein dunkler Haushaltsraum mit Bügelstation. Hier oben war niemand. Blieb noch der Keller.

Die Stufen zurück führten ihn direkt dorthin. Ab dem Erdgeschoss wurde das Holz unter seinen Füßen von mattem Stahl abgelöst. Die Schritte dröhnten nun dumpf und wurden durch das Geländer verstärkt. Sein Tempo verlangsamte sich. Er passierte einen Lichtschalter. Zuerst lauschte er in das Dunkel. Kein Laut war zu vernehmen, außer einem leisen Surren, das sicher von einem Elektrogerät im Stand-by-Modus herrührte. Es war so finster, dass Max sprichwörtlich nicht einmal seine eigene Hand vor Augen sah. Solange Fäustl Frau Schörg in Beschlag nahm, würde es nicht auffallen, wenn er die Lampen im Untergeschoss anknipste. An der Decke flammten drei Neonröhren auf.

Er schlich die letzte Stufe nach unten und blieb stehen. Hier roch es muffig. Im ersten Raum entdeckte er alte Kommoden und Stühle, im zweiten dasselbe. Anscheinend war der Keller des Hauses gleichzeitig Frau Schörgs Antiquitätenlager.

Die letzten beiden Türen, auf die er zusteuerte, waren aus graugestrichenem Metall. Abgesperrt, aber in den Schlössern steckten die Schlüssel.

Vorsichtig drehte er den ersten. Mit einem Klicken

sprang die Tür auf. Hier war es etwas heller, denn durch ein Fenster fiel ein klein wenig Licht von der Straßenbeleuchtung draußen über den Kellerschacht herein.

Max schloss die Tür wieder und drehte den Schlüssel der zweiten. Wieder nur Kisten und alte Möbel. Aber etwas war anders. Atemgeräusche.

Ein Adrenalinstoß zuckte durch seine Glieder, als hätte er mit einer Stricknadel in einer Steckdose gebohrt. Max zog seine Dienstwaffe und tastete nach dem Lichtschalter, doch auch nachdem er diesen betätigt hatte, blieb es finster.

»Hallo, ist da wer?«

Er bekam keine Antwort. Entschieden machte er einen Schritt in den Raum hinein.

Vor ihm richtete sich plötzlich ein Körper halb vom Boden auf. Max wich blitzartig zurück und entsicherte.

»Wollen Sie mich erschießen? Wer sind Sie?«, flüsterte es heiser. Es hörte sich an, als würden diese Worte für sein Gegenüber eine große Kraftanstrengung bedeuten.

»Kramer, Kripo Mühldorf.« Die Härchen in seinem Nacken stellten sich auf. »Sind Sie Herr Dreesen?«

»Ja.«

Das klang genauso erleichtert, wie Max sich gerade fühlte. Er ließ seine Dienstwaffe wieder verschwinden.

Langsam rappelte sich Dreesen auf. Max griff ihm unter die Arme und führte ihn hinaus in den Kellergang. Ein kraftloser Mann, der mit seinen Nerven am Ende war, stand vor ihm. In den letzten zwei Tagen, seit er beinahe den Unfall verursacht hatte, war er sichtbar gealtert.

»Wurden Sie in diesem Raum gegen Ihren Willen festgehalten?«

Dreesen nickte.

»Kommen Sie.« Max legte Dreesens Arm um seine Schulter.

»Ich ...« Er stockte. »Ich kann alleine gehen.«

Unsicher wankte Dreesen die Treppe hinauf. Max ging hinter ihm, nicht dass er noch stürzte.

»In das Zimmer links. Dort können Sie sich setzen.«

Dreesen tat wie geheißen und betrat zusammen mit Max das Wohnzimmer.

»Von wegen, Sie kennen keinen Herrn Dreesen! Sie hatten ihn in Ihrem Keller eingesperrt.«

Erschrocken sprang Ilonka Schörg auf. Fäustl griff im selben Augenblick nach ihrem Handgelenk. Seine Handschellen schnappten zu. »Sie begleiten uns.«

Dreesen taumelte, fast wäre er gefallen, doch Max bekam geistesgegenwärtig seine Schulter zu fassen und bot ihm Halt.

»Gerade noch rechtzeitig«, kommentierte Max sein beherztes Eingreifen. »Können Sie wirklich alleine ...«

Er brach ab. In Windeseile waren Max' Finger an Dreesens Handfläche und drehten diese in Fäustls Richtung. Er hatte etwas entdeckt. Abdrücke von Zähnen waren deutlich zu erkennen. Eine Bissverletzung, leicht entzündet, die von einem Menschen stammte. Nun ergab alles Sinn. Jedes Puzzleteil fügte sich zu einem klaren Bild.

»Herr Dreesen, ich verhafte Sie wegen des dringenden Tatverdachts, Rainer Schutt-Novotny ermordet zu haben.«

»Endlich«, seufzte Dreesen.

XI. Von allen gepriesen (Lukas 4,15)

Es hatte zwar zwei Wochen Verspätung, aber das versprochene Abendessen im Nebenzimmer beim Gartensaal fand statt. Draußen war es noch etwas hell, denn der Frühling machte zum ersten Mal einen ernstzunehmenden Versuch, den Winter abzulösen. Trotzdem reichte die Kerze auf dem Tisch nicht aus, und Max musste die Deckenbeleuchtung einschalten, als er mit dem Tablett durch die Tür kam. Seine Mutter hatte sich mit der Dekoration, ungeachtet der Fastenzeit, richtig Mühe gegeben. Silberbesteck, Stoffservietten und ein kleines Blumengesteck standen für sie bereit. Zur Feier des Tages hatte Maria Evita sich sogar dazu überreden lassen, eine Flasche grünen Veltliner mit Max zu teilen.

»Vor elf Jahren wäre es für uns noch ein Liter halbtrockener Fusel aus dem Supermarkt gewesen.« Beide lachten.

Maria Evita prostete Max zu und führte ihr Glas an die Lippen. »Inklusive Kater. Wenn ich nur zurückdenke, was wir für Dreck auf der Schule konsumiert haben. Tja, wir werden halt jetzt auch älter.«

»Und respektable Mitglieder der Gesellschaft«, er-
gänzte er.

»Darauf trinken wir.«

Nachdem beide ihre Gläser zurück auf den Tisch gestellt hatten, erhob sich Maria Evita leicht von ihrem
Stuhl und blickte durch die Fenster nach draußen, wo
ein kleiner Gehweg an einsamen Parkplätzen und zwei
Garagen vorbeiführte. »Jetzt ist es schon viel heller um
diese Uhrzeit als noch vor zwei Wochen.«

»Es reicht auch mit dem Winter«, sagte Max zufrieden.

Voller freudiger Erwartung griffen ihre Hände zum
Besteck. Vor sich hatten sie Wiener Schnitzel mit Brat-
kartoffeln und einer äußerst großzügigen Portion Prei-
selbeeren. Für Maria Evita war es das wahre Glück auf
Erden. »Ich bin einfach nicht für die Fastenzeit geboren.«

Jeder Bissen, den sie verschlang, versetzte ihr Gemüt
in einen Rauschzustand. Im Kloster herrschte zu dieser
Jahreszeit der große Suppen- und Eintopfmarathon.
Eine Prüfung, die nicht gottgewollt sein konnte!

Max schenkte nach. »Allerdings hat dein Engagement bei den Kalorien-Kämpferinnen auch sein Gutes.
Wenn du nicht gewesen wärst, wär ich nicht nach Oberammergau aufgebrochen und hätte nicht von den zwei
Kopien erfahren.«

»Stimmt. Und der Monsignore müsste diese Low-
Carb-Diät fortsetzen. Allerdings nehmen wir nicht
mehr an den Treffen teil. Deine Mama hat das geklärt
und alle Abnehmdamen schweigen eisern. Bisher hat
die Schosi keinen Verdacht geschöpft, und das wird hof-

fentlich auch weiter so bleiben.« Verschwörerisch kniff Maria Evita ein Auge zu.

Max nahm einen großen Schluck Weißwein. »Das mit den Duplikaten aus Oberammmergau ist schon eine sonderbare Geschichte. Rainer Schutt-Novotny und sein Kompagnon Dreesen haben über Jahre hinweg einen schwunghaften Handel mit den Heiligen aus Altötting und Umgebung betrieben. Nur spielte Schutt-Novotny ein doppeltes Spiel. Die Originale hat er an seine ›Privatkunden‹ aus dem Kreis der Tilly-Erben verkauft, und Dreesen hat er darüber natürlich im Dunkeln gelassen. Der hat über seine Hehlerin nur Fälschungen verhökert. Ein Kunde ist draufgekommen, als er eine der Figuren im Ausland zu einer Auktion anmelden wollte. Besagter Kunde hat die Schörg nach der Entdeckung anscheinend enorm unter Druck gesetzt und ein Ultimatum gestellt. Tja, dann ging es weiter wie eine Kettenreaktion. Er war nämlich nicht der Einzige aus seinem Freundeskreis, der eine dieser Kirchenfiguren im Keller hatte. Scheint ein Hobby bei wohlsituierten Bürgern zu sein, sich so was in den Privathaushalt zu stellen. Glaub mir, die Geschichte wird in gewissen Kreisen rund um Altötting noch ordentlich krachen.«

Max griff zur Flasche, um beiden nachzuschenken. »Ilonka Schörg droht also Dreesen und seiner Familie. Dreesen bemerkt, dass Schutt-Novotny ihn verarscht hat. Und zack, hat der ein Messer im Bauch.«

»Dass der einfach so kaltblütig zusticht.« Maria Evita bohrte ihre Gabel in das Fleisch auf dem Teller.

»Ja, Dreesen sagt, dass er eigentlich nur drohen wollte, um an die Originale zu gelangen, weil er um sich und seine Familie Angst hatte. Nur ganz ehrlich, für's Drohen und ein bissal Wirbelmachen brauchst keine neuen, zu großen Turnschuhe. Das sieht mir eindeutig nach geplanter Rache aus. Außerdem hatten die zwei sich verabredet, deshalb war der Schutt-Novotny auch noch im Büro und nicht wie gewohnt bereits zu Hause.«

»Furchtbar. Da denkst du, du lebst in einer ruhigen Kleinstadt, und dabei tun sich überall Abgründe auf.«

Max lehnte sich zurück. Ihm gefiel, dass es Maria Evita schmeckte und sie endlich eine kurze Zeit für sich alleine hatten, ohne dass er vorher über eine Mauer klettern musste. »Darf ich dich zum Dank für das Essen eigentlich küssen?«

Sie ließ die Gabel sinken. »Ach bitte, Max, lass den Scheiß.«

»Und wenn du mich küsst? Nur ganz kurz. Und nur auf die Wange, wie neulich.«

Sie verdrehte die Augen. »Du gibst ja eh keine Ruhe sonst.«

Ihr Mund näherte sich Max' Wange. In dem Moment als sie ihre Lippen spitzte, drehte er seinen Kopf und erhielt einen wunderbaren Kuss auf den Mund.

»Bist du total wahnsinnig?« Maria Evita rückte ihren Stuhl zurück, als wolle sie aufstehen. Just in diesem Augenblick klopfte es von draußen an die Scheibe. Beide wandten ihre Köpfe.

Draußen stand die ehrwürdige Mutter Oberin. Wie in Stein gemeißelt waren ihre Gesichtszüge.

Weder Max noch Maria Evita konnten sich bewegen. Der Schreck lähmte ihre Glieder. Nun hatten sie ein echtes Problem.

Mein aufrichtiger Dank geht an:

- meine Lektoren Aylin Salzmann vom Ullstein Verlag und Carlos Westerkamp.
- Dr. Patrick Baumgärtel von der Schoneburg Literaturagentur.
- Sepp Maier, der mir wirklich alle Fragen zur Ermittlungsarbeit der bayerischen Kriminalpolizei geduldig beantwortet hat und meine Wissenslücken in persönlichen Gesprächen und langen E-Mails füllte. Du bist spitze! Herzlichen Glückwunsch zur Pensionierung! Bayern hat einen unglaublich guten Kriminaler weniger. Schade für die Allgemeinheit, aber viel Spaß im Unruhestand.
- Susanne, Franziska und Irene, die sich die Mühe gemacht haben, mein Manuskript zu lesen. An Susanne geht noch ein extra Dankeschön fürs Zuhören und das Ertragen des Ausnahmezustands.
- Thea Schütte, eine umfassend gebildete Frau, deren Anmerkungen und Tipps grundsätzlich ins Schwarze treffen.
- Stefan Seidl, meine persönliche Geheimwaffe. Es

lohnt sich, einen ehemaligen Pfadfindergrüppling zu haben, der inzwischen in Germanistik promoviert.
- meine Eltern und meinen großen Bruder.
- meine Tante Traudl, die ich hier schamlos ausnutze. Manchmal braucht man etwas Inspiration. ☺
- meine Freunde und Weggenossen Maria, Tina, Judith, Chrissy, Kathl, Valentin, Andrea und Stefan H.
- ganz Altötting, selbstverständlich!

Anton Leiss-Huber

Gnadenort

Kriminalroman.
Taschenbuch.
Auch als E-Book erhältlich.
www.ullstein-buchverlage.de

Mit allen Weihwassern gewaschen

Ein toter Wirt in der Kirche und Jugendliebe Maria im
Kloster – die Rückkehr in seinen Heimatort Altötting
hat sich Kommissar Max Kramer anders vorgestellt. Der
tote Wirt sorgt dazu für weitaus mehr Unfrieden in dem
oberbayerischen Wallfahrtsort, als es der lebende getan
hat – denn er wurde ermordet! Zum Glück hat Max bei
den Ermittlungen tatkräftige Hilfe: Novizin Maria kennt
sich aus mit Lügen und Intrigen hinter dem katholischen Anstrich. Ungünstig nur, dass die alte Liebe zwischen den beiden wieder neu entfacht wird ...

ullstein